星の契

出入師夢之丞覚書

今井絵美子

時代小説文庫

角川春樹事務所

目次

第一話　麦雨

朝からぐずついていた空が、堪《たま》りかねたように糠雨《ぬかあめ》と変わり、いつしか横殴《よこなぐ》りの雨となって、仙台堀《せんだいぼり》をしとどに濡《ぬ》らしていった。

まだ七ツ（午後四時）前だというのに、あたりは雀色時《すずめいろどき》のように仄暗《ほのぐら》く、この時刻、常なら高瀬舟《たかせぶね》や猪牙《ちょき》の行き交《か》う仙台堀には茶船一艘《ちゃぶねいっそう》見当たらない。

岸辺で艫綱《ともづな》に舫《もや》う繋舟《かかりぶね》だけが、心許《こころもと》なげに揺《ゆ》れていた。

「夢さんよォ……」

後《おく》れを取るまいと、懸命《けんめい》に夢之丞《ゆめのじょう》の後からついて来た鉄平《てっぺい》が、縋《すが》りつくように、情けない声を出す。

「解《わか》ってらァ。喉《のど》がからついたと言いてェんだろ？　それとも、腹が空《す》いたか？　だから、今、三桝《みます》に行こうとしてるんじゃねえか」

夢之丞は鉄平を振り返ろうともせず、ぞんに気に言い放った。

「なあ、夢さんよォ……」

またまた、鉄平が霜《しも》げた声を出す。

鉄平は水飛沫《みずしぶき》を上げて泥濘《ぬかるみ》を飛び越えると、ちょいと小料理屋の軒行灯《のきあんどん》を顎《あご》で指した。

「三桝じゃ、まだ先が長《なげ》ェや。なっ、どうだろう、ここいらで一杯《いっぺえ》」

鉄平が顎で指したのは、植《うえ》まつという葭垣《よしがき》を張り巡《めぐ》らした、小体《こてい》な見世《みせ》である。

夢之丞が、てやんでェ、と目を剝《む》き、脚《あし》を止める。

「てんごう言ってんじゃねえや！　鉄、そういうことはだな、懐具合《ふところぐあい》と相談してから言うもんでェ！」

この頃では、夢之丞の江戸言葉も板についたものである。

相も変わらず、母真沙女《まさじょ》の前や鴨下《かもした》道場では、武士は食わねど高楊枝《たかようじ》で通しているが、出入師《でいりし》仲間の鉄平や伊之吉《いのきち》の前に出ると、つるりと市井《しせい》の顔に豹変《ひょうへん》する。

が、この薄衣《うすぎぬ》で覆《おお》ったかのように靄《もや》がかった雨の中、堀沿いの軒行灯だけがやたら浮き上がって見え、我とはなしに、脚《あし》が吸い寄せられそうになるのは、夢之丞とて同様であった。

「それによ、三桝で伊之と落ち合うことになってるんでェ。力弥《りきや》の天骨《てんこち》もねえ依頼をきっぱり断った、そう言ってやらなきゃ、さぞや、伊之も気を揉《も》んでるだろうさ」

「へん、力弥のかませ者が！　たまさか、伊之が依頼人を見つけてきたかと思ったら、この様《ざま》でェ。奴《やっ》ァ、女《おな》ごに甘《あめ》ェからよ。小色《こいろ》な女ごに、ちょいと相談なんてびたくさ言われて、鼻の下を伸ばしやがってよ！　つなもねえ眉唾《まゆつば》もんかどうか調べもしねえで、まんまと乗せられちまってよ」

「おいおい、力弥の妹が男に拐《かどわ》かされたと聞いて、そいつァなんでも渡《わたり》をつけなきゃと息巻いてたのは、どこのどいつだっけな？」

夢之丞は再び歩き始めると、ちらと小柄な鉄平を流し見た。

「ああ、俺《おり》ャ、確かに言ったよ。けどさ、そりゃ、力弥に妹がいたらって話でェ！　へん、あの万八《まんぱち》が！　俺ャよ、つくづく女ごは怖《こえ》ェと思ったぜ」

鉄平がぶるるっと大仰《おおぎょう》に、番傘《ばんがさ》を揺すってみせる。

「置きャあがれ！　飛沫が飛ぶじゃねえか」

あっと夢之丞は鉄平を睨《にら》みつけたが、どこかしら、その声に張りがない。

人参《にんじん》飲んで首括《くく》るとは、まさにこのことであろうか。

前後を考えないでことを行うと、身の破滅《はめつ》……。

力弥の滅多話《めったばなし》にまんまと乗せられ、下手《へた》をすれば、夢之丞は生まれて初めて、人を斬《き》る羽目《はめ》に陥《おちい》ったかもしれないのである。

伊之吉が力弥から、妹が見世の馴染客《なじみきゃく》に拐かされたので取り返してほしいと頼まれたのは、昨日のことだった。

力弥は佐賀町の茶飯屋《ちゃめしや》一献《いっこん》の女将《おかみ》である。

一献は油堀《あぶらぼり》に面した比較的便利な場所にあり、伊之吉に言わせると、茶飯とあんかけ豆腐《どうふ》しか出さないが、それにしては結構な繁盛《はんじょう》を見せているという。

どうやら、伊之吉は夢之丞が一度も暖簾《のれん》を潜《くぐ》ったことのない一献に、頻々《ひんぴん》と顔を出しているようである。

「力弥は辰巳芸者《たつみげいしゃ》だったようでやすが、五年ほど前《めえ》に、旦那に落籍《ひか》されたか、てめえで銭を溜《た》めたかで、佐賀町に茶飯屋を出しやしてね。へへっ、酒の他に茶飯とあんかけ豆腐しか出さねえんだから、手間《てま》ァかからねえや。板場の爺《じい》さんに小女《こおんな》の一人も使えば見世が回るって寸法で、あの女将、しこたま溜め込んでると聞きやしたぜ」

伊之吉はそう言い、女将の力弥も小股《こまた》の切れ上がった女ごなら、これまた小女というのがなかなかどうして、ちょいとしたぼってり者《もん》でしてね、一献の馴染客は酒や茶飯じゃなく、女将かおとよという小女が目当てだろうと言われてるくれェで……、とでれりと脂下《やにさ》がって見せた。

察するに、伊之吉もその一人のようである。

「ところがよ、おいらもこの度《たび》初めて知ったんだが、おとよは力弥の実の妹だというじゃねえか」

伊之吉は仕こなし顔に、話を続けた。

その日、伊之吉は浜町での用事を終え、何かに急《せ》かされるように永代橋《えいたいばし》を渡った。

そろそろ暮れ六ツ（午後六時）になろうとする。

喉もからついていれば、腹もへだるい。

何より、幼馴染《おさななじみ》のしょうもない口舌《くぜつ》（痴話喧嘩《ちわげんか》）に頭を突っ込んだばかりに、さんざっぱら糞《くそ》が呆《あき》れる繰言《くりごと》を聞かされた挙句《あげく》、なら、離縁するかと訊《き》けば途端に夫婦揃《そろ》って後足《しりあし》を踏み、こんなへぼくたでも屁《へ》をひり合った仲、本木《もとき》に勝《まさ》る末木《うらき》なしと、次郎にも太郎にも足らぬことを言われた日には、渡引《わたりひき》に入った伊之吉は好《い》い面《つら》の皮である。

おまけに、夫婦揃って伊之吉の幼馴染ときては、二人の縒《よ》りが戻ったからといって、小づりも取れない。

まっ、端《はな》から出入師としてじゃなく、竹垣《たけがき》（幼友達）として分《わか》ちをつけに入《へえ》ったのだから仕方がないとしても、酒の一杯《いっぺえ》、いや、蕎麦《そば》の一杯くれェ振舞《ふるま》ったところでよさそうなものを、あの大かぶりが、茶の一杯も出さなかった……。

へん、何が屁をひり合った仲でェ！

考えれば考えるだに、業が煮えてくる。

伊之吉はちっと舌打ちした。

すると、計《はか》ったように、本所横川町の鐘が六ッを知らせ、途端《とたん》に、腹の虫がくうと鳴いた。

あっ、やべェ……。

伊之吉は永代橋を刻《きざ》み足に渡ると、油堀へと向かった。

六ッを廻《まわ》ると、間口三間、奥行六間の一献は、小上《こあ》がりばかりか、樽席《たるせき》まで満席となる。

おいおい、このうえ、見世の外で待たされるなんて、俺ャ、真っ平《ぴら》ご免《めん》……。

が、下ノ橋を渡り、伊之吉はおやっと目を瞬《しばたた》いた。

常なら、縄暖簾の前に一人や二人はいてもよさそうな順番待ちの客が、皆目《かいもく》、見当たらない。

しかも、このムッと噎《む》せ返るような蒸し暑さの中、油障子《あぶらしょうじ》も閉まったままである。

軒行灯に灯《ひ》が入っているところを見ると、商《あきな》いはしているのだろうが、どう考えても合点《がてん》がいかない。

伊之吉は怪訝《けげん》に思いながらも、障子を開けた。

やはり、客は一人もいなかった。

女将の力弥だけが、樽席の真ん中で、飯台《はんだい》に突っ伏している。

「なんでェ、今日は休みかい？」

伊之吉が声をかけると、済《す》まないね、と力弥は大儀《たいぎ》そうに顔を上げたが、相手が伊之吉と知ると、お待ち、と呼び止めた。

「なんだか今日は客の相手をする気にならなくてね。一旦《いったん》は開けてみたんだけど、七ッ（午後四時）で山留《やまどめ》にしちまったんだよ。けどさ、おまえさん、よいところに来てくれた。確か、おまえさんは出入師だったよね？」

力弥は伊之吉に坐《すわ》れと目で促《うなが》すと、それまで露《つゆ》の蝶《ちょう》のようだった顔に、ぼッ、てり、とした艶冶《えんや》な笑《え》みを浮かべた。

「伊之吉さん、力になっておくれだよね？」

力弥は再び伊之吉にぞくりとするような汐《しお》の目をくれた。

が、ぞくりとしたのはその瞬間だけである。

小女のおとよが荒川作之進《あらかわさくのしん》という浪人に拐かされた、いや、あれは拉致《らち》されたのも同然なのだから、何がなんでも取り返してほしい、と言ったときの顔はまるで別人のように権《けん》高《だか》で、伊之吉は飴玉《あめだま》の後に梅干《うめぼし》でもしゃぶらせられたかのような想《おも》いに陥った。

女ごは誰しも如来顔《にょらいがお》と夜叉顔《やしゃがお》を裏表《うらおもて》に持ち合わせているというが、力弥は恰《あたか》も古革羽織《ふるかわばおり》（すれっからし）さながら、憎々《にくにく》しげに目を吊《つ》り上げ、口許《くちもと》までびくびくと顫《ふる》わせている。

荒川作之進という男は、伊之吉も知っていた。

伊之吉が一献に顔を出すと、必ず、小上がりの一番奥に坐っていた男である。

荒川はよほど金回りがよいとみえ、荒川の飯台には、毎度、銚子《ちょうし》の三、四本に刺身《さしみ》や煮魚などが載《の》っていた。

どれも、品書《しながき》にはない肴《さかな》ばかりである。

あるとき、担《にな》い売りの男が自分にも刺身をくれと注文すると、悪いね、売り物じゃないんでね、と女将が決まり悪そうに笑い返したのを、伊之吉も憶《おぼ》えている。

伊之吉はそんな力弥の様子から、さしずめ、あの男は女将の情夫《いろ》に違いないと思っていたのだが、すると、荒川の目当ては力弥ではなく、おとよだったのか……。

「えっ、じゃ、何かえ？　あの男、おとよと引き換えに、金を強請《ゆす》ってきたってェのか！」

「いいえ、強請られたわけじゃないんですけどね」

「なら、いいじゃねえか。そりゃ、おとよほどのじょなめいた女ごは、そうそういるもんじゃねえからよ。女将にしてみりゃ、新《あら》たに小女を雇《やと》うのは難儀《なんぎ》だろうが、まっ、おいらも心懸《こころが》けておくし、口入屋《くちいれや》に……」

「莫迦《ばか》をお言いじゃないよ！　おとよはね、あたしの実の妹なんだ。あんな穀潰《ごくつぶ》しにたった一人の妹を攫《さら》われたんじゃ、あたしゃ、田舎のおとっつァんやおっかさんに申し訳が立たないじゃないか！」

力弥は袖《そで》で顔を覆うと、さめざめと涙を零《こぼ》した。

おとよが力弥の妹とは、初耳であった。

が、そうと判《わか》れば、しかも、力弥はおとよを連れ戻してくれたら小づりを出すとまで言うのだから、出入師として、ここはなんでも引き受けないわけにはいかないだろう。

それで、伊之吉が依頼を受けて帰ってきたのであるが、なんと、荒川作之進という男、滅法界《めっぽうかい》、剣の腕が立つというではないか……。

聞くところによると、門弟が多いと評判の、大島町の神道無念流《しんとうむねんりゅう》道場で師範代《しはんだい》に次ぐ高弟というのだから、同じ浪人といっても、鴨下道場の師範代を務める夢之丞とは、剣の腕はさておき、金回りの点からいえば、雲泥《うんでい》の差に違いない。

「だからさ、ここはなんでも夢さんにきばってもらわなきゃ。だってそうだろう？　渡引に入《へえ》ったはいいが、いきなり、やっとうで斬りつけられてみな？　小づりに三両貰《もら》ったところで、割が合やしねえ」

「まさか……」

夢之丞は伊之吉の話を聞きながら、何かしら、割り符《ふ》の合わない、もどかしさを感じていた。

それで、今日、夢之丞が直接力弥に逢《あ》って、仔細《しさい》を質《ただ》そうと思ったのだが、肝心《かんじん》の伊之吉が再び浜町の幼馴染に呼び出される羽目になり、仕方なく、鉄平一人を連れて一献を訪ねたのである。

が、お茶湯《ちゃとう》にもならないとは、全《まった》く、このことであった。

力弥は夢之丞の風体《ふうてい》と腰の二本差しを見るや、如来顔をかなぐり捨て、いきなり本音を洩《も》らした。

「あたしゃ、おとよなんて女はどうでもいいんだ。あの男、そう、荒川作之進が憎いんですよ！　いっそのやけ、斬り殺して下さいな。人を虚仮《こけ》にして、さんざっぱら貢《みつ》がせてさ。あたしに水気《みずけ》がなくなったと見るや、後足《あとあし》で砂をかけるような真似《まね》をして、おとよをかっ攫っていったんだからね。荒川なんて男は、人でも杭《くい》でもない！　ねっ、後生一生《ごしょういっしょう》のお願いだ。お武家同士の斬り合いなら、果たし合いとかなんとか、なんとでも方便《ほうべん》がつくだろう？　ううん、荒川だけじゃなく、いっそ、おとよも斬って下さいな。礼は三両なんてみっちいことを言やしない。五両、いえ、十両払うからさ」

修羅《しゅら》に燃えた力弥の目は、じりじりと脂《あぶら》ぎった光を放ってきた。

要するに、おとよは力弥の妹ではなく、情を交《か》わした男が別の女に寝返ったことに悋気《りんき》して、意趣返《いしゅがえ》しのために手を貸してくれということだったのである。

「けどさ、あの女《あま》、おいらが夢さんのことを似非侍《えせざむらい》と呼んだら、尻毛《しりげ》を抜かれたような顔をしちまってよ。魂《たましい》を抜き取られたみたいに、へなへなと坐り込んじまった。へへっ、嗤《わら》

える よな！」

鉄平がぽんと夢之丞の背を小突《こづ》く。

言われてみれば、その通り……。

鉄平が咄嗟《とっさ》に機転を利《き》かさなければ、あの場は逃げられなかったに違いない。

「駄目《だめ》駄目！　てんごう言っちゃいけねえや。こいつァ、見かけは侍《さむれえ》だけどよ、つい先《さい》つ頃《ごろ》まで旅芸人をしていたへぼ役者でよ。まっ、言ってみりゃ、似非。似非侍でやしてね。舞台でやっとうを振り回してみても、人を斬るなんて滅相《めっそう》もねえ。大根一本切ったことねえんだからよ！」

鉄平の機転に、夢之丞はほっと息を吐《つ》いた。

出入師という生業《なりわい》、人殺しや盗人《ぬすっと》といった筋の通らないこと以外は大概《たいがい》引き受けてきたが、肝精《きもせい》を焼いた女ごに振り回され、人を斬るなど願い下げである。

「全く、おめえの機転が利くのには、頭が下がるぜ。伊之がいたら、こうはいかなかっただろうよ」

「けどよ、十両はちょいとばかし惜《お》しかったたな」

「何言ってやがる！　おっ、ようやく海辺橋《うみべばし》だ。伊之の奴、首を長くして、待ってるだろうて」

雨足《あまあし》がまた速くなったようである。

番傘がばりばりと音を立て、雨をしぶいた。

「済まねえ。俺が力弥の口車《くちぐるま》に乗せられちまったばかりに……。けど、酷《ひで》ェ女《あま》だぜ。てめえが男に捨てられたからといって、夢さんに二人をぶっ殺してくれとはよ。しかも、あの女、俺に嘘《うそ》をつきやがった！」

三桝で待っていた伊之吉は、夢之丞から事情を聞き、可哀相《かわいそう》なほどに潮垂《しおた》れた。

「だが、力弥の気持も解らなくもない。荒川という男、道場で代稽古《だいげいこ》をし、小遣《こづかい》程度は貰っていたらしいが、そんなものじゃ、食っちゃいけねえ。それで、二年ほど前から、力弥に食わせてもらっていたらしいが、荒川は今に自分の道場を開くとかいって、準備資金といっては、力弥から金を持ち出していたらしい。力弥の話では、荒川の奴、かれこれ三十両近く持ち出したというから、大《てえ》した男よ。奴《やっこ》さん、どうやら、その金を溜め込んでいたんだろうな。四、五日前、世話になった、と書き置きを置いて、消えちまったというのよ。しかも、あろうことか、小女のおとよまで姿を消しちまった。女ごの勘《かん》というのは怖《こえ》ェよな。此《こ》の中《じゅう》、おとよの荒川を見る目つきや、酒を運んでいく度に、何やらじょなめいた仕種《しぐさ》で耳打ちしているのを見て、まさかと思いながらも、二人の関係を疑っていたそうだ。それで、力弥はすぐさま大島町の道場やおとよの裏店《うらだな》を訪ねてみた。ところが、荒川はもう二年以上も前から道場に顔を出さなくなっていたというじゃねえか。逆に、師範代から荒川は今どうしているのかと訊かれる始末でよ。力弥は途方《とほう》に暮れちまった。おとよはおとよで、見世に来なくなった前日、裏店を引き払ったというじゃねえか。こうなると、二人が示し合わせて姿を消したと思わざるを得ねえからよ」

夢之丞は深々と息を吐き、手酌《てじゃく》で酒を注《つ》ぐと、ぐびりと呷《あお》った。

「で、二人の行方は判ったんで？」

伊之吉がそれでなくても生虫《なまむし》を懐《ふところ》に入れたような、薄気味《うすきみ》の悪い顔に渋面《じゅうめん》を作る。

伊之吉は細い目の奥から、きらりと光を放った。

鉄平がにたりと嗤う。

「それがよ、蛇《じゃ》の道は蛇《へび》でェ。おとよって女は力弥がお座敷に出ていた頃、まだ下地《したじ》っ子でよ。男好きのする顔こそしてるが、芸事にゃ向いてねえとくる。それで、姉貴分に当たる力弥が脚を洗うとき、一緒に身抜《みぬ》きさせたってわけだ。無論、銭は力弥が出したってよ。まっ、言ってみりゃ、おとよは力弥の手下《てか》みてェなもんでェ。つまり、力弥にはおとよのことなら大概《てえげえ》のことが解るってことなんだろうよ。それで、江戸に身寄りのねえおとよが、何かある度《たんび》に、殊《こと》に、人生の岐路《きろ》ってときに、富岡八幡宮《とみおかはちまんぐう》でお百度《ひゃくど》を踏んでいたのを思い出したってわけさ」

「成程《なるほど》、富岡八幡宮を張ってりゃ、そのうち、おとよが現われると踏んだってわけだ。けどよ、張るったって、力弥には見世があるんだぜ。そうそう見世を閉めるわけにゃいかないだろうが。確か、おいらの見たところ、一献が閉まっていたのは、早仕舞《はやじまい》した、あの日だけだと思うが……」

「なんでェ、伊之、おめえ、毎日、一献に顔を出してたのかよ！」

鉄平にちょっくら返され、伊之吉は珍しく挙措《きょそ》を失い、頬《ほお》を赤らめた。

「置きャあがれ！　油堀はおいらの通り道でェ。前を通っただけで、見世が開いてるかどうかくれェ判らァ！」

「もうよいではないか。さっ、鉄平、続けな」

夢之丞はそんな二人の掛け合いを横目で睨《ね》めつけ、また、ぐびりと酒を呷った。

「だからよ、板場の爺さんに張らせたのさ。仕込みさえ済ませておいたら、後は女将一人でやっていけるからよ。おとよが風邪を拗《こじ》らせて寝込んでるとでも言えば、板場に爺さんがいようがいまいが客にゃ関係ねえのよ」

「あっ、そういうことか……」

どうやら、伊之吉も納得したようである。

「へん、おとよって女ごは解りやすい女ごだぜ。案の定、爺さんが張ったその日、すぐに現われた。爺さんは女将に言われたとおり、声をかけることなく陰からおとよを窺《うかが》い、気づかれねえように後を跟《つ》けてった……。するてェと、おとよの奴、亀久橋《かめひさばし》を渡り、大横川に出ると、島崎町のほうに曲がったというじゃねえか。爺さんはしっかりとおとよの入《へえ》った裏店の部屋まで見届けて、帰《けえ》って来た」

「で、荒川は？　奴も一緒だったのか」

「当た坊よ！　爺さんのこった、そいつはねえ。あれで、若ェ頃《わけ》はいっぱしの消炭《けしずみ》だったというからよ。抜かりなく、裏店の連中に探りを入れたとよ」

夢之丞は徐《やお》ら盃《さかずき》を置くと、軽く咳《しわぶき》を打ち、鉄平の後を続けた。

「荒川とおとよが島崎町の次郎吉店《じろきちだな》にいることまでは判った。だが、ここからが問題だ。常並《つねなみ》な女ごなら、髪を振り乱してでも二人の部屋に乗り込むだろう。ところが、力弥は深川で鳴らした花形芸者だ。まかり間違っても、世間から男に懸想《けそう》しただの、修羅を燃やしただの、ましてや、袖にされたなどと言われたくねえ。辰巳芸者の矜持《きょうじ》がそれを許さなかったのだろうて。よって、自《みずか》らは動けない。かといって、嘗《かつ》ての仲間である、消炭にも頼めない。思案投げ首考えていたところに、伊之、おめえが現われたってわけよ」

「えっ……」

伊之吉は細い目を一杯に見開き、絶句した。

「するてェと、俺ャ、飛んで火にいる……」

「そういうこった。出入師なら、花柳界と関係ねえところで動けるからよ。ところが、力弥の知恵の廻るところは、ここからだ。荒川は剣の遣《つか》い手だ。仮に、奴が渡引に応じないとすれば、最後は力尽《ちからず》くになるかもしれない。ここはどうでも、奴と刀で対峙《たいじ》できる相手をと思ったのだろう。俺は一献に一度も行ったことがねえが、伊之が浪人と組んで出入師をしていることは、風の便りに知っていたのだろう。そこで、伊之を唆《そその》かせば、必ずや、俺が出て来ると、そう読んだのに違《ちげ》ェねえ」

「えっ、じゃ、俺ャ、一体《いってえ》、なんなのよ！　これじゃ、まるきり抜作《ぬけさく》、猪牙助《ちょきすけ》（軽薄者）そのものじゃねえか！」

「まっ、怒《おこ》るなよ、伊之さん。猪牙助と言えば、力弥だって同じでェ。夢さんを浪人と踏んだところまでは良かったが、詳しいところまで知っちゃいなかった。だからよ、おいらが夢さんのことをやっとうこそ持っちゃいるが、大根一本切ったことのねえ似非侍と言った途端、顔面蒼白《がんめんそうはく》になっちまってよ。へへっ、あの女《あま》、思惑《おもわく》が外《はず》れて、今頃、白目を剥いてのたうち回ってるかもしんねえぜ。まっ、そんな理由《わけ》で、今日は小ぶりの一文も収穫なし。相も変わらず、俺たちゃすかぴんってわけでェ！　ああ……、やってられねえや」

「済まねえ。本当に、済まねえ。俺がつがもねえ話を持ち込んだばかりによ、無駄足を踏ませちまった。だからよ、ここの鳥目《ちょうもく》は俺が持つからよ。なんでも好きな物を食ってくれ」

　伊之吉が上目遣《うわめづか》いに二人を窺う。

「おっ、豪気《ごうき》じゃねえか。いいってことよ、気にすんな。銭がねえのは毎度のことでェ。しくじる度《たんび》に身銭《みぜに》を切ってたんじゃ、誰しも身が持たねえ。てめえの飲む金くれェ持ってるからよ、安心しな」

「いや、夢さん、違うんだよ。おいら、今日も浜町の友達《だち》に呼ばれただろ？　つがもねえ夫婦喧嘩《めおとげんか》しくさってよ。別れる切れると大騒ぎだったが、へん、なんのつけ、元の鞘《さや》に収《おさ》まったかと思うと、いちゃいちゃしくさって！　俺ャ、昨日は呆《あき》れ蛙《かえる》に小便《しょんべん》って恰好《かっこう》で帰《けえ》って来たんだが、友達だしよ、小づりなんて期待しちゃいなかったし、貰う気もなかった。するてェと、今朝になって、再びお呼びがかかったじゃねえか。俺ャ、またかよって、一献のこともあったし、渋々ながらも出向いたわけだが、これがなんと、夕《ゆん》べになって、嬶《かかあ》の腹に赤児《やや》がいることが判ったというじゃねえか。奴《やっこ》さん、大喜びでさ。所帯を持って八年目にようやく授かったってわけだ。何がなんでもおいらに報告しなきゃ、そう言えば、昨日は頭に血が昇ってしまい、礼をするどころか、茶の一杯《いっぺえ》も出さなかった……、とまあ、こうなのよ。それでよ、礼と祝儀《しゅうぎ》の意味で、ほれ、二分金を包んでくれてよ」

伊之吉はにっと相好《そうごう》を崩《くず》すと、懐から小銭入れを取り出した。

「おったまげ！　おいおい、夫婦喧嘩の仲裁で、二分もかよ」

鉄平が二分金を摘《つま》み上げ、刺身だろ、煮奴《にやっこ》に串貝《くしがい》に雉子焼《きじやき》……、と早速《さっそく》好物を枚挙《まいきょ》する。

「ほう、そういうことなら、大船《おおぶね》に乗った気で、ご馳《ち》になるとしようか」

現金なものである。

まだどこかしらもやもやしていた、夢之丞の胸の霧《きり》も、いつの間にやら消えている。

三人は新たに諸白《もろはく》の熱燗《あつかん》を三本、鉄平が枚挙した肴を片っ端から注文した。

そうして、久々に旨《うま》い下《くだ》り酒で喉を潤《うるお》し、腹もくちくなった頃である。

「喧嘩するほど仲が良いというが、どうやら本当らしいな。お陰《かげ》で、俺たちも相伴《しょうばん》に与《あずか》ったんだもんな。だがよ、力弥のことといい、伊之の友達《だち》の女房といい、つくづく女ごの気持は解らぬものよのっ。理解できたようでいて、理解できぬ。不思議な存在よ」

夢之丞がぽつりと呟《つぶや》いた。

「けどよ、俺ャ、女ごに甘《あめ》ェと言われるかもしんねえが、なんだか、力弥が可哀相でさ。鉄火《てつか》で競肌《きおいはだ》に見えて、あれで、ひと皮剝けば、骨の髄《ずい》まで女ごなんだもんな」

伊之吉もしみじみとした口調で言う。

「言われてみれば、そりゃそうでェ。おいらもなんとはなしに力弥が不憫《ふびん》になってきちまったぜ。荒川だけが甘い汁を吸って、それでいいわけねえもんな？」

鉄平もとうもろこしを横咥《よこぐわ》えしたような口を、窄《つぼ》めて見せる。

「それよ！　先程から、俺も何かしら胸に蟠《わだかま》りを抱えていたのだが、やはり、荒川のことだった。このままでよいわけがない。伊之よ、明日、一献の爺さんをそれとなく呼び出して、荒川たちのいる裏店の場所を詳しく聞き出してくんな。いいな、爺さんには口止めしておくのだぞ。これは力弥とは関係のねえことだ。力弥に依頼されて動くわけではないのだからな」

夢之丞はそう言いきった。

途端に、胸の支《つか》えが下りたように、すっきりとした気分になった。

「じゃ、夢さん、奴を斬る気になったのかえ？」

鉄平が豆狸《まめだぬき》のような目を、一層丸くする。

「莫迦な！　話し合ってみるだけさ。荒川も武士なら、俺も武士。胸襟《きょうきん》を開いて語り合えば、荒川にも何をどうすべきか解らないはずはないと思ってな」

「流石《さすが》、夢さんでェ！　そうこなくっちゃ」

伊之吉が憑物《つきもの》でも落ちたかのように、晴れやかな顔をした。

「けど、力弥に内緒《ないしょ》ってこたァ、やっぴし、小づりは貰えねえってことなんでやしょ？」

鉄平が不服そうに、頰をぷっと膨《ふく》らませる。

「この業突《ごうつく》が！　てめえ、金の亡者《もうじゃ》か？　口を開けば、金のことしか言わぬではないか！」

夢之丞に鳴立《なりたて》られ、鉄平がへへっと鼻の下を擦《こす》る。

そうして、銚子を振るようにして、最後の一滴《いってき》を盃に空《あ》けたときである。

伊之吉が突如《とつじょ》思い出したというふうに、それそれ、と夢之丞を指差した。

「夢さん、女ごの気持が解らないと言っただろ？　それよ！　おいら、一昨日《おととい》、両国広小路でおぶんちゃんを見かけちまってよ……」

伊之吉は首を傾《かし》げた。

「それがどうしたってェのよ。いいじゃねえか。両国というのなら、さしずめ、見世物《みせもの》小屋にでも行ったんだろうて。おぶんも年頃の娘でェ。脚があるんだ、どこにでも行くさ」

鉄平が戯《おど》けたように茶を入れるが、伊之吉はまだ訝《いぶか》しげな顔をしている。

「そりゃ、どこにでも行くだろうさ。けどよ、一緒にいた男ってェのが、あの奈良屋《ならや》の道楽息子だぜ？」

「なんだって！　あの勝太郎《かったろう》かよ。なんだってまた、あんなすけこまし、と！」

「いや、二人きりというわけじゃなかったんだけどさ。富本屋《とみもとや》のおそよって娘と三人で歩いてたんだがよ。勝太郎の奴、両脇に娘二人を引き連れて、脂下がったように、びりつきながら歩いてやがった。妙じゃねえか。おぶんが夢さんにほの字ってこたァ、深川中の者が知ってる話だ。そのおぶんがよ、まっ、嬉《うれ》しそうな顔をしやがってよ。こりゃ、一体《いってえ》、どうなってるんでェ。なっ、夢さん、おめえ、それでいいのかよ！」

夢之丞はぷっと噴《ふ》き出した。

「何言ってるんでェ！　おぶんは十八の小娘だぜ。あの年頃の娘はよ、昨日と今日で言うことが違っても、少しも可笑《おか》しくはねえ。第一《でえいち》、おぶんと俺はなんら関係ねえんだからよ！」

夢之丞は嗤って見せたが、その胸に、一旦消え去ったはずの澱《おり》のようなものが、また、つるりと音もなく忍《しの》び込んできた。

「いやァ、食った、食った。腹中満々《ふくちゆうまんまん》でェ！　さあ、帰《けえ》ろうか」

夢之丞は動揺を悟《さと》られまいと敢《あ》えて大声を出し、つと立ち上がった。

冬木町の治平店《じへいだな》に戻ると、真沙女が板敷に箱膳《はこぜん》を出し、独《ひと》り、夕餉《ゆうげ》を摂《と》っていた。

真沙女の前には、夢之丞の箱膳も用意され、茶椀《ちやわん》や汁椀《しるわん》が伏せたまま置かれている。

った。


「遅くなりました」

夢之丞が母の前に跪《ひざまず》くと、真沙女は箸《はし》を止め、上目遣いに夢之丞を見た。

「夜食はお済みですか」

「はい。道場からの帰り道、旧友に出会《でくわ》しまして、馳走《ちそう》になりました」

真沙女は嘘をつけといったふうに片眉《かたまゆ》を上げて見せたが、それ以上、質《ただ》そうとはしなかった。

この頃では、真沙女と夕餉を共にすることなど滅多になく、一廻り《ひとまわ》（一週間）に一度あればよいほうかもしれない。

帰宅が遅くなる言訳《いいわけ》として、考えられるだけの口実《こうじつ》は、全《すべ》て使い果たした。

というのも、筋の通る口実など、そうそうあるものではない。

旧友に逢ったとか、鴨下弥五郎《やごろう》に引き留《と》められた、親友の古澤求馬《ふるさわもとめ》の組屋敷に呼ばれたとか、たまに、鴨下道場に移るまで通っていた、本所番場町《ばんばちょう》の村雨《むらさめ》道場を訪ねたと言ってみるが、考えてみれば、同じ言訳を繰《く》り返しているだけにすぎなかった。

どうやら、真沙女のほうも愛想《あいそ》も小想《こそ》も尽き果てたようである。

さして夢之丞の言訳に耳を傾けているふうでもなく、

「さようにございますか。そなたが帰るまで待っていようかと思いましたが、五ッ（午後八時）を過ぎましたゆえ、先にいただいています」

と、毎度、表情ひとつ変えることなく、つるりと答える。

「どうぞ、そうして下さいませ。そのほうが、わたくしも気が楽です」

それで、夢之丞はほっと息を吐くのだった。

少し前まで、真沙女は夢之丞の帰宅がどんなに遅くなろうと、空腹に耐《た》え、食べないで待っていた。

夢之丞にしてみれば、それをやられると、古澤求馬と旨い酒を酌《く》み交わしていても、鉄平や伊之吉と馬鹿話《ばかばなし》を叩《たた》いていても、魂の半分を冬木町の裏店に置いてきたようで居心地《いごこち》が悪く、また、帰宅すればしたで、真沙女に付き合い、へどがでそうなほど満腹であろうが、無理してまで詰め込むことになる。

どうやら、真沙女は今宵も夢之丞の帰宅が遅くなると、踏んだようである。

そうなると、わざわざお菜《さい》を作る意味もないとでも思うのか、真沙女は今宵も冷飯《ひやめし》に汁《つゆ》、香《こう》の物だけの倹《つま》しい膳に向かって、無機的に箸を動かしている。

「母上、お独りのときでも、もう少し滋養《じよう》のある物を召し上がりませんと……」

夢之丞がそう言うと、真沙女はじろりと睨《ね》めつけた。

「母はこれで充分です。それに、独りだからこそ、始末をしなくてはなりません」

「……」

そう言われてしまうと、夢之丞には返す言葉がない。

「そう言えば、鴨下さまからまだ先月のお手当《てあて》をいただいていないように思うのですが」

食事を終え、真沙女が茶を淹《い》れようと鉄瓶《てつびん》に手を伸ばしかけ、思いついたといったふうに、つるりと言う。

夢之丞の胃の腑《ふ》がきやりとざわめいた。

恐らく、真沙女はこれを言いたくて、うずうずしていたに違いない。

夢之丞は痛いところを衝《つ》かれたのである。

鴨下道場の手当が毎月きちりと払われた例《ため》しはなく、夢之丞は不足分を裏稼業《うらかぎょう》の出入師の小づりで補ってきたのだった。

ところが、肝心のその裏稼業、どういうわけか、このところ枯《か》ればみ気味《ぎみ》で、そうなると、真沙女に道場からの手当と偽《いつわ》って渡す金にも不足をきたした。

決して、出入師の仕事がないわけではないのだが、依頼されるのは飼い猫が行方不明になったとか、ちまちました喧嘩の仲裁、付馬《つけうま》まがいの取り立てばかりで、そうなると、小づりとて知れている。

しかも、その少ない小づりを、夢之丞が半分、残り半分を伊之吉と鉄平で分けるのだから、仕事を終えて一杯やってしまえば、ものの見事に消えてしまい、懐にはびた銭一枚残らない。

「申し訳ありません。門弟の出入りが多く、いえ、入りより出のほうが多くて、先生もお困りのご様子なのです。今暫《しばら》く辛抱《しんぼう》願えませんか」

「おや、それはお困りだのっ。だが、何ゆえ、門弟が入らぬ」

真沙女が長火鉢《ながひばち》の猫板《ねこいた》に、そっと湯呑《ゆのみ》を置く。

「……」

夢之丞は返答に窮《きゅう》し、黙って、茶を啜《すす》った。

門弟が入らないのではなく、元々、鴨下道場には武家より町人のほうが多く、彼らは興味津々《きょうみしんしん》に入門するところまではしてみるのだが、大概、永くは続かなかった。

と言うのは、数年前、道場主の鴨下弥五郎が村雨道場から独立して、夢之丞と共に深川北六間堀町に道場を開いたのであるが、場所が悪かった。

待てど暮らせど、入門したいという者が現われない。

それもそのはず、さして遠くもない場所に、無外流《むがいりゅう》、身捨流《しんさりゅう》、鹿島神流《かしましんりゅう》などの道場があり、それぞれに歴史と威厳《いげん》の下《もと》に、武家の子弟を取り込んでいた。

それで、苦肉《くにく》の策《さく》として、町人に門戸《もんこ》を開いたのであるが、万人歓迎《ばんにんかんげい》、謝礼御心次第《しゃれいみこころしだい》、という看板を掲《かか》げたのが悪かったのか、見事に目論見《もくろみ》が外れた。

真面《まとも》に月並銭《つきなみせん》が入らないのである。

門弟の八割方が、月並銭替わりに、野菜や魚、米、調味料で済まそうとするのだから、食うには事欠《ことか》かないというものの、金にはならない。

従って、弥五郎から支払われる夢之丞の手当も、滞《とどこお》りがちになる。

だからこそ、それを補おうと、夢之丞は出入師という余り聞こえの良くない裏稼業に、手を染めてきたのだった。

「母上……」

夢之丞はきっと目を上げた。

「確か、母上はわたくしの仕官《しかん》が叶《かな》ったときの仕度金《したくきん》として、これまで、道場の手当には、一切《いっさい》、手をつけずに来られましたね？　こういう不足のときこそ、その金をお遣《つか》いになれば宜《よろ》しいのではありませんか」

真沙女はさっと色を失った。

「何を申す！　あれは大切な仕度金ではありませんか。現在《いま》は禄《ろく》を失い、零落《おちぶ》れているとはいえど、半井《なからい》家は勘定方組頭《かんじょうがたくみがしら》を務めた家筋《いえすじ》です。いざ鎌倉《かまくら》というとき、恥《は》ずかしい真似が出来ましょうか！」

「ですから、全て遣えと言っているのではありません。当座を凌《しの》ぐために、ほんの少し、お遣いになればよいのではありませんか」

「ほんの少し、ほんの少し……。そうして遣っていけば、十両ほどの金はすぐさまなくなってしまいます。あると思うからいけないのです。あの金はそなたが仕官するために遣う金。まだまだ足りないくらいです。なに、手当など出ずとも、母の針仕事で倹《つま》しく食べていけます。常住死身《じょうじゅうしにみ》、絶えず死を意識して生きていけば、怖いものなどありません」

また、これだよ……。

夢之丞は藪《やぶ》をつついて蛇が出たような想いに、唇《くちびる》をきっと噛《か》み締《し》めた。

真沙女は未《いま》だ夢之丞の仕官を諦《あきら》めていないようである。
四、五日前にも、ちょいとした口争いがあった。

「夢之丞、そなた、東堂《とうどう》さまのお誘いを断ったというのは、真《まこと》ですか?」

鴨下道場でひと汗流し、さて、ほおずきにでも顔を出すかな、と思っていたところ、真沙女が東堂内蔵助《くらのすけ》からの文を手に、柳眉《りゅうび》を逆立《さかだ》て、迫《せま》ってきた。

「文? 御家老から文が届いたのですか」

「何を空惚《そらとぼ》けたことを言っておる。東堂さまはそなたに力を貸してくれと頼んだが、その後なんら色よい返事が貰えないので案じていると、ほれ、ここにそのように書いてありますぞ。そなた、何ゆえ、母に何も言わぬ! 御家老が力を貸せと言われるとは、千載一遇《せんざいいちぐう》の機宜《きぎ》ではありませんか。ああ、やはり、東堂さまは父上との約束を憶えていて下さったのだ」

「お待ち下さいませ、母上」

やはり、真沙女に秘密にしておくわけにはいかないようである。

そう思い、夢之丞はひと月ほど前に辰《たつ》の口の上屋敷を訪ねたときのことを話した。

十二年前、国許で勘定方組頭を務めていた夢之丞の父左右兵衛《そうべえ》は、太物問屋《ふとものどんや》糸満《いとまん》から千両の賄《まいない》を受けた咎《とが》で、禄召し上げとなった。

が、どうやらそれには裏があるようで、親子三人、身を削《けず》るようにして江戸に出た後、左右兵衛は死の間際《まぎわ》、此度《こたび》のことは全て次席家老《じせきがろう》東堂内蔵助を護《まも》った結果だ、と真沙女に告げ、息を引き取ったという。

当時、国許では、城代家老《じょうだいがろう》の座を巡り、次席家老の平岐《ひらき》掃部助《かもんのすけ》と東堂内蔵助の熾烈《しれつ》な争いが繰り広げられていた。

左右兵衛は東堂派であった。

それで、全て東堂を護るためだったという左右兵衛の言葉を、真沙女は東堂と左右兵衛の間に約束事があり、夫は身代わりになったのだと、頑《かたく》なに信じてきたのだが、東堂はそうではないと言い切った。

「あの折、わしは左右兵衛を諌《いさ》める立場にあった。いかなる理由があろうと、賄など受けてはならぬと、諌めたのだ。だが、一旦受けたからには、返すわけにもいかぬ。糸満にも面子《めんつ》があるからな。よって、献金として、即座に藩庫《はんこ》に入れるべし、と諫言《かんげん》したのだ……」

辰の口の上屋敷で、東堂はいかにも好々爺然《こうこうやぜん》とした顔つきで、そう言ったのである。

高が一介《いっかい》の勘定方組頭の左右兵衛が、千両もの賄を受けたところで、どのような使い道があるというのであろうか……。

城代家老の座を巡って鬩《せめ》ぎ合う最中《さなか》、多数派工作のため、東堂の指示で左右兵衛が動いたのは、誰が考えても明らかなこと……。だからこそ、情報が平岐派に漏《も》れたと知るや、急遽《きゅうきょ》、献金として藩庫に納めるように東堂は指示したのである。

結句、私欲に駆《か》られた左右兵衛が賄を受け、ことが明るみに出そうになり慌てて糊塗《こと》した、と何もかも責任を一人で被《かぶ》ることになってしまったのであるが、今となっては、死人に口なし……。

東堂から切腹も免《まぬが》れないところが所払《ところばら》いで済んだのは、機転を利かせ、藩庫に納めてやった自分のお陰と思え、感謝されこそ、責《せ》められる覚《おぼ》えはないとまで言われてしまえば、もう何を言ったところで無駄である。

「そのような無体《むたい》なことを！　それでは道理が通らぬではありませんか」

夢之丞から仔細《しさい》を聞かされ、真沙女はこめかみに青筋《あおすじ》を立てて、全身で怒《いか》りに顫《ふる》えた。

「ですから、母上。御家老は財政の逼迫《ひっぱく》した藩では、現在《いま》、新たに藩士を抱えるわけにはいかないが、個人としてなら、わたくしの剣の腕を買ってもよいと申されましたが、きっぱりとお断りしました。それで宜しゅうございますね？」

真沙女は伏せた目を、毅然《きぜん》と上げた。

「ふふっ、半井も無礼《なめ》られたものよのっ。御家老はそなたに用心棒《ようじんぼう》か刺客《しかく》にでもなれと仰《おお》せか！　武士として生まれたからには、主《あるじ》のために生命《いのち》を投げ出すことを厭《いと》いはせぬが、信じることの出来ぬ主など、持ちとうはない。夢之丞、よう、お断りになった。母は祝着《しゅうちゃく》ですぞ」

真沙女はきっぱりとそう言いきったのである。

だが、それから二日ほど後のことである。

どうやら、真沙女は東堂を頼りにならないと諦めたようで、標的を紀藤直哉《きとうなおや》に替えてきた。

「そなたの知人に紀藤とかいう、ほれ、永《なが》く浪人をしていたが、念願《ねんがん》叶って、再び薩摩藩に権仕《ごんし》したというお方……。あの方に、口利《くちき》きしていただくわけにはいかないだろうか」

真沙女がそんなふうに言い出したのである。

「莫迦なことを……」

夢之丞は唖然《あぜん》とした。

だが、真沙女の気持が解らなくもない。

武家に生まれ、幼い頃より女大学《おんなだいがく》を叩き込まれて育った真沙女は、こうして侘《わ》びた裏店で母子《おやこ》が身を寄せ合い暮らしていても、仮にこの先、その侘び住まいさえもなくなり、橋の下で寒さを凌ぐことになったとしても、どうあれ、骨の髄まで武家の女であり続けようとする。

武家の矜持だけが生きる支《ささ》えであり、それを失うことは、死にも等しいと思う……、真沙女はそんな女《ひと》なのである。

「はいはい。解りました。母上のお好きなようにして下さいませ」

夢之丞が、やれ、と思いながらも、戯《おど》けたように言うと、真沙女はきっと凛然《りんぜん》とした声を返してきた。

「はいはい、とは何ごとです！　下卑《げび》た物言《ものい》いはお止《よ》しなされ！」

「はいは……」

夢之丞は慌てて、言葉を呑《の》み込んだ。

二日後、蛤町《はまぐりちょう》のほおずきで、荒川作之進と逢う約束になっていた。

直接、次郎吉店を訪ねることも考えたが、おとよがその場にいたのでは、荒川の本音が聞き出せないように思えたのである。

しかも、この度は、出入師として動くわけではない。

いらぬおせせの蒲焼《かばやき》と知りつつも、男と男として、荒川と腹を割って話したいと思ったから、敢えて、割って入ることにしたのである。

「えっ、どうして、おいらがついて行っちゃいけねえのかよ！」

夢之丞が一人で荒川に逢うと告げると、鉄平は河豚《ふぐ》のように頬を膨らませた。

「伊之は荒川と度々《たびたび》一献で顔を合わせている。力弥から頼まれたのではないと思わせるためにも、顔を出さねえほうがいいだろう。鉄、おめえもだ。おめえは顔を知られちゃねえが、俺とおめえが雁首《がんくび》揃えて出てみな？　荒川に構えてかかられぬとも限らねえからよ。こういった場合は、一対一がいいんだよ」

「じゃ、おいら、少し離れた場所に坐ってるからよ。万が一、奴がやっとうでも抜きそうになったら……」

「どうするってェのよ」

「……」

「ほれみろ！　案じるな。刀など抜きやしねえさ。それによ、荒川を呼び出すのは、おめえの嫌《きれ》ェなほおずきだぜ。確か、おめえ、辛気《しんき》くさくて、あの見世は嫌ェだとか言ってたよな？」

「えっ、なんだって！　なんで、ほおずきなのさ」

「こういう話は静かな見世のほうがいいんだよ。あそこじゃ、大声を出そうにも、周囲《まわり》を気遣《きづか》って誰しも気が退《ひ》けるだろ？」

「あっ、成程、そういうことか……」

ようやく、鉄平は納得したようである。

が、ほおずきを選んだのには、また別の理由もあった。

要するに、懐不如意《ふところふにょい》、金がないのである。

ほおずきなら、女将のおりゅうに、済まねえ、今日はこれでやってくれ、と前もって金を渡しておけば、その中で、気の利いた肴を見繕《みつくろ》ってくれ、酒も適当に出してくれる。

夢之丞は今朝なけなしの細金《こまがね》の中に南鐐《なんりょう》を一枚見つけ、ほっと息を吐き、同時に、潔《いさぎよ》く別れを告げた。

おりゅうなら、南鐐一枚あれば、荒川と二人でも決して恥ずかしくない、それどころか、もう一枚足してもよいと思うほどの肴を用意してくれ、酒も旨い。

だが、三人となると、どうだろう。

おりゅうなら二人が三人になろうと、そこはやはり、過不足《かぶそく》なく饗《きょう》してくれようが、それでは、おりゅうに無理をさせることになり、申し訳が立たない。

そんな姑息《こそく》な想いがあったのも、否《いな》めなかった。

一献の爺さんを遣いに立て、荒川とは七ッ（午後四時）にほおずきで落ち合うことになっていた。

「最初《はじめ》は荒川さまも半井なんて浪人は知らぬ、と警戒しておいでででしたが、一刀流《いっとうりゅう》鴨下道場の師範代をなさっているお方で、荒川さまが新たに道場を開かれるのをどこかで耳にされたのか、少しばかり話を聞きたいそうで、と言いやすとね、途端に相好《そうごう》を崩され、ならばってことになりやした」

亀《かめ》の甲《こう》より年の功《こう》とは、このことである。

伊達《だて》に永年《ながねん》消炭をやっていたわけではなく、目から鼻へ抜けたように、小手回《こてまわ》しがよい。

「手間をかけたね。くれぐれも、このことは女将に内緒だぜ」

夢之丞がそう言うと、爺さんは、解ってやす、とにっと笑って見せた。が、突如、思いついたように、目を瞬《しばた》いた。

「それがよ、裏店を訪ねたら、五歳くれェの女ごの子が出て来やしてね。ありゃ、一体《いってえ》、誰でやしょ」

「女ごの子？　おい、まさか、荒川とおとよの娘ってェのじゃねえだろうな？」

「まさか……。女将さんやおとよが荒川さまと逢ったのは、三年前《めえ》だ。そんなわけがあるはずがねえ」

「では、近所の子がたまたま遊びに来てたのだろうて」

夢之丞がそう言うと、あっ、さいですね、と爺さんも納得したようであった。

夢之丞は荒川が現われる前に、おりゅうに懐具合を話しておこうと、少し早めに、裏店を出た。

が、路次口《ろじぐち》を出て、仙台堀へと出ようとしたところで、堀沿いの道から新道《しんみち》へと入って来る、おぶんに出会《でくわ》した。

おぶんは稽古帰りなのか、三味線《しゃみせん》を胸に抱いている。

夢之丞は、おう、と顎をしゃくった。

おぶんも夢之丞に気づいたようで、あっと丸い目を見開いたが、何を思ったか、その目をつっと横に逸《そ》らした。

いかにも態《わざ》とらしい仕種だが、そのまま心持ち顎を上げ、目を逸らしたまま歩いて来る。

夢之丞はおやっと思った。

いつもは、夢之丞の姿を見るや、小犬のように駆けて来るおぶんである。

だが、これでは、まるで夢之丞には気づいていないぞと言わんがばかりである。

「おう、今帰《けえ》りか」

夢之丞は今度は声に出して、呼びかけてみた。

すると、おぶんはちらと夢之丞に視線をくれたが、つっと、再び顔を横に向け、答えるでもなく、そのまま通り過ぎて行った。

なんでェ、今のは……。

夢之丞は脚を止め、おぶんの背が路次口に消えるのを見届けた。

そう言えば、今までは毎日のように、夢さん、夢さん、と纏《まと》いついてきたおぶんだが、このところ、余り寄りつかなくなったように思う。

だが、年頃の娘のことである。

稽古事やら何やらで忙しいのだろうと思い、夢之丞にしてみれば煩《うるさ》くなく、寧《むし》ろせいせいしていたのだが、それにしても、今のおぶんの態度はどうだろう。

何か、おぶんの気に障《さわ》るようなことをしたのだろうかと考えてみるが、思い当たることなど、何ひとつ浮かんでこない。

「一緒にいた男ってェのが、あの奈良屋の道楽息子だぜ?」

「おぶんが夢さんにほの字ってこたァ、深川中の者が知ってる話だ。そのおぶんがよ、まっ、嬉しそうな顔をしやがってよ……」

確か、伊之吉はそのようなことを言ってたっけ……。

途端に、安酒でも飲まされたように、不快さがわっと衝き上げてきた。

おぶんは治平店の大家徳兵衛《とくべえ》の一人娘である。

夢之丞とは十歳も歳の違う小娘であるが、どういう気紛《きまぐ》れか、一年ほど前から夢之丞につき纏い、あたし、夢さんの女房になってあげてもいいよ、と人前であろうがつるりと公言して憚《はばか》らない。

そればかりか、おりゅうや芸者の千代丸《ちよまる》、夢之丞に係《かか》わりのある女《おな》ごという女ごの全てに、いっぱしの肝精を焼いてみせる。

まあ、言ってみれば、たわいもないことであり、可愛《かわい》いといえば可愛いのであるが、夢之丞にしてみれば、小娘の世迷《よま》い言《ごと》にいちいち付き合ってはいられない。

「まあま、我儘娘《わがまむすめ》の気放《きほうじ》とでも思って、辛抱してやって下さいまし」

大家の徳兵衛は親馬鹿《おやばか》ちゃんりん蕎麦屋《そばや》の風鈴《ふうりん》ときて、そんなおぶんに目尻をでれりと下げ、脂下がるばかりであった。

一人娘のおぶんはいずれどこからか婿《むこ》を取るであろうし、夢之丞もまた、現在《いま》は浪々の身といえど、口さえ開けば、仕官仕官と曰《のたま》う母を抱え、おぶんとはどこまで行こうと平行線……。

それが解っていて、徳兵衛がおぶんの気随《きずい》を許すのは、娘心ほど変わりやすいものはなく、そのうち、おぶんの熱も冷めるであろうと、そう高を括っているからに違いない。

へん、そういうこったか……。

つまり、おぶんの夢之丞への熱が冷めたということなのであろう。

が、そうなればなったで、どこか心寂《うらさみ》しい想いがするのは、何故《なぜ》だろう……。

何言ってやがる。さっぱりしたじゃねえか……。

夢之丞は全身にハシッと気合いを入れると、堀沿いの道へと出て行った。

やはりまだ些《いささ》か早いとみえ、七ッ（午後四時）前のほおずきには、客の姿は見えなかった。

「あら、随分《ずいぶん》、お早いこと」

縄暖簾を潜ると、掛け花入れに梅花空木《ばいかうつぎ》を挿《さ》そうとしていたおりゅうが、涼やかな目を上げた。

「済まねえな。七ッに人と逢う約束があってよ。いつもの席を使わせてもらうよ」

夢之丞が奥の小上がりを指すと、おりゅうはその儚《はかな》げな表情の中に、ふわりとした笑みを湛《たた》えた。

紺地《こんじ》の井桁絣《いげたがすり》に、萌葱《もえぎ》色《いろ》の更紗《さらさ》帯《おび》を吉弥結《きちやむす》びにし、初夏を先取った装いが、珍しく、おりゅうを小色に見せている。

「ほう、夏隣《なつどなり》か……」

夢之丞が何気なく呟くと、おりゅうは花のことかとでも思ったか、

「夏椿《なつつばき》か空木かと迷ったのだけど、掛け花には空木のほうが似合うかと思って……」

と言った。

そんなおりゅうの淡々《たんたん》とした、約《つづま》やかなところが、夢之丞が惹《ひ》かれる所以《ゆえん》であろうか……。

涼風《すずかぜ》にすっと頬を撫《な》でられたような想いに、おぶんのことでまだ幾らか燻《くすぶ》っていた胸の靄《もや》が、一掃《いっそう》されたように思えた。

「おりゅうさんよ、恥を晒《さら》すようで恐縮なのだが……」

夢之丞は小銭入れから南鐐を摘《つま》み出すと、手短《てみじか》に事情を説明した。

おりゅうはふっと頰を弛《ゆる》めた。

「お代なんて、いつでも宜しいのに」

「いや、そりゃいけねえ。区切《けじめ》はつけなきゃ。ツケなんてしてみな？　味を占めて、ふてらっこく毎日のように顔を出しちまうぜ」

「あら、構いませんのよ」

「いや、いけねえ。親しき仲にも礼儀ありだ」

その刹那《せつな》、これから逢おうとする荒川作之進がふっと頭を過《よぎ》った。

「実は、今日わざわざ脚を運んでもらったのは、道場のことではないのだ」

口取《くちと》りの車海老《くるまえび》と枝豆の葛寄《くずよ》せ、鮎《あゆ》の塩焼が出た後で、夢之丞は荒川の盃に酒を注《そそ》ぐと、徐《やお》ら本題に入った。

荒川が不意を衝かれたように、鮎を口に運ぼうとした手を止め、えっと夢之丞を見た。

それもそのはず、荒川が見世に現われてからというもの、型通りの挨拶《あいさつ》の後は、もっぱら剣術の話題に終始し、流派は違っても互いに通ずるものを見出《みいだ》していたのだった。

荒川という男は、上背《うわぜい》はあるが全体に痩身《そうしん》で、端整な面立《おもだ》ちをしていた。

おまけに、男にしては些《いささ》か白すぎる肌に、時折つと過る虚無的《きょむてき》な表情……。どこか危なげで、つい手を差し伸べたくなる、そんなところが力弥やおとよの母性本能を擽《くすぐ》るのであろうか。

だが、それは表面上だけのことであり、夢之丞は荒川と目を合わせた瞬間、この男、かなりの遣い手、と見た。

目の配りに無駄がない。

一見、華奢《きゃしゃ》に見えるが、それは贅肉《ぜいにく》がついていないだけで、ひと皮剝けば、内には鍛《きた》え抜かれた筋肉が潜《ひそ》んでいると窺われた。

「道場をお開きだとか……」

夢之丞がそう言うと、荒川は随分永いこと適当な場所をと探していたが、ようやく横網《よこあみ》町《ちょう》に恰好な借家を見つけたのだと言った。

「何しろ、醬油屋《しょうゆや》の倉庫として使っていた、蒲鉾小屋《かまぼこごや》同然の物置でしてね。あちこちにガタがきていて、おまけに醬油臭い。が、店賃《たなちん》が信じられないほど下直《げじき》なので、文句のつけようがない。丁度、現在《いま》、大工を入れて、改装しているところです」

荒川は照れたように笑った。

この男、無表情に口を閉じていると、どこか斜《しゃ》に構えたように見えるが、笑うと、初《うぶ》な少年を想わせる。

それで、夢之丞は五年前、鴨下弥五郎と北六間堀町に道場を開いたときのことを面白可《おもしろお》笑《か》しく話してやったのだが、おりゅうが鮎の塩焼を運んで来たのを見て、そろそろ頃合かと、切り出したのだった。

「道場を開くに当たって、最も難渋《なんじゅう》するのは、門弟を集めることと既《すで》に言ったと思うが、鴨下道場はその最《さい》たるものでな、俺の手当が出ない。それで、余り自慢《じまん》の出来る話ではないのだが、出入師をして糊口《ここう》を凌いでいる」

「出入師？」

「おう。おぬしは知らぬか。つまり、喧嘩や争い事の仲裁に入り、双方《そうほう》納得した形で丸く収め、報酬《ほうしゅう》を得る生業《なりわい》のことだ。その仲間に伊之吉という男がいるのだが、この男が一献の常連でよ」

「伊之吉……。おう、あの男か」

「おぬしも知っていよう。生虫を懐に入れたような薄気味の悪い顔をした男よ。その伊之吉がどうやら女将にほの字のようなのだが、と言っても、奴が勝手に岡惚《おかぼ》れしているだけのことなんだが、奴が言うには、このところ女将が元気がない。鉄火で俠《きゃん》が売り物の女将が、まるで別人みたいに打ち拉《ひし》がれ、顔つきまで変わったってね。しかも、小女のおとよの姿も消えちまったし、毎日のように見世の小上がりに坐っていた、おぬしの姿も見えなくなった。これはきっと何かあるに違《ちげ》ェねえ……。伊之吉は女将のことを思うと気が気ではなく、つい、差出《さしで》してしまったというんだな。だがよ、誤解してもらっては困る。力弥っていうんだね、その女将は。力弥はね、伊之吉に事情を話した。恐らく、胸に溜まった鬱憤《うつぷん》を吐き出したかったのだろう。それだけのことだ。が、力弥に入れ込んでいる伊之吉にしてみれば、それでは収まらない。それで、俺にどうしたものかと相談してきたのだが、俺も困ってしまってよ。男と女ごのことは、一概《いちがい》に他人には計れぬものだからのっ。それに、片側からだけ話を聞いたのでは、本当のところは判らぬ。それで、ふっと、おぬしに逢ってみたいと思ってな。と言うのも、なんとなく、おぬしとは身の有りつきが似ているように思えてね。これは何かある。おぬしが力弥の元を去ったのには、何か理由《わけ》があると読んだのだが、違うだろうか？」

荒川は力弥の話が出ると、頬をびくりと顫《ふる》わせたが、その後は、別に動じるでもなく、黙って夢之丞の話に耳を傾けていた。

夢之丞は、さっ、飲め、と再び盃に酒を注いだ。

おりゅうが燗場《かんば》の前に立ち、夢之丞のほうを窺っている。

どうやら、酒のお代わりは、と訊いているようだが、夢之丞は黙って首を振った。

いつの間にやって来たのか、長飯台《ながはんだい》に常連の顔が一人、二人と見えるが、誰も喋《しゃべ》るでもなく、しみじみと独り酒を愉《たの》しんでいた。

「力弥には済まないことをしたと思っている」

荒川がぽつりと呟いた。

「では、話してくれるね？」

荒川は辛《つら》そうにふと眉を顰《ひそ》めたが、話しましょう、と目を上げた。

三年前のことである。

当時、大島町の神道無念流坂下道場で師範代に次ぐ席順にいた荒川は、その日も門弟たちに稽古をつけていた。

日頃から、荒川の稽古は厳しいことで通っていたが、その日は、あと一歩で中ゆるしが得られるという、目録《もくろく》二人を相手に稽古をつけていた。

一人は御徒組《おかちぐみ》田中修造《しゅうぞう》という男で、もう一人は小間物屋の次男坊照次《てるじ》であった。

ところが、この照次という男、親から御家人株《ごけにんかぶ》を買い与えられたばかりで、一刻も早く準免許《じゅんめんきょ》をと気ばかり焦《あせ》り、実力が伴《ともな》わない。

何をやっても空回《からまわ》りするばかりで、思いがけないところで尻餅《しりもち》をついてみたり、竹刀《しない》を高々と飛ばしてしまう。

これでは失笑を買ったとしても、致《いた》し方ない。

田中は嗤った。

が、その嗤いは憫笑《びんしょう》といった生易《なまやさ》しいものではなく、人の心をぐさりと抉《えぐ》る、毒を含んだ嗤いだったのである。

ところが、荒川の逆鱗《げきりん》に触れたのは、嗤いそのものではなかった。

田中がひとしきり嗤うと、権高《けんだか》な声で、ぴしりと照次の痛いところを衝いてきたのである。

「町人風情《ちょうにんふぜい》が金の力で武士になろうとしたところで、ふん、お里が知れてる。分《ぶん》を弁《わきま》えろってんだよ！」

田中の言葉は、飽くまでも、照次に放たれたものである。

が、荒川はかちんときた。

照次だけでなく、扶持離《ふちばな》れの自分も、同様に侮《あなど》られたと思ったのである。

「田中、次はおまえだ。来い！」

荒川は田中に竹刀を構えるように命じた。

田中に制裁を加えるには、この手しかない。

それでなくても、荒川は常より幕府お抱えの旗本《はたもと》、御家人を疎《うと》ましく思っていた。

彼らが悪いのではないと解っていても、余程の失態がない限り禄を食《は》んでいけるのだから、いつ改易《かいえき》の憂《う》き目に遭《あ》うか、いつ藩士削減のため、理由《わけ》も解らないまま禄召し上げになるか、常に気を引き締めていなければならない藩士に比べれば、どう考えても後生楽《ごしょうらく》に思え、胸糞《むなくそ》が悪い。

荒川は青眼《せいがん》に構えると、もう一度、来い、と大声を上げた。

そこから先は、荒川自身もよく憶えていない。

田中が尻餅をつき、竹刀を飛ばし、床に突っ伏して肩息《かたいき》を吐こうが、立て、さあ来い、と執拗《しつよう》に扱《しご》いた。

はっと気づいたとき、田中は口から泡《あわ》を吹き、天井に腹を向けて、びくりとも動かなくなっていた。

荒川には一瞬何が起こったのか、理解できなかった。面金《めんかね》をつけていなかったので、頭を打った覚えもなければ、胴を強く突いたわけでもない。

急遽呼ばれた医師の診立《みた》ては、心の臓の発作《ほっさ》ということだった。

「だが、あれは、俺が殺したようなものなのだ。師匠《ししょう》はおまえのせいではない。田中の運が悪かった、それだけの生命《いのち》だったのだ、と言われたが、おれは悔《く》いた。直接手は下さないまでも、あのとき、俺の心の中には、鬼《おに》がいた……」

荒川は掌《てのひら》を握《にぎ》り締め、ぶるるっと顫えた。

力弥に出逢ったのは、丁度、その頃である。

師匠や師範代は、気にすることはない、今まで通り、道場に通って来るように、と言ってくれたが、荒川は思い屈《くっ》し、鬱々《うつうつ》とした毎日を送っていた。

ある日、何気なく、茶飯という暖簾に誘われ一献に入ったところ、山留前《やまどめ》だったのか、女将が独り燗場の前に坐り、手酌で酒を飲んでいた。

「ふふっ、悪い癖《くせ》でしてね。寝しなにこれをやらないと、眠れなくなっちまってね。もう火を落としちまったので、あんかけ豆腐は無理だけど、茶飯の一杯くらいなら大丈夫だよ。丁度良かった。おまえさん、あちしに付き合っておくれでないか」

力弥は艶冶な笑みを寄越《よこ》し、茶飯の他に烏賊《いか》の塩辛《しおから》や漬物《つけもの》まで出してくれた。

「ささっ、平《ひら》に一つ」

力弥は酒を勧《すす》めるのも上手《うま》かった。

「おまえさん、何か悩みがあるようだね。話しちまいな。すっきりするよ」

そうして、荒川は酔いに任せ、扱きが元で、人一人を死に至らしめたことを打ち明けた。

力弥と一緒にいると、不思議と心が落着いた。

この女《ひと》になら、全てをさらけ出しても構わない。何を言っても、温かく包み込んでくれる、そんな女なのだ、と思った。

その夜、酔い潰《つぶ》れた荒川は、見世の二階、力弥の寝所《しんじょ》で褥《しとね》を共にした。

「俺はよ、狡《ずる》い男だから、言われるままに裏店を引き払うと、一献の二階に寝泊まりするようになった。力弥と暮らせば、食うに事欠《ことか》かないばかりか、小遣まで持たせてくれる。道場に行き辛くなっていたから、これ幸いとばかりに、力弥の世話になってしまったのだ。だが、いつまでも紐《ひも》のような生活をしていてよいわけがない。それで、いつしか、自分の道場を開く夢を持つようになり、力弥にもその想いを打ち明けたのだ」

「では、準備資金といって、力弥から引き出した金は、後《うし》ろめたいことに消えたというわけではないんだね？」

「ああ。周旋屋《しゅうせんや》の手間《てま》賃《ちん》や倉庫を借りる手付けとして幾らかは使ったが、まだ残っている」

「では、何ゆえ、道場を開く目処《めど》がついたと、はっきり力弥に言わなかった。何ゆえ、書き置きひとつで姿を晦《くら》ませ、しかも、おとよまで連れ出した。そのやり口が力弥にも伊之吉にも、無論、この俺にも気に入らないのだよ！」

夢之丞の口調は少し強すぎたかもしれない。

極力、声を潜めて話していたつもりだが、はっと土間のほうに目をやると、見慣れた顔ぶれの視線が、一斉《いっせい》に、夢之丞のほうへと注がれていた。

済まねえ……。

おりゅうが熱燗《あつかん》と茄子《なす》の田楽焼《でんがくやき》を運んで来ると、さり気ない振りで、小上がりと土間の間に衝立《ついたて》を立てる。

夢之丞が目顔で謝《あやま》ると、おりゅうもふっと目許《めもと》を弛めて、いいのよ、と目顔で答えた。

「悪かったな。つい、大きな声を出しちまって……」

夢之丞は荒川にも謝った。

「いえ、構いません。実は、先月のことなのですが、田中の妻女と娘が窮地に追い込まれていると、風の便りに聞きましてね。てっきり妻女は組屋敷で暮らしておられるとばかり思っていたわたしは驚きました。それで、慌てて調べてみましたら、男児のいない田中には家督《かとく》を継《つ》ぐ者がなく、急遽、修造の弟にその役が回ったようです。世間には、嫂直《あによめなお》しといい、亡くなった兄の嫁を弟の嫁に直す風習もあるようですが、この弟には既に将来を誓《ちか》い合った女がいて、何がなんでも、その女ごと所帯を持ちたい、姨《いずら》にはそのまま組屋敷に同居してもらっても構わないと弟は言ったようですが、やはり、居辛かったのでしょう。修造の妻女は娘を連れて組屋敷を出たそうです。ところが、出たのはいいか、実家《さと》の親は既に亡く、女三界《おんなさんがい》に家はなしとはよく言ったものです。行く宛《あて》もなく、亀戸《かめいど》の裏店に身を潜め、天神前《てんじんまえ》の土産物屋《みやげものや》で働きながら、なんとか生活《たつき》していたそうですが、心労《しんろう》のためか妻女は病の床に就き、それも日増しに衰弱するばかりで、もう余り永くないということが判ったのです。妻女が亡くなれば、幼い娘は身寄りもなく、たった独りになるわけです。家督を継いだ弟の家には、毎年のように子が生まれ、元々四十俵一人扶持となれば、これ以上子が増えるのを悦《よろこ》ぶはずもありません。わたしは意を決して、亀戸を訪ねてみました。が、遅かった……。妻女は既にこの世になく、大家や町役《まちやく》が自身番に集まって、娘をどうしたものかと相談しているところでした」

荒川はそこで言葉を切ると、目を閉じた。

「いっそ、あのとき、力弥に何もかも打ち明けたら良かったのかもしれません」

荒川は目を閉じたまま呟いた。

「おぬし、力弥にならば、何もかもさらけ出しても構わないと言ったではないか」

「ええ、そうなのですが、今まで、さんざん力弥に迷惑をかけてきて、わたしは頼りきっていたのです。それゆえ、これではいけないと自立して、道場を開くことを考えたのです。力弥に用立ててもらった金も、道場が軌道《きどう》に乗れば、少しずつでも返していくつもりでいました。それなのに、このうえ、わたしが娘を引き取ると言ったら、どうでしょう。力弥なら放っておくわけがありません。わたしは辛いのです。子が嫌いな力弥が、無理してまで、わたしのために娘を育てようとするのを黙って見ているわけにはいきません」

「子が嫌い？」

「ええ。はっきりと、わたしの前で言いました。生涯、子は持たない。人の親になるほど、自分は出来た人間ではないし、切ろうにも切れない縁は、持ちたくないのだ。そう、はっきり言い、わたしと夜を共にしても……」

「子を作ろうとしなかった……。そういうことなのか」

「ですから、わたしは急ぎ周旋屋を当たり、道場を開く準備を始めました。娘のほうは事情を話し、暫《しばら》く町内で預かってもらうことにしたのですが、四、五日前、引き取るつもりがあるなら、早く引き取ってほしいと亀戸から遣いが来ましてね。遣いが来たとき、たまたま力弥は外出していたのですが、おとよがその場にいた。娘のことがおとよに知れてしまった……。さあ、困ったと思っていたら、おとよが目を輝かせて、大丈夫だ、あたしは子供が大好きだから、子守りとして、荒川さんについて行ってもいいですよ、というではありませんか。渡りに舟とはこのことだと思い、後先《あとさき》考えずに、道場が完成するまでの繋《つな》ぎの意味で、島崎町の裏店を借りたのです。だが、まさか、わたしとおとよの仲が疑われているとは……」

「何言ってるんでェ。こそこそ隠れて事を運んだんじゃ、疑われて当然じゃねえか。おめえさんがやったことはよ、四の五の御託《ごたく》を並べたところで、力弥に後足で砂をかけたも同然でェ。おとよにしても同《おんな》じでェ。さんざっぱら世話になっといて、力弥がおめえに惚れてると知っていて、ひと言の挨拶もなく、ついて行ったんだからよ」

　夢之丞の口調は、いつの間にか、市井のものになっていた。

「……………」

　荒川はひと言も返す言葉がないとみえ、飯台の上で、空になった盃を弄《もてあそ》んでいる。

「明日にでも、力弥と話してみな。今、俺に言った通り、洗いざらい打ち明けてみるんだな。俺はよ、おぬしが道場を開くことには賛成だ。いつまでも、大の男が燻みてェな暮らしをしていてよいわけがねえ。力弥が工面《くめん》してくれた金を遣うことも、この際だ、仕方ねえだろう。が、軌道に乗ったら、少しずつでも返すといった言葉を忘れるんじゃねえぜ。娘を引き取ったいきさつを話し、そのうえで、力弥がどう答えるか、それはこれからの問題だ。そこでよ、ひとつ訊きてェんだが、おぬし、力弥に惚れてるのか？　さんざっぱら世話になったから、これ以上迷惑はかけられねえと綺麗事《きれいごと》を言ったがよ、迷惑云々《うんぬん》よりも、肝心なのは、おぬしが力弥のことをどう思ってるかってことだ」

「どう思っているかと言われましても……」

「だからよ、惚れているのか、それとも、きっぱりと縁を切ってしまいてェのかってことさ」

「わたしは道場を開いたら、曲がりなりでも、自分の才覚で生きていきたい。貧乏は覚悟のうえです。惚れているかと訊かれれば、あの女《ひと》以外の女性と情を交わすことは出来ない、と答えましょう。だが、惚れているからこそ、どうして、あの女に貧乏な暮らしが強《し》いられましょうか。あの女は華《はな》やかな世界に身を置く女です。それに、芯《しん》の通った男肌《おとこはだ》な女です。わたしが傍《そば》にいなくても、凜として、生きていけると思います」

「へん、世迷《よま》い言を言うもんじゃねえや！　だから、おぬしは女《おな》ごを知らぬというのよ。気丈に見える女ごほど、中味は、存外に脆《もろ》いものよ。俺はな、気丈な母と三十年近く暮らしてきたから、それがよく解る。気丈な女ごほど、凜然とした顔をして、腹の中で泣いている……。そんなものよ」

「………」

「いいか、力弥が一等許せねえのは、子守りだかなんだか知らねえが、おとよを連れてったことだ。これは駄目だ。おとよは一献に返せ。そうして、改めて、子守りの婆さんでも雇うんだな。なに、月に百文でも払えば、悦んで子守りをしようって婆さんが、掃《は》いて捨てるほどいるってことよ。おとよを力弥に返すこと。これが一等最初にやらなきゃならねえことだ。そのうえで、力弥と腹を割って話してみるんだな」

「では、今日、半井どのがわたしと逢われたことを、力弥は……」

「だからよ、最初《はじめ》に言ったじゃねえか。今日のことは力弥は与り知らぬこと。俺がいらぬおせせの蒲焼を焼いたってことよ。一献の爺さんは知っちゃいるが、口止めしておいたから、大丈夫《でえじょうぶ》だ」

「済まない、いろいろと世話をかけてしまった」

荒川が何かに吹っ切れたような目をして、じっと夢之丞を瞠《みつ》める。

なんでェ、やっぱり、こいつ、いい奴じゃねえか……。

「おっ、せっかくの酒が冷めちまったぜ。もう一本、熱いところを貰おうか」

「いえ、わたしはこれで結構です」

夢之丞は少し冷えかかった酒を、さっ、飲め、と注いでやり、ぽつりと呟いた。

「荒川さんよォ、力弥が子は要《い》らねえと言ったというが、要らねえのではなく、欲しくても、産めねえって場合もあるんだぜ」

盃を口に運ぼうとして、荒川がぎょっと手を止める。

「いや、ふっと思っただけでよ。確かに、子は三界の首枷《くびかせ》ともいうし、子は一世《いっせ》、夫婦《めおと》は二世《にせ》、主従三世《しゅじゅうさんぜ》に他人は五世《ごせ》ともいうがな、惚れた男の子が欲しくねえ女がいるだろうかと思ってよ」

「……」

「まっ、いいから飲め！」

夢之丞は茄子の田楽焼を頰張《ほおば》り、にっと笑った。

この夜も、真沙女は板敷に箱膳を出し、姿勢を正して坐っていた。

が、いつもと違うのは、真沙女の前に置かれた膳も、夢之丞の膳も、茶椀や汁椀が伏せたまま置かれていることである。

では、真沙女は食べないで待っていたのだろうか……。

夢之丞の胸がきやりと、ざわめいた。

「遅くなりました。いかがなさいました。わたくしに構わず、召し上がって下されば宜しかったのに……」

夢之丞が慌てて箱膳の前に坐ると、真沙女は横に置いた風呂《ふろ》敷包《しきづつ》みを、つと前に押し出した。

「これは?」

「そなた、横網町の両替商《りょうがえしょう》、吉富《よしとみ》をご存知《ぞんじ》か」

真沙女が探るような目で、夢之丞を睨めつける。

「はい。確か、村雨竜道《りゅうどう》さまが昵懇《じっこん》になさっている両替商だとか……。お目にかかったことはありませんが、それが何か……」

夢之丞の鳩尾《みぞおち》の辺りが、またまた激しく騒いだ。

少し前、竜道に吉富の一人娘静乃《しずの》との縁談を勧められ、夢之丞は当たり障りのないよう婉曲《えんきょく》に断ったのであるが、真沙女には縁談があったことを伏せていた。

両国の川開きの日、夢之丞はごろん坊に絡《から》まれた静乃を助けたことがある。

が、どうやら、それが縁で、静乃の胸に夢之丞の存在が深く根を下ろしたというのだが、相手がいかにできた娘であろうと、息子の勤仕を願う母を抱えていたのでは、夢之丞が吉富の婿に入れるわけがない。

ましてや、堅《かた》い商いをしているといっても、相手は町人である。

「吉富には、静乃さまという娘御《むすめご》がおられるそうだの」

「えっ、ああ、そうだったかもしれません」

「何を申しておる。先さまでは、そなたのことを熟知しておられますぞ。その静乃さまがな、母に鼓《つづみ》を教授してもらいたいそうな」

「鼓を……。では、静乃どのがお見えになったのですか？」

「いや、お女中が見えたのだがな、ほれ、これを挨拶代わりにと、お持ちになった」

真沙女は風呂敷包みを開けた。

「ほれ、見事《みごと》なお重であろう？　だが、見事なのは、重箱だけではない」

真沙女が重箱の蓋《ふた》を開ける。

あっと、夢之丞は目を瞠《みは》った。

二段重《にだんじゆう》の上の段には、鰆《さわら》の木の芽焼、出汁《だし》巻卵《まきたまご》、煮染《にしめ》、昆布巻《こぶまき》などが彩《いろど》りよく詰め合わせてあり、下の段には錦糸《きんし》玉子《たまご》や海老《えび》粉《こ》、木の芽で飾られた、ちらし寿司《ずし》が詰めてある。

「これを何ゆえ？」

「だから、挨拶代わりの手土産と申したであろう？　聞けば、婆《ばあ》やに手解《てほ》きしてもらいながら、静乃さま自《みずか》らお作りになったとか……。母はその心遣《こころづか》いに感服しましたぞ。名の通った老舗菓子《しにせがし》でもなければ、高級料亭の仕出しでもない。真心《まごころ》の籠《こ》もった手作りの料理なのですからね。快く、静乃さまの真心を頂戴《ちょうだい》しようと思います。それで、そなたが帰るまで、食べないで待っていたのですが、そなた、夜食はお済みですか？」

「いいえ、食べたといっても、ほんの少し。悦んで、相伴に与りましょう」

真沙女は実に嬉しそうな顔をした。

こんな真沙女の表情を見るのは、久方《ひさかた》ぶりである。

真沙女がいそいそと茶椀や皿に料理を取り分け、皿の端《はし》に白い花をちょいと配《あしら》う。

「これは？」

「梅花空木です。まあ、風呂敷の結び目に挿してありましてね。お女中が言うには、静乃さまが料理の傍に添《そ》えればと気遣って下さったとか……。まあ、なんて心憎い演出でしょう」

「そうですか。それで、母上は鼓を教えることを承諾なさったのですか」

真沙女は手を止め、月に二回のことですからね、それに、針仕事の他に月謝が入るようになれば、少しは我が家も楽になりましょうぞ、と平然とした顔で答えた。

またもや、夢之丞の胃の腑がじくりと疼《うず》いた。

夢之丞には吉富の思惑が、もうひとつ解《げ》せなかった。

静乃が単純に鼓を習いたいと思ったのであればよいのだが、まさか、真沙女を搦《から》め手として使ってきたのだとすれば……。

夢之丞はちらと空木に目をやる。

空木の白さが、おりゅうの顔と重なった。

が、慌ててその想いを払うと、視線を真沙女に戻す。

「吉富では、他に何か言っていませんでしたか」

「他に何かとは？」

真沙女が訝しそうな顔をする。

「いえ、それなら、いいのです。さあ、いただきましょうか」

夢之丞は何気ない振りで言うと、ちらし寿司を口に運んだ。

錦糸玉子と海老粉の甘味《あまみ》が、ほんのりと舌に伝わってくる。

それは、掛け値なしに旨かった。

「それでですね、夢之丞。北森下町の古道具屋に出た、下《さ》がり藤《ふじ》の家紋《かもん》入りの鼓を憶えておいでか？　あれがまだ売れ残っているようでしたら、求めようと思うのですが、宜しいですか？」

真沙女がお茶を淹れながら、思いついたという言い方をする。

「ああ、以前、母上が手放された鼓かと思い訪ねてみたら、違っていたという、あの鼓のことですか」

「静乃さまにお教えするとすれば、母も一つは持っていませんとね。さして高いものではありませんのよ。あの道具屋、日頃、鼓など扱《あつか》わないとみえ、一分とか言っていました。とても一分などで買える鼓ではなく、これは買い物と思ったのですが、わたくしの鼓ではありませんでしたし、あの折は、必要としていませんでした。けれども、此度《こたび》はどうしても必要に思います。そなたの金を遣うのは心苦しいのですが……」

「母上、どうぞ、お買い求め下さいまし。鼓と言わず、必要なものはなんでも、わたくしに相談することなく、求めて下さいませ」

その言葉に、真沙女の目が黒々と輝いた。

ああ、自分は何故もっと早くに、母の目に輝きを取り戻してあげようとしなかったのだろうか……。

そんな想いに、胸がちかりと痛んだ、そのときである。

いきなり小豆《あずき》でもばらまいたかのような音がして、腰高障子《こしだかしょうじ》が激しく顫えた。

おや、と真沙女が障子に目をやった。

どうやら、夜更《よふ》けて、麦雨《ばくう》となったようである。

第二話　狐の嫁入り

風が出てきたのか、軒下《のきした》で風鈴《ふうりん》がちりんと揺《ゆ》れた。

風鈴の横には吊葱《つりしのぶ》が、この噎《む》せ返るほどの暑さの中、ほっと打ち寛ぐほどの清涼感を醸《かも》し出している。

これは、夢之丞《ゆめのじょう》が担《にな》い売りから買い求めてきたものである。

「お幸《さ》っちゃんには金魚のほうが良かったかな？」

夢之丞がそう言うと、お幸《さち》は糸を引いたような目を更《さら》に細め、ううん、と首を振った。

「金魚は小父《おじ》ちゃんが買ってくれたの。ほら！」

お幸が組屋敷にほんの申し訳ほどついた、猫の額《ひたい》のような庭を指差す。

「おっ、池か。なんでェ、古澤《ふるさわ》、気《き》の利いたものを造ったじゃないか。まさか、おまえが造ったわけじゃないだろうな？」

夢之丞が狐《きつね》に摘《つま》まれたような顔で古澤求馬《もとめ》を見ると、求馬は浴衣《ゆかた》の胸を開《はだ》け、団扇《うちわ》の風をハタハタと送ると、にやりと相好《そうごう》を崩《くず》した。

「そうだよ。小父ちゃんが造ったんだよ！」

求馬の代わりに、お幸が元気の良い声を返してくる。

お幸が古澤の家に来て数ヶ月が経《た》とうとするが、元々丸いお幸の顔が、この頃では、こけし人形を想《おも》わせるほどになり、どこかしら、声まで張りが出たように思う。

現在《いま》、お幸はその名の通り、それだけ幸せを噛《か》み締《し》めているのだと思うと、夢之丞の胸にも、ぽっと温かいものが衝《つ》き上げてくるのだった。

「おいおい、不器《ぶき》なおまえにしては、珍しいことがあるものよのっ」

「なに、池とは名ばかり、見かけ倒《だお》しでな。ほんの一尺（約三〇センチ）ほど掘っただけだ」

求馬はカッカと肩を揺すり、水は小名木川《おなぎがわ》から拝借《はいしゃく》してるのでね、と笑った。

御徒組《おかちぐみ》組屋敷は小名木川に面している。

そのため、川べりに当たる古澤の家では、屋敷の裏手に幅一尺五寸ほどの水路を川から引き込み、野菜や食器など、簡単な洗い物が出来るようにしていた。

求馬はその水路を中程《なかほど》で分岐《ぶんき》させ、池に水を引き込んだと言っているのである。

「実は、鯉《こい》を飼《か》うつもりで掘り始めたのはいいが、途中で面倒《めんどう》になってな。この浅さでは鯉とはいかない。それで、金魚を放してみたのだが、これがなかなか風情《ふぜい》があってね。何より、お幸っちゃんが悦《よろこ》んでくれた」

「なんでェ、そういうことか。いかにも、おまえらしいや」

夢之丞が揶揄《やゆ》すると、求馬は照れたように、またハタハタと団扇を扇《あお》いだ。

ようやく凪《なぎ》が終わったようである。

蚊遣《かやり》の煙がうねるように川のほうへと流れていく。

「おや、愉《たの》しそうですこと！　やはり、夢之丞さまは独特の雰囲気《ふんいき》を持っていらっしゃるのね。いらっしただけで、家の中が見違えるほど明るくなりますわ」

求馬の母美乃里《みのり》が盆に西瓜《すいか》を載《の》せて、厨《くりや》から縁側《えんがわ》へとやって来る。

「すぐに夕餉《ゆうげ》となりますが、仕度《したく》が出来るまで、これで喉《のど》を潤《うるお》していて下さいな」

美乃里はそう言い、池を覗《のぞ》き込んでいる、お幸にも声をかけた。

「恐縮です。ですが、わたくしは今宵《こよい》人に逢《あ》う約束がありまして……」

夢之丞がそう言うと、美乃里はあらっと目を瞠《みは》った。

美乃里は阿弥陀如来《あみだにょらい》のように、ふくよかな面立《おもだ》ちをしている。気性《きしょう》も穏《おだ》やかで、どこか権高《けんだか》な母の真沙女《まさじょ》とは月と鼈《すっぽん》……。

夢之丞など一度も美乃里の怒った顔を見たことがない。

「今宵は夢之丞さまのお好きな鯛素麺《たいそうめん》の他に、南京《なんきん》や茄子《なす》、飛竜頭《ひりゅうず》の炊《た》き合わせを作るつもりですのよ」

鯛素麺という言葉に、思わず夢之丞は生唾《なまつば》を呑《の》み込むが、慌《あわ》てて、いえ、と首を振った。

「食べていきたいのは山々ですが、そろそろお暇《いとま》しようと思っていたところです」

夢之丞はそう言い、ですが、これだけはいただいて参ります、と西瓜を手にし、がぶりとかぶりついた。

お幸がくすりと笑う。

「やっとうの小父ちゃん、そんなに慌てなくても、西瓜は逃げていきませんよ」

どうやら、美乃里の受け売りとみえ、お幸がやけに大人《おとな》びた顔をして、取り澄《す》ましたように言う。

「おい、お幸っちゃんよ。求馬が小父ちゃんで、俺がやっとうの小父ちゃんはねえだろう？」

「だって、小父ちゃんが二人じゃ、どちらがどちらか判《わか》らなくなるもん！　やっとうの小父ちゃんは道場の先生なんだから、やっぱり、やっとうの小父ちゃんでいいんだよ！」

「だったら、夢之丞の小父ちゃんとでも呼んでくれよな。やっとうの小父ちゃんと呼ばれると、なんだか、ごろん坊にでもなったような気がしてよ。それに、あんまし聞こえがいいもんじゃない」

「そうですよ、お幸っちゃん。わたくしも気にしていましたのよ。これから少しずつでも言葉遣いを直していきましょうね」

美乃里に言われ、お幸は素直に、はい、と頷《うなず》いた。

お幸は求馬の義姉《あね》萌《もえ》の、連れ合いの娘である。

萌が絵師歌川豊松《とよまつ》を女房から奪《うば》うようにして所帯を持ったとき、お幸はまだ母親のお腹にいた。

結句《けっく》、萌が豊松に娘がいると知ったのは、お幸の母親が亡くなった後《のち》のことで、萌は身寄りのない娘を独《ひと》りきりにしておくことが出来ず、お幸を引き取ったのだった。

が、独り善《よ》がりで、元々肉親への情の薄い豊松は、お幸を娘としてではなく、枕絵《まくらえ》の対象としてしか見ようとしなかった。

熟《う》れかかった初《うぶ》な十五の娘に、あられもない姿を強《し》いたのである。

萌は激怒した。

萌もまた絵師であり、ましてや、お幸とは生《な》さぬ仲であるからこそ、許せないことだった。

お幸を豊松の傍《そば》に置いてはならない……。

だが、お幸を連れ、闇雲《やみくも》に芝露月町《しばろげつちょう》の裏店《うらだな》を飛び出したのはいいが、行く宛《あて》などなかった。

夢中で大川を渡り、いつとはなしに、脚《あし》は小名木川へと向かっていた。

そんなとき、腹拵《はらごしら》えのつもりで入った蕎麦屋《そばや》で出逢《であ》ったのが、夢之丞である。

「古澤の義母上《ははうえ》にお預《あず》けなさい」

萌から事情を聞いた夢之丞は、迷わず、そう勧《すす》めた。

そうすることが、お幸のためでもあり、何より、萌と美乃里には最善の策と思えたのである。

人は時として、無上《むじょう》の愛を重いと感じ、愛されることを拒《こば》もうとする。

恐らく、萌は美乃里の愛を受け入れると、自らを見失ってしまいそうに思え、それが怖《こわ》かったのに違いない。

それが証拠《しょうこ》に、十五年ぶりに再会した母娘《おやこ》の姿……。

夢之丞の眼窩《がんか》には、今もあのときの、美乃里と萌の顔が焼きついている。

ひしと抱き合ったあの瞬間、千万遍《せんまんべん》の言葉など不要であった。

互いの肌に伝わる温《ぬく》もり……。

ただそれだけで、二人の愛別離苦《あいべつりく》の歳月は終わったのである。

だが、萌は絵師として生きることが諦《あきら》めきれず、お幸を美乃里に託《たく》すと、再び、豊松の元に帰っていった。

美乃里になら、一抹《いちまつ》の不安も持つことなく、お幸を託すことが出来る。

だが、お幸はなんといっても、十五歳の娘であった。

大丈夫であろうか。古澤の家に、何より、武家の暮らしに馴染《なじ》んでくれているのだろうか……。

夢之丞はそれからもことある毎《ごと》に、お幸の身を案じていたのだが、どうやら取り越し苦労であったようである。

お幸の顔は見る度《たび》に輝きを増し、寡黙《かもく》だったのが嘘《うそ》のように、饒舌《じょうぜつ》になっている。

まるで別人のようによく笑い、ときには冗談《じょうだん》さえ言うようになっているのだった。

「どうやら、お幸っちゃんもすっかり古澤に馴染んだようですね」

夢之丞は美乃里に微笑《ほほえ》みかけた。

「ええ、なんだか、わたくしもあの娘《こ》を生まれたときから育てているような気がしていますのよ。あんな良い娘を授けてくれたのですもの、改めて、萌さんに感謝しなくてはなりませんわ」

美乃里も目を細める。

「その後、萌さんは？」

「ええ、度々《たびたび》顔を見せてくれますのよ。まあ、お幸っちゃんて、亡くなった母親に似てか、お針《はり》の腕が立ちますでしょう？　この間なんか、萌さんに縮《ちぢみ》の単衣《ひとえ》を仕立てましてね。萌さんがどんなに悦んだことか……。現在《いま》は、わたくしの浴衣を縫《ぬ》ってくれていますの」

美乃里は弾《はじ》けそうな笑顔を見せた。

どうやら美乃里には、萌が度々顔を見せてくれるのが、何よりの悦びのようである。

「それは良かった。では、案じることは何ひとつなくなったということですね」

「だが、俺の身にもなってくれよ。義姉《ねえ》さんが帰って来ると、この狭《せま》い組屋敷に女三人だぜ？　俺のいる場所など、どこにもない」

求馬がひょうらかしたように言う。

「ならば、いつだって、俺が取って代わってやるぜ。おまえは古澤家の当主ではないか。見目麗《みめうるわ》しき女《おな》ご三人に囲まれ、男冥利《おとこみょうり》に尽《つ》きるってもんだ。その点、我が家を見ろ。四畳半一間の狭い裏店で、物堅《ものがた》いあの母と二人、始終、辛気臭《しんきくさ》く鼻を突き合わせていなくちゃならない。贅沢《ぜいたく》を言うもんじゃない。なあ、お幸っちゃんよ」

夢之丞がそう言うと、お幸はくすりと肩を竦《すく》めた。

「やれ、莫迦《ばか》を言ってる場合じゃない。そろそろ行かねば……。やっ、馳走《ちそう》になった」

夢之丞は西瓜の皮を盆に戻すと、では、と立ち上がる。

「あら、本当にお帰りで?」

「そうだよ。今宵は久々におぬしと一杯やろうと思ってたんだぞ。例の仕事か?」

求馬が探るような目で見る。

「なに、野暮用《やぼよう》さ。金にもならない仕事でね」

夢之丞は曖昧《あいまい》に笑ってごまかしたが、鳩尾《みぞおち》の辺《あた》りがずきりと疼《うず》いた。

別に話したつもりはないが、どうやら求馬も夢之丞の裏稼業《うらかぎょう》に気づいているようである。

「夢之丞の小父ちゃん、今度来るとき、水草《みずくさ》を持って来てね!」

「水草? お幸っちゃん、水草なんてどうするつもりだい?」

「池に入れるの。きっと金魚も悦ぶと思って!」

お幸の燥《はしや》いだ声に、夢之丞の心もほっと和《なご》んだ。

そうか、水草か……。

よし、鉄平《てっぺい》の臀《しり》を叩《たた》いて、河骨《こうほね》か未草《ひつじそう》でも探させよう。

「よし、解《わか》った。水草だな?」

「本当だね。約束だよ!」

「ああ、約束だ!」

猿子橋《さるこばし》を渡りかけたとき、横川《よこかわ》の鐘が暮《く》れ六ツ（午後六時）を打ち始めた。

古澤の組屋敷を訪れたのが、七ツ（午後四時）過ぎ……。

約束の刻限《こくげん》には些《いさ》か早すぎると思い、お幸がどうしているかちょいと顔だけでも、と後《ご》生楽《しょうらく》に考えたのが痴《おこ》の沙汰《さた》（愚《ぐ》の骨頂《こっちょう》）。

まさか、求馬が非番で組屋敷にいるとは……。

いや、思わなかったと言えば、嘘になるだろう。

何しろ、求馬が登城《とじょう》するのは、一廻《ひとまわ》り（一週間）のうち三日のみ。残りの四日は非番なのだから、いないと思うのが浅知恵《あさぢえ》で、求馬がいれば顔だけで済《す》まないのも、重々《じゅうじゅう》承知のことだった。

それでも、高橋《たかばし》近くに差しかかると、何かしら、川沿いの組屋敷へと心が傾き、いつしか脚が向いてしまうのは、ひと目、仏性《ほとけしょう》の美乃里の顔を拝《おが》みたいと願う、夢之丞の甘えであろうか。

何しろ、美乃里の笑顔を見ただけで、それまで心に蟠《わだかま》っていたものが吹っ飛んでいくように思えるのだから、美乃里は夢之丞にとって、菩薩《ぼさつ》のような存在なのかもしれない。

そこに、先《さい》つ頃《ごろ》、愛らしいお幸まで加わったのであるから、堪《たま》らない。

美乃里のぽっとりとした笑顔や、ふわりと包み込むような母性。そして、お幸のあの年頃特有の初々《ういうい》しい果実を想《おも》わせる匂《にお》いは、夢之丞の日常には皆無《かいむ》のものである。

常に肩肘《かたひじ》を張り、息苦しいまでも凜然《りんぜん》とした真沙女と、年中三界《ねんじゅうさんがい》、鼻を突き合わせていなければならない夢之丞には、それゆえ、求馬が羨《うらや》ましくて堪らない。

だからこそ、無い物ねだりをするように、気づくと、小名木川沿いの組屋敷に坐《すわ》っているのである。

が、今日だけは拙《まず》かった。

ひと目と思ったのが、案の定、つい長っ臀《ちり》となり、おまけに卑《いや》しいかな、西瓜まで馳走になってしまったのである。

やべェ……。

夢之丞は足早《あしばや》に六間堀川《ろっけんぼりがわ》を渡ると、深川元町へと入って行った。

献残屋《けんざんや》栄寿堂《えいじゅどう》は角から三軒目の、薬種問屋と太物屋《ふとものや》に挟《はさ》まれた、比較的こぢんまりとした見世《みせ》である。

北側を御籾蔵《おもみぐら》の土塀《どべい》が大川まで長々と続き、南側が松平遠江守《とおとうみのかみ》下屋敷の鬱蒼《うっそう》とした雑《ぞう》木林《きばやし》で覆《おお》われているせいか、水路に恵まれた本所深川にあり、ここ深川元町だけがどこか侘《わ》びたように、ひっそりと佇《たたず》んでいる。

「何か?」

店内をちょいと覗き込んだ夢之丞に、中から手代が声をかけてきた。

そろそろ店仕舞《みせじまい》とみえ、伊勢縞《いせじま》に紺《こん》の前掛《まえかけ》をした、十三歳くらいの丁稚《でっち》が土間を掃《は》いている。

「半井《なからい》夢之丞と申すが、こちらのご隠居《いんきょ》どのから頼まれ事をされてな」

夢之丞は土間に脚を踏み入れると、店内を一巡《いちじゅん》するように、見回した。

上《あが》り框《かまち》の奥に板間が広がり、帳場《ちょうば》や客用の長火鉢《ながひばち》、煙草盆《たばこぼん》などが見えるが、見事といってよいほど、他に何もない。

ただ一つ。献残屋の証《あかし》とでもいうか、奥の飾り台の上に、黒漆《くろうるし》を塗《ぬ》った木太刀《きだち》が置かれているきりである。

ほう、噂《うわさ》には聞いていたが、これが献残屋か……。

夢之丞は納得したように、もう一度、店内を見回した。

献残屋とは、武家の進物《しんもつ》や献上品《けんじょうひん》を買い取り、再び、必要とする者に売る商《あきな》いのことである。

武家の祝事《いわいごと》には、慣例《かんれい》に則《のっと》り、上り太刀《だち》、熨斗鮑《のしあわび》、枯魚《ひもの》、干し貝、塩鳥《しおどり》、昆布《こんぶ》、檜台《ひのきだい》、折り櫃《びつ》、箱、樽《たる》など、他に、葛粉《くずこ》、片栗粉《かたくりこ》、水餅《みずもち》、金海鼠《いりこ》（海鼠《なまこ》の十したもの）、胡桃《くるみ》などを献上するが、葛粉や片栗粉、水餅以外は殆《ほとん》どが実用に向かず、従って、祝儀《しゅうぎ》が終わると、献残屋に払い下げられる。

献残屋は相場《そうば》より三割方安く買い取り、再び、必要とする者に、相場より一割方安く売る。

こうすれば、献上品は無駄《むだ》なく何度でも利用され、献残屋は常に二割方の利益を得て、客も相場より安く買えた。

再利用にかけては、右に出るものがないと言われる、江戸者《えどもの》である。

成程、古骨《ふるほね》買いや扇箱《おうぎばこ》売りを思えば、献上品の使い回しなど、しごく当然な話といえよう。

よって、店内に商品を置いておく必要がない。

献上品の払い下げには、見世のほうから出向くであろうし、売る場合であっても、客の顔を見て初めて、奥から商品を持ち出せば済む話であった。

「ご隠居と申しますと、亡くなりました、栄寿堂久光《ひきみつ》の内儀《ないぎ》、お由布《ゆう》のことにございますか？」

手代が訝《いぶか》しげな顔をする。

「さて、ご隠居の名前は知らぬが、ここの番頭春治《はるじ》という男が、今宵六ツに来てくれと申したが……」

あっ、お待ち下さい、と手代が慌てたように、奥に入って行く。

丁稚が何事かと竹箒《たけぼうき》に身体《からだ》を預け、胡乱《うろん》な目つきで夢之丞を瞠《みつ》めている。

「これはこれは、半井さま。ようお越し下さいました。ささっ、中にどうぞ」

頬骨《ほおぼね》の飛び出た雲雀《ひばり》骨の男が、恐縮したように腰を屈《かが》めて出て来ると、しっと、丁稚に表に出るよう、目で払った。

手代が不貞《ふて》たような顔をして、再び、奥から出て来る。

見世の構えは、表から見ただけでは計《はか》れない。

大方《おおかた》、献上品を仕舞《しま》っておくのだろう、通路の脇に内倉《うちぐら》が奥へ奥へと延び、ようやく行く手に雀色時《すずめいろどき》のぼんやりとした明りを捉《とら》えたところが、中庭であった。

瀟洒《しょうしゃ》な中庭の奥が、母屋《おもや》である。

「ただ今、大奥さまがお見えです」

番頭の春治に促《うなが》されて客間に入って行くと、五十絡《ごじゅうがら》みのお端女《はした》がどこか気後《きおく》れしたように春治に何か囁《ささや》き、窺《うかが》うようにちらと夢之丞を見た。

「いいから、おまえは気にすることはありません。あたしに委《まか》せておけばいいのです」

お端女は喉に小骨《こぼね》でも刺さったような顔をして、出て行った。

「申し訳ありません。気の利かない女でして……。見世の者やあの者の態度に、さぞやお気を悪くされたでしょうが、実は、本日半井さまに来ていただくことは、主人《あるじ》には秘密のことにございまして……。いえね、ご隠居は主人の母御《ははご》に当たるのですが、どうも、先つ頃、些《いささ》か痴呆《ぼけ》が出ましてね。昔のこと、それも娘時代や幼児の頃のことばかり口走るようになりましてね。それが現在《いま》の主人には面白《おもしろ》くない。惚《ぼ》けた老女の言うことだ、相手にするなと申しますが、櫛《くし》の話だけは老女の戯言《たわごと》とばかり言えません。それで、主人が留守《るす》の本日、来ていただくことになりまして……」

「櫛の話？」

「ええ、それが狐の嫁入り図の蒔絵《まきえ》櫛《ぐし》にございまして」

春治がそう言ったとき、襖《ふすま》が開き、先ほどのお端女に手を引かれた、お由布が現われた。

夢之丞はあっと目を瞠った。

春治から老女と聞き、てっきり六十過ぎの醜女《しゅうじょ》を想像していたのだが、お由布は髪こそ半白《はんぱく》だが、しの字髷《まげ》をきちりと結い、ほつれ毛ひとつ見当たらなければ、肌も抜けるように白く、艶《つや》が良い。

しかも、全体に品《ひん》をした面立ちの中で、優《やさ》しげな目許《めもと》は穏やかな光を放ち、銀鼠《ぎんねず》の鮫小《さめこ》紋《もん》に藍地《あいじ》の古渡《こわた》り更紗《ざらさ》の帯を千鳥結《ちどりむす》びにした姿は、どこか武家のご隠居風に見えるのだった。

おやっと、夢之丞は目を瞬《しばた》いた。

この顔、どこかで見たような……。

が、咄嗟《とっさ》に記憶を辿《たど》ってみるが、やはり、思い違いなのであろう、心当たりがない。

「栄寿堂久太郎《ひさたろう》の母にございます」

お由布は深々と頭を下げた。

「本日は、老婆《ろうば》の我儘《わがまま》をお聞き届け下さり、お忙しい最中《さなか》、わざわざご足労《そくろう》下さいまして、有難《ありがと》うございます」

「半井夢之丞と申します。実を申しますと、昨日、北六間堀《きたろっけんぼり》の道場を出たところで、こちらの番頭に呼び止められましてね。是非《ぜひ》にでもご隠居の話を聞いてほしいとのことで、仔《し》細《さい》は何ひとつ解らないまま、こうしてやって来た次第です。ですから、話を聞いてみないことには、わたくしに出来ることかどうか、それはまだ……」

「いえ、勿論《もちろん》にございます。大奥さまの話を聞いていただいたうえで、引き受けて下さるかどうか、お決めになって構《かま》わないのですから」

春治はそう言うと、茶の仕度を終えたお端女に、下がっているよう、目まじした。

お端女が部屋を出て行く。

お由布は徐《おもむろ》に胸のあわいから袱紗《ふくさ》包《づつ》みを取り出した。

「原羊遊斎《はらようゆうさい》の蒔絵櫛にございます」

お由布は厳然《げんぜん》とした口調で、単刀直入《たんとうちょくにゅう》に切り出した。


それは、見事な蒔絵櫛であった。

金泥《こんでい》に狐の嫁入り行列が描《えが》かれている。

挟箱《はさみばこ》を担《かつ》いだ狐を先頭に、提灯《ちょうちん》や傘《かさ》を持った狐が続き、その後を、裃《かみしも》を着《つ》けた従者《じゅうしゃ》で脇を固め、宝泉寺《ほうせんじ》駕籠《かご》が続いて行く。

従者の狐が刀を差していないところを見ると、さしずめ、花嫁は大店《おおだな》の娘なのであろうか……。

人ではなく、擬《ぎ》人化《じんか》した狐の花嫁行列という構図《こうず》が心憎《こころにく》いが、全体に黒みを帯《お》びた金泥と黒漆《くろうるし》の中で、提灯の灯《ひ》だけが紅《あか》く浮き上がって見えるのが、何より印象的である。

「わたくしがこの櫛を手にしましたのは、十八のときでした。栄寿堂久光に嫁《とつ》ぐ際、幼馴《おさな》染《じみ》の草太《そうた》という男が祝いにと贈《おく》ってくれたものです。ですから、本来はさして高価なものではありません」

お由布はつと目を伏せると、口に湿《しめ》りをくれてやり、続けた。

草太は当時蒔絵師として一世を風靡《ふうび》した原羊遊斎に弟子入りしたが、一年ほどで破門になったという。

手先が器用で腕は立つのだが、兄弟子が苦心して生み出した構図や技法を、無断で盗用したのが、羊遊斎の勘気《かんき》に触れたのである。

羊遊斎は弟子の数が多いので有名であった。

古河藩《ふるかわはん》土井家の御用蒔絵師を務めた後、神田下駄《げた》新道《しんみち》に工房を開いてからは、自ら筆を執《と》ることはなかったが、酒井《さかい》抱一《ほういち》を始めとする江戸《えど》琳派《りんは》の下絵を元に、腕の良い職人に蒔絵を描かせ、羊遊斎の銘《めい》の入った印籠《いんろう》や茶道具《ちゃどうぐ》、櫛などは、瞬く間《またた》に通人《つうし》や茶人《ちゃじん》、富家《ふうか》の娘たちに称美《しょうび》されるようになったという。

羊遊斎は自ら筆を執らないだけに、職人たちを厚遇《こうぐう》し、反面、厳しくもあった。見よう見まねの、小手先《こてさき》の仕事を何より嫌ったのである。

だからこそ、入門して一年にも満たない草太が、手練《てれん》な先輩格《せんぱいかく》の構図や技《わざ》を、いとも簡単に盗用したことに激怒したのだった。

「師匠はよ、日頃から、技術は教えてもらうもんじゃない。兄弟子の技を見て、目で盗むもんだと、そう言ってたんだ。へん、それをおいらがいとも簡単に盗んじまったものだから、目の色を変えて鳴り立てやがった！　ふん、誰があんなところにいろもんかよ！　破門だと抜かしやがったが、ああ、上等じゃねえか。蒔絵師なんて湿気《しけ》たもん、おいらのほうから三行半《みくだりはん》でェ！」

草太はそう言い、これがおいらの最初で最後の櫛だ、と狐の嫁入り図蒔絵櫛をお由布の婚礼《こんれい》祝いにくれたのだった。

「これ、本当に、草太さんが作ったの？　まあ、羊遊斎の銘まで入っているじゃないの」

お由布は裏面を返して、目を瞠った。

表面の絵図はいかにも草太が描いたらしく、狐の配置に不自然さが窺えるが、裏面に、羊遊斎の花押《かおう》がはっきりと見て取れた。

「へへっ、工房を追ん出される前《めえ》に、ちゃっかり、そいつも頂《いただ》いちまった」

草太は悪びれることなく、首を竦《すく》めて見せた。

花押がなければ、草太の悪ふざけで済むが、これでは手てんごうを通り越して、贋作《がんさく》を作ったことになる。

「あたし、こんな物、貰《もら》えない」

「つがもねえ！　そりゃよ、こいつを銭に替《か》えようとしたら、手が後《うし》ろに廻るかもしんねえが、お由布ちゃんが時たま髷につけたり、手にとって眺《なが》める分には、誰が文句をつけようか。なっ、貰っておくれよ。おいらにゃ、これくれェのことしか祝ってやれねえんだからよ」

草太は縋《すが》るような目で、お由布を見た。

幼い頃から同じ裏店で育ち、草太にはお由布への淡《あわ》い恋心があったのかもしれない。溝臭《どぶくさ》い裏店にいて、掃き溜《だ》めに鶴のような存在だったお由布が、その美貌《びぼう》を見初《みそ》められ、献残屋栄寿堂の嫁に請《こ》われたのである。

せめて、自分の作った櫛をと思う、草太の想いがお由布には痛いほどに伝わってきた。

「それで、わたくしはその櫛を頂くことにしたのです。決して、他人《ひと》に見せるつもりはありませんでした。時たま、文箱《ふばこ》から取り出して、独り、櫛を挿《さ》した姿を鏡に映して愉《たの》しむだけでした。それが……」

お由布の白い顔に、つと、翳《かげ》りが過《よぎ》った。

久光と所帯を持ち、三年ほどした頃であろうか、お腹に久太郎を身籠《みご》もったお由布は、悪阻《つわり》が酷《ひど》く、初産《ういざん》への不安にすっかり気持が萎《な》えていた。

それで、久々に思い立ち、鏡に向かい薄化粧《うすげしょう》を施《ほどこ》すと、草太の櫛を髷に挿してみた。頬《ほお》に差した紅《べに》のせいか、紅《あか》い手絡《てがら》に蒔絵櫛を挿した姿は、お由布を見違えるほどいきいきと見せた。

お端女が客が来たと呼びに来たのは、そんなときであった。

「客？　わたくしに……」

栄寿堂の嫁に入って、お由布に客人があるのは初めてのことだった。

「海辺大工町《うみべだいくちょう》のおせいとか言っていますが、お通しして構わないでしょうか」

「まあ、おせいちゃんですって！　ええ、ええ、すぐにお通しして下さいな」

久方ぶりに身なりを調《ととの》えたせいか、お由布の心は一気に娘時代に引き戻された。

おせいは海辺大工町の彫師《ほりし》の娘である。

お由布とは共に裁縫《さいほう》の稽古《けいこ》に通った仲であり、互いに、夢や悩みを打ち明け合った仲でもあった。

三年ぶりに見るおせいは、少し肉づきが良くなり、はち切れんばかりの艶《あだ》っぽさを湛《たた》えていた。

「まあ、お由布ちゃん、すっかりお内儀《かみ》さんらしくなっちゃって！　あら、お目出度《めでた》なの？」

「おせいちゃんこそ、見違えるほど艶《あで》やかになって……。ご結婚は？」

「それが、ひと月前、ようやく貰ってくれる殿方が現われましてね。南六間堀町の小間物屋紅惣《べにそう》の嫁に入ったのよ。そう、ここからだと、目と鼻の先。それで、一度挨拶《あいさつ》にと思っていたんだけど、今日、たまたま夫も姑《しゅうとめ》も出かけ、なんとなく暇《ひま》が出来らゃったの。そうしたら、矢も楯《たて》も堪らなくなってね、ふふっ、こうして訪ねて来てしまったの」

「まあ、そうだったの。それはよく訪ねて下さったわ。今日はゆっくりしていけるのでしょう？　久し振りに、積《つ》もる話でもしましょうよ」

そうして、二人は時の経つのも忘れ、七ッ近くまで話し込んだのである。

「あら、嫌だ。もう、七ッになるのかしら？　いくら夫や姑が留守といっても、そろそろ帰らないと、見世の者に示しがつかないわね。ねっ、来たときから気になっていたんだけど、お由布ちゃん、素敵な櫛を挿してるじゃない！　ねっ、見せて下さらないこと？」

おせいに言われ、お由布はあっと思った。

すっかり櫛のことなど忘れてしまっていたのである。

「でも、これは……」

「あら、見せられないって言うの？　変なの。お由布ちゃんて、そんな女《ひと》じゃなかったはずよ」

おせいは唇《くちびる》を尖《とが》らせた。

それで、見せるだけならと思い、仕方なく外《はず》したのだが、櫛を手に取るや、おせいの目がぱっと輝いた。

「まあ、なんて見事な……。嫌だ、これ、羊遊斎じゃないの！　羊遊斎の蒔絵櫛なんて、こんな高価な物……。へえェ、やっぱり栄寿堂の嫁ともなると、身に着ける物まで違うのね。うちなんて小間物屋といったって、小さな商いでしてね。そのくせ、姑が見栄《みえ》っ張りでね、あたしの嫁入り仕度《じたく》が粗末《そまつ》だ、世間体《せけんてい》が悪いなんて責《せ》めるんですもの。悔《くや》しくって！　大して結納《ゆいのう》を貰ったわけでもないのよ。それなのに、そんなことを言って、嫁いびりするんだもの……。それにね、来月、祝言《しゅうげん》に来なかった遠縁を呼んで、あたしのお披露《ひろ》目《め》をすることになってるんだけど、ううん、あたしというより、嫁入り仕度のお披露目なのよ。なんだって、そんなことをしなくちゃならないのか解んない。当然、着物や飾り物、お道具の品定《しなさだ》めをされるのだけど……。そうだわ、お由布ちゃん、この櫛を貸して下さらないこと？　無論《むろん》、姑には正直にお由布ちゃんから借りたと言うわ。姑も世間体さえ取り繕《つくろ》えばいいのだろうから、きっと悦ぶと思うの。お披露目が終わったら、すぐに返すから、ねっ、お願い！　そうだわ、高価な物ですもの、証文も書いておくわ。ねっ、それならいいでしょう？」

おせいは竹に油を塗《ぬ》ったように捲《まく》し立て、畳に頭を擦《す》りつけた。

「止《よ》して下さいな、おせいちゃん。頭を上げて、お願い！」

「えっ、じゃ、貸して下さるのね？」

「いいえ、それは……」

「ううん、言わないで！　解ってるってば。大切な物なんだから、勿論、丁寧《ていねい》に扱《あつか》うわ。傷つけたりすると、うちじゃとても弁償《べんしょう》できないってことも知っている。でも、羨《うらや》ましいわ。こんな高価な櫛を買って下さるなんて、お由布ちゃん、あなた幸せなのね」

おせいにそこまで言われたのでは、今さら、羊遊斎の櫛ではないと否定も出来ない。

「いいわ。では、貸してあげる。けれども、おせいちゃんが身に着けているだけで、決して、人前で見せびらかさないでね」

お由布にはそれだけ言うのが筒一杯《つついっぱい》だった。

おせいは見せびらかすなど、はしたない真似はしないと約束して、帰って行った。

だが、月が明け、そろそろお披露目は済んでいてもよさそうなものをと思っていたのだが、いつまで経っても、おせいは櫛を返しに来なかった。

まさか、お披露目の席で、贋作だと露見《ろけん》してしまったのでは……。

だが、それならば尚《なお》のこと、恥《はじ》をかかされたと、すぐにでも突き返してきてもよさそうなものである。

お由布は居ても立ってもいられない想いに、思い屈《くっ》した。

が、それからひと月ほどして、おせいが櫛を返しに来た。

「ご免なさい。もっと早く返しに来なければいけなかったのだけど、ひと通りの行事が終わったら、それまで溜《た》まっていた疲れがどっと出たみたいで、あれから、柄《がら》にもなく寝込んじまってね。大切な櫛をお借りしたままで気にはしてたのだけど、まさか見世の者に返しに来させるわけにはいかないでしょ？　それで、床上げするまで待っていたんだけど、お陰さまで、ようやく……。改めて、礼を言います。有難うね、お由布ちゃん。姑も世間さまに鼻高々《はなたかだか》だと悦んでくれましてね。それで、これは義母《はは》からの感謝の気持。それと、これはあたしからのお礼です」

おせいは店の品で悪いのだけどと言いながら、三段重《さんだんがさ》ねになった白粉溶《おしろいと》きと紅猪口《べにちょこ》、紅《べに》筆《ふで》を差し出した。

どうやら、何事も杞憂《きゆう》に終わったようである。

お由布はほっと息を吐《つ》き、返ってきた櫛を袱紗に包むと、文箱の奥底へと忍《しの》ばせた。

この先、何があるか判らない。

二度と、身に着けるのは止そうと思ったのである。


その後、櫛のことは忘れていた。

お由布も久太郎を出産し、育児や病《やまい》に倒れた舅《しゅうと》の世話に忙殺《ぼうさつ》されていたのだが、ある日、久光の袷《あわせ》にと反物《たんもの》を持って来た呉服屋の手代から、意外なことを耳にしたのである。

「南六間堀町の紅惣が身代限《しんだいかぎ》りになったのをご存知《ぞんじ》ですか？　まあ、無理もない話なんですがね。紅惣は内証《ないしょ》のわりには外面《そとづら》が派手《はで》でしてね。分々《ぶんぶん》に風は吹くと、身の丈《たけ》にあった生活《たつき》をすればよいのに、何かといえば大店に張り合おうとする。この度も松平不昧公《ふまいこう》の茶事《じ》の引き出物とかで、大量に紅猪口の注文を受けた……。いえね、注文を受けたのではなく、萩乃屋《はぎのや》と張り合ったんですよ。紅の極上物《ごくじょうもの》、まっ、ここまでなら話は解ります。それが、紅惣は紅を容《い》れる猪口まで、九《く》谷《たに》の名工《めいこう》に特注して、しかも、大量に作らせたのですからね。ところが、そうなれば当然、紅猪口は高直《こうじき》となる。いくら不昧公といっても、引き出物に大枚《たいまい》は叩《はた》けませんからね。従来通り、萩乃屋が品を納めることになりました。そうなると、紅花や猪口の仕入れに高貸《たかが》しから金を借りていた、紅惣はお手上げだ。まっ、自業自得《じごうじとく》といえばそうなんだが、なんだか気の毒でしてね」

呉服屋の手代は、質《しち》の流れと人の行《ゆ》く末は知れぬと言いますが、本当ですね、と太息《ふといき》を吐いた。

「それで、現在《いま》、紅惣は？」

お由布が不安を隠そうともせずにそう訊《き》くと、再び、手代は肩で息を吐いた。

「見世が差し押さえになって、一時《いっとき》、小梅村の百姓家を借りていなさったようだが、二進《にっち》も三進《さっち》もいかなかったようですな。聞くところによりますと、旦那《だんな》がご新造《しんぞう》を刺し殺し、自らも首を括《くく》られたとか……。と言いますのも、紅惣がこうなったのは、何もかもおまえのような貧乏神《びんぼうがみ》を嫁にしたからだ、と姑がご新造を責め立てられたそうでしてね。旦那はご新造に惚《ほ》れ抜いて、周囲の反対を押し切ってまで、おせいさんを嫁にされましたからね。間に入って、さぞや、辛《つら》かったのでしょう」

「お待ち下さいまし。では、お内儀は、いえ、おせいさんは……」

「亡くなられました。不憫《ふびん》ではありませんか。いえ、これも聞いた話で確かではありませんが、ご新造が知人から借りた原羊遊斎の櫛をなくされたことがありましてね。それは立派な蒔絵櫛だったそうです。だが、元々世間体を気にする姑どのには、借りた櫛をなくしたでは済まされない。すぐさま、神田下駄新道を訪ね、同じ櫛を作ってくれと注文したそうです。まっ、羊遊斎では同じ下絵を元に注文を受けることなど日常茶飯事《にちじょうさはんじ》とみえ、快く作ってくれたそうです。ところが、蒔絵櫛といっても、今や、飛ぶ鳥を落とす勢いの羊遊斎だ。生《なま》はんじゃくな値ではなかったようで、姑どのはそれでなくても内証の苦しい見世の金を掻《か》き集めて、羊遊斎に支払ったそうです。まっ、一旦《いったん》はそれで事なきに済んだのですが、姑どのの胸には、そのときの憤《いきどお》りが澱《おり》のように溜まっていた……。ことある毎《ごと》にご新造を責め立て、紅惣の屋台骨《やたいぼね》が傾き始めるや、羊遊斎の櫛をなくしたのがけちのつき始めとばかりに、何もかも、責任をご新造に被《かぶ》せたというではありませんか。そこに、この度《たび》の身代限り……。旦那がご新造を道連《みちづ》れにと思ったとしても、解らないでもありません」

手代の言葉を聞き、お由布の胸は慚愧《ざんき》の念に張り裂《さ》けそうになっていた。

手代を前にしていなければ、その場でわっと泣き崩れていたかもしれない。

まさか、そんなことがあったとは……。

何故《なぜ》、自分はあのとき贋作だとはっきり言ってやらなかったのだろうか。

そうすれば、気にすることはない、と笑って済ますことが出来たのに……。

「お内儀さんは紅惣のご新造と親しくされていたのですか？」

お由布の様子を不審《ふしん》に思ったのか、手代が窺うようにお由布を見た。

「ええ。幼馴染でした」

「さようにございますか。お気の毒なのは、遺《のこ》された娘ごでして。姑どのが育てているとばかり思っていましたら、その姑どのも、旦那やご新造の後を追うようにして、亡くなられたそうです」

「娘……。娘がいたのですか！」

「ええ、生まれて半年で双親《ふたおや》に死なれ、そのうえ、祖母までを失ったのですからね」

「では、その娘は現在《いま》……」

手代は首を振った。

「恐らく、里子《さとご》にでも出されたのでしょうが、他人なんて薄情《はくじょう》なものです。誰も知ろうとしませんし、また知ったところで、どうしようもありませんからね」

「でも、おせいさんの実家《さと》はどうでしょう。孫娘のことですもの、身の有りつきに心を痛めるのは当然かと思いますが」

「それが、あなた、神も仏もあったもんじゃありません。ご新造の父親《てておや》は海辺大工町で彫師をしていたといいますが、ご新造を紅惣に嫁がせた翌年、心《しん》の臓《ぞう》の発作《ほっさ》で亡くなったとか……。母親のほうは随分《ずいぶん》前に亡くなっていますし、聞けば、ご新造には兄弟もいないとうよ。だからこそ、ご新造は姑から嫌味《いやみ》を言われても、耐《た》える以外になかったのでしょうよ」

「……」

「それに引き換《か》え、お内儀さんは幸せにございますなあ。献残屋ほど物堅い商いはございません。旦那は出来たお方だし、久太郎さまという立派なご子息までいらっしゃる」

呉服屋の手代は愛想笑《あいそわら》いをして、帰って行った。

その夜、お由布は夫が眠った後、独り、仏間に坐り、仏に手を合わせた。

お許し下さいませ。わたくしに本当のことを言う勇気があったならば、紅惣を救うことは出来なかったとしても、少なくとも、おせいさんの肩にかかった重責《じゅうせき》を幾《いく》らかでも取り除《のぞ》いてあげられたのではないかと思います。

そうすれば、あの女《ひと》をそこまで追い込むことはなかった……。

おせいさん、ご免ね。許して下さい……。

お由布は何度もそう呟《つぶや》き、今は亡き、おせいに詫《わ》びを入れた。

その後も、おせいの遺した娘の消息は、杳《よう》として知れなかった。

「人の心は移《うつ》ろいやすいと言いますが、あれほどおせいさんに許しを請《こ》うわたくしの気持も、時が経つにつれ、いつしか、おせいさんがこの世にいたことや娘のこと、無論、櫛のことも時折思い出すだけになり、しかも、思い出したところで、あれはあれで仕方がなかったのだ、と虫の良い解釈をするようになっていました。でも、捜《さが》さなかったわけではないのですよ。あれからすぐ、小梅村を訪ね、里子を斡旋《あっせん》した男を捜そうとしましたけれども、結局、判らず終《じま》いで……。もう半《なか》ば諦めかけていました。ところが、十年前、夫久光が亡くなった通夜《つや》の席のことです。紅惣が遺した娘のことを知っているという男が、わたくしに声をかけてきました」

お由布はつと目を上げると、夢之丞を瞠めた。

夢之丞も気を引き締めるようにして、お由布を見返す。

「日を改めて、その男の話を聞くことにしました。ですが……」

お由布は辛そうに眉根《まゆね》を寄せると、また、目を伏せた。

里親を斡旋すると、小梅村の百姓家から紅惣の娘お葉《よう》を連れ出したのは、女衒《ぜげん》の角治《かくじ》という男であった。

角治は娘が赤児《あかご》の場合は二分、時には一分と、ただ同然の値で引き取るという。遊里《ゆうり》に禿《かむろ》として売る年頃になるまで、女房に育てさせると、身の代《しろ》がそっくり角治のものになると、狡《こす》っ辛《から》く考えたからのようである。

お葉も七歳になるまで角治の手許で育てられ、その後、新吉原《しんよしわら》に売られていったという。

角治が人伝《ひとづて》に栄寿堂の内儀がお葉を捜していると聞いたのは、お葉十五歳、振袖新造《ふりそでしんぞう》としてお座敷《ざしき》に出るようになった頃のことだった。

栄寿堂の内儀が何ゆえお葉を捜しているのか定かでないが、金になるのなら、ひと稼《かせ》ぎする絶好《ぜっこう》の機宜《きぎ》である。

そう思い、角治は新吉原を訪ねてみたのだが、ひと足遅かった。

既に、お葉は植辰《うえたつ》という庭師《にわし》に身請《みうけ》された後だという。

「ところが、あっしが植辰を訪ねてみやすと、これまた、ひと足遅かった。お葉を身請した旦那が急死したとかで、なんと、応対に出た女房のけんもほろろなこと……。お葉なんて女《おな》ごは知らないの一点張《いってんば》りで、取りつく島もねえ。が、心配にゃ及びやせん。随分と時が経ってしまいやしたが、遂に、お葉の消息を摑《つか》みやした」

角治はそう言い、何やら、心ありげに目まじして見せた。

どうやら、心付けを要求しているようである。

お由布は少し迷ったが、思い切って財布から小判を抜き取ると、すっと角治の袂《たもと》に滑《すべ》らせた。

「へへっ、近くて見えぬは睫《まつげ》なりとは、まさにこのことにございますなあ。なんと、深川東平野町《ひがしひらのちょう》の絵師の女房に収《おさ》まっていやした」

東平野町は仙台堀《せんだいぼり》を挟んで、夢之丞の住む冬木町とは、向かい合わせの町である。

栄寿堂のある深川元町からでも、さほど遠くはない。

数日後、お由布は歌川草々獅《そうそうし》という絵師を訪ねた。

恐らく、お葉は母親おせいのことを何ひとつ知らないであろう。

知らせてやることが果《は》たしてお葉にどんな影響を与えるかと思うと、お由布も些《いささ》か迷いはしたが、羊遊斎の櫛だけは、なんとしても返さなければ、と思ったのである。

この櫛のせいで、おせいは首枷《くびかせ》を嵌《は》められたように、姑からいびり続けられたのである。

だが、それだけに、この櫛にはおせいの血の滲《にじ》むような想いが込《こ》められており、何より、おせいの遺した唯一《ゆいいつ》の形見《かたみ》なのである。

お葉の前で、何もかも洗いざらい話し、頭を下げよう……。

そう思い草々獅を訪ねたのであるが、灰吹《はいふき》から蛇《へび》が出るとはこのことと、全《まった》く思いがけない、意想外《いそうがい》のことが起きてしまったのである。

「驚きました。歌川草々獅が、まさか草太さんだったとは……」

お由布の声が上擦《うわず》っている。

夢之丞もあっと息を呑んだ。

「では、草太はお葉をおせいの娘と知って? いや、そのはずがない。第一、草太はご隠居とおせいの間で櫛のやり取りがあったと知らないはず……」

「草太さんは何も知っちゃいません」

お由布は聞き取れないほどの、か細い声で答えた。

草太は原羊遊斎を破門になった後、版木師《はんぎし》、彫師と職を転々としたが、どれも長続きしなかった。

元々手先が小器用《こぎよう》なので、何をやっても軽々と熟《こな》してしまい、どうやらそれが、親方や兄弟子の反感を買ったようである。

草太自身も下絵を元にして、描くのにも彫るのにも、嫌気《いやけ》がさしていた。

ならば、いっそのやけ、下絵師として、自分だけの絵を描いてみたい。

そう思い、歌川派に入門したのであるが、草太は水を得た魚のように、瞬《また》く間に、その才能を開花させた。

蔦屋《つたや》、和泉屋《いずみや》、若狭屋《わかさや》などの版元から、美人画の注文が引きも切らずに入るようになったのである。

勢い、草太も新吉原や深川などの遊里に脚を向けるようになり、あるとき、振袖新造の桃若《ももわか》という、遊里にあってはどこかひっそりとした、紫苑《しおん》か都忘《みやこわすれ》を想わせる女性を見出《みいだ》した。

華《はな》やかな衣装《いしょう》を纏《まと》い、大輪《たいりん》の花を想わせる花魁《おいらん》の中では、寧《むし》ろ、その楚々《そそ》とした儚《はかな》げな姿が印象的で、逆に、草太の心を惹《ひ》きつけてしまったのである。

いつか、あの女を描いてみたい……。

が、そう思っていた矢先《やさき》、桃若が浅草の植辰に落籍《ひか》されたと聞いたのだった。

草太は愕然《がくぜん》とした。

ところが、草太の念力《ねんりき》が通じたわけでもないのだろうが、それから一年もしないうちに、植辰が急死したのである。

その噂を耳にして、草太はすぐさま浅草へ駆けつけた。

すると、植辰の女房も旦那に急死され、厄介者《やっかいもの》でも抱え込んだと困《こ》じ果てていたのだろう、草太が桃若を引き取りたいと申し出ると、二つ返事で承諾《しょうだく》してくれたのである。

「なんでェ、驚いちまったぜ。まさか、お由布ちゃんが訪ねてくれるとはよ。へへっ、お互《てげ》ェ、いい歳《とし》こいて、お由布ちゃんでもねえか。俺もよ、あれからいろいろあって、まっ、なんとか現在《いま》はいっぱしの絵師になれたがよ」

草太は久方《ひさかた》ぶりにお由布を前にして、照れたように鼻の頭をぽりぽり掻いて見せたが、お由布の目的がお葉にあるとは、全く気づいていないようであった。

お由布も玄関先で訪《おとな》いを入れたはいいが、出て来た男が草太と知った途端、ただただ胸が激しく顫《ふる》えるばかりで、頭の中が真っ白になっていた。

それに、後から遠慮《えんりょ》がちに茶を運んで来たお葉の、なんと、初々しく、儚げなこと……。まだ、ほんの小娘である。

「嬶《かかあ》のお葉だ。俺もよ、この歳して、娘みてェな嬶を貰って、ちょいとばかし照れ臭《くせ》ェんだがよ。こいつの絵を描こうと思って住まわせたのはいいが、いつん間にか、こんなことになってしまってよ。まっ、生涯《しょうげえ》、独り身を通すわけにもいかねえだろうし、年貢《ねんぐ》の納めどきかと思ってよ」

お葉は草太の言葉に、耳朶《みみたぶ》まで紅くして、面伏《おもぶ》せた。

その瞬間、ああ、この娘は幸せなのだ、と悟《さと》った。

ならば、決して愉快《ゆかい》ともいえない昔のことを、今更、根掘《ねほ》り葉掘《はほ》り話してやることもないだろう。

ましてや、羊遊斎の贋作を作った草太を前にして……。

それで、その場は、草太が東平野町にいると聞き、あんまり懐《なつ》かしいので、近くに来たついでに寄ってみたと取り繕い、帰って来たのだった。

「けれども、昨年、草太さんは亡くなったそうです。二人の間には、あれからお子も出来、絵師として売れた草太さんは蓄財《ちくざい》もなさっていたのでしょう。現在《いま》も、お葉さんは東平野町で遺されたお子と一緒に暮らしているそうです。ですが、わたくしもそろそろこの世にお暇《いとま》する日が近づいて参りました。そうなると、やはり、この櫛のことが気になって仕方がありません。草太さんが亡くなった現在《いま》なら、この櫛をお葉さんに返しても構わないのでは……、いえ、返さなければならないのだと思いますの。それで、何度も、東平野町を訪ねようとしてみました。けれども、十年前にはなんら躊躇《ためら》うことなく出来たことが、この歳になると出来ないのです。お葉さんに逢えば、やはり、わたくしとおせいさんの間にあったこと、草太さんのことも話さなければなりません。嘘をついて返すことも考えました。けれども、わたくしにはそれも出来ない。こうして永い歳月が経ったからこそ、自分の本心が見えてくるということもありますわよね？　やはり、わたくしが一番狡《ずる》かったのです。本来は、草太さんに櫛を貰うべきじゃなかった……。いえ、贋作だからという意味ではないのですよ。本物であろうと贋作であろうと、夫以外の殿方から貰ってはいけなかったのです。それなのに、わたくしは草太さんの心を弄《もてあそ》び、心のどこかで満足していたのです。おせいさんから櫛を貸してほしいと言われたときも、おせいさんに優越感を持たなかったと、どうして言えましょう……。ああ、やはり、わたくしが悪かったのです」

「もうもう、宜《よろ》しいではございませんか。大奥さまは悪くはございません。今、あたしも初めてこの話を聞きましたが、何ひとつ、大奥さまは悪いことをしていらっしゃらないのですよ」

番頭の春治が慌てたように、割って入ってくる。

「では、番頭さんも初めてこの話を？」

「ええ。このところ、何かある度に、大奥さまが羊遊斎の櫛が、狐の嫁入り図が、と口にされるようになりましてね。何事かと思っておりましたが、実際にこの目で櫛を拝見するのも、初めてのことでして……。へえェ、これがあの櫛ねえ……。しかし、見事なものですな。まるで、目の前で、厳《おごそ》かな狐の花嫁行列が繰《く》り広げられているようではありませんか。ということは、つまり、これが本物……。するてェと、一体、如何《いか》ほどの値打《ねう》ちがあるのでしょうかね？」

夢之丞は軽く咳《しわぶき》を打つと、春治を目で押さえた。

「値打ちの問題ではないでしょう。よく解りました。では、これをお葉さんにわたしから返せばよいのですね？」

「そうしていただけますか？　返す理由は半井さまのほうでなんとでも……。ただ、大奥さまのお名を傷つけないよう、そのことだけは気をつけて下さいまし。ねっ、それで宜しゅうございますよね？」

春治がお由布の顔を覗き込む。

夢之丞はおやっと思った。

今までは、時折、言い淀《よど》むようなことはあっても、終始、淡々《たんたん》とした口調で話していたお由布であるが、話し終えた途端、どこか虚《うつ》ろな表情をしているのである。

心ここにあらずといった感じで、ぼんやりと長押《なげし》のほうに目を向けている。

春治が慌てた。

夢之丞の関心をお由布から逸《そ》らせるつもりか、取ってつけたように世辞笑《せじわら》いをすると、

「それで、謝礼《しゃれい》の件なのですが……」

と切り出した。

夢之丞もお由布から目を逸らすと、

「お心のままに」

と答えた。


栄寿堂を出たのは、五ツ（午後八時）頃であろうか。

常なら、とっくに夕餉を済ませている頃で、空腹《からはら》なのも無理はなかった。

お由布の話を聞きながら、途中で何度も腹の虫が騒《さわ》ぎ立てたが、その都度《つど》、出された幾《いく》世餅《よもち》や茶でごまかし、なんとか宥《なだ》め賺《すか》したのである。

「あたしさァ、おっかさんが死んで独りぼっちになったとき、辛くて寂《さみ》しくて、泣き続けたの。でも、そんなときでも、お腹って空《す》くのね。吐《は》きたいほどお腹が空いて……。そしたら、哀《かな》しさより、何か食べたい想いで頭が一杯になっちゃった。あたしって駄目《だめ》ね。どこか薄情なんだ」

「何言ってるんでェ。それが生きるってことさ」

半月ほど前、お幸と交《か》わした会話である。

そら、そうさ。どんな状況であろうと、腹は減《へ》る。猿子橋を渡りながらそう呟いた途端《とたん》、堪りかねたように、腹の虫が、くうと、ぐもった音を立てた。

脳裡《のうり》を鯛素麺がゆるりと過《よぎ》っていく。

が、今頃、古澤の組屋敷に引き返したところで、素麺のひと筋も残ってはいないだろう。美乃里のことである。

夢之丞の顔を見ると、慌てて厨に駆け込み、新《あら》たに素麺を湯がくのは解っているが、ふてらっこく、そこまで造作《ぞうさ》をかけるわけにはいかないだろう。

夢之丞は常盤町《ときわちょう》まで出ると、高橋のほうに曲がった。

脚は自《おの》ずと蛤町《はまぐりちょう》のほおずきに向いている。

堀沿いの道を歩いていると、背後から、どこか空惚《そらとぼ》けたような梅雨《つゆ》の雷《らい》が、どろどろと追いかけるように響《ひび》いてきた。

黒い雲の間《はざま》から、月がおぼおぼしげな光を放ってくる。

やはり、梅雨明けが近いのであろう。

五ツを過ぎたほおずきには、客は辻八卦《つじはっけ》が一人、それも夢之丞の姿を見ると、計ったように帰り仕度を始め、ここに置いたからよ、と長飯台《ながはんだい》の上に勘定《かんじょう》を置いて出て行った。

「今宵は随分と遅うございますこと。もう、どこかで召し上がっていらっしたのでしょう?」

　おりゅうがふわりとした笑顔を見せると、燗場《かんば》に立とうとする。

「いや、酒より……」

　あらっと、おりゅうが振り返る。

「お腹が空いていらっしゃるのね。丁度良かったわ。大坂風《おおさかふう》の押し寿司《ずし》を作ってみましたの。美味《おい》しいかどうか分かりませんが、召し上がってみて下さいな」

　おりゅうはそう言うと、カタカタと下駄を鳴らし、板場に入って行った。

　押し寿司と聞いた途端、胃の腑《ふ》の辺りがもう我慢《がまん》ならぬとばかりに、鈍《にぶ》い痛みを訴《うった》えてきた。

　吐きたいほどお腹が空いて……。

　成程、お幸が言ったのは、このことなのだ。

　夢之丞は思わずにっと頬を弛めた。

　おりゅうが膳《ぜん》を運んでくる。

　葉蘭《はらん》を敷《し》いた皿の上に、小鯛《こだい》、小鰭《こはだ》、さいまき海老《えび》と三種類の押し寿司が並べてあり、別に、蛤《はまぐり》とじゅんさい、素麺の椀物《わんもの》に瓜《うり》と茄子《なす》の糠漬《ぬかづ》け……。

　押し寿司は二層《にそう》になっていて、間に椎茸《しいたけ》の含《ふく》め煮が挟んである。

「これは、おりゅうさんが？」

　おりゅうは、ふふっと首を竦めて見せた。

「魚清《うおせい》が活《い》きの良い小鰭やさいまきを持ってきましたのでね。あたし、押し寿司なんて作ったことも食べたこともなかったけど、魚清の出所《でしょ》が大坂だと聞きましたでしょ？　それで、作り方を教えてほしいと頼みましたの。言われたとおりに作ったつもりなんだけど、上手《うま》く出来たかしら？」

夢之丞は小鯛をひと口含んでみた。

「なんと、これは……」

「えっ？」

おりゅうが心配そうな顔で、夢之丞を覗き込む。

「旨《うま》い。実に、旨い」

夢之丞はそう言うと、後は夢中になって、食べに食べた。

口の中で、魚の旨味《うまみ》とほどよい酸《す》っぱさ、椎茸の甘さが、まったりとした調和を醸し出し、それは掛け値なしに旨かった。

夢之丞の国許瀬戸内では、なんといっても寿司の主流はちらし寿司で、今まで大坂風の押し寿司を食べたこともなければ、にぎり寿司など、江戸に出て初めて食したほどである。

それに見ろ。椀物に素麵まで入っているではないか……。

これで、鯛素麵への未練《みれん》が吹っ切れたように思え、夢之丞は大満足であった。

そろそろ頃合《ころあい》かと、おりゅうが燗酒《かんざけ》を運んでくる。

「召し上がりますでしょ？」

「ああ、ひと心地《ごこち》ついた。貰おうか」

「昨日、荒川さまがお見えになりましたのよ」

おりゅうが酒を注《つ》ぎながら言う。

「荒川？　ああ、先日、俺が連れて来た荒川作之進《さくのしん》か。ほう、荒川が何ゆえ、また……」

「お連れさまと一緒でした。とても仲睦《なかむつ》まじそうで、この小上《こあ》がりで一刻《いっとき》（二時間）ばかりお飲みになって、帰って行かれました」

「連れ？　女か……」

「ええ、とてもお綺麗《きれい》な方でしたわ。佐賀町《さがちょう》で茶飯屋《ちゃめしや》をなさっているそうですね。なんですか、女将《おかみ》さんがとてもこの見世を気に入って下さいましてね。これからも、ちょくちょく顔を出しますって」

一瞬、強張《こわば》った夢之丞の頬が、ふっと安堵《あんど》の色に変わった。

荒川が連れていた女は、どうやら、力弥《りきや》のようである。

すると、あの二人、縒《よ》りが戻ったということか……。

「おめえが一等最初にやらなきゃならねえことは、おとよを力弥に返すこと。そのうえで、力弥と腹を割って話し合い、道場をどうするか、田中の遺した娘をどうするか、考えてみるんだな」

夢之丞は荒川作之進にそう諫言《かんげん》した。

するてェと、まんざら、俺の差出《さしで》も、いらぬおせせせの蒲焼《かばやき》ではなかったということか……。

「そうか。あの二人、仲睦まじそうだったか。それは良かった」

「一献《いっこん》って見世、茶飯の他に、あんかけ豆腐《どうふ》を出すのですってね？　あたしも一度行ってみようかしら……」

「行くって……。おいおい、おりゅうさん、俺も一度も行ったことがねえんだぜ」

「あら、そうなんですか。では、一緒に連れてって下さいな。ねっ、いいでしょう？」

おりゅうの頬が珍しく桜色に染まり、目まで輝かせている。

「そうさなあ……。では、行こうか！」

そう言った途端、お由布のことでまだ幾分胸に燻《くすぶ》っていた澱《おり》のようなものが、すっと下りていくような気がした。

夢之丞は胸の合わせをそっと押さえてみる。

角張《かどば》って、ごつごつとした感触が、指先に伝わってきた。

ままよ、どうにかなるさ……。

やはり、明日、東平野町を訪ねてみよう。

お葉は草太が表現したように、紫苑か都忘を彷彿《ほうふつ》とさせる、野の花のような女性であった。

そろそろ三十路《みそじ》近くになるのだろうが、化粧気《けしょうけ》のない白い顔は、つるりとしたゆで卵を想わせ、一重瞼《ひとえまぶた》の涼やかな目許《めもと》や、ぽってりとした丸い唇など、まだ十代といっても充分通用するほど、おぼこな感じがした。

これでは、艶冶《えんや》な女ごに食傷気味の草太が夢中になったところで、不思議はないだろう。

夢之丞はひと晩あれこれと考えた末、母真沙女がおせいから櫛を借りたことにしようと思った。

お葉はおせいのことも、紅惣のことも、ましてや、お由布のことも知らないのである。

ここはちょいと真沙女に悪者になってもらうより、他に方法がないだろう。

「あなたさまの母上に？　では、あたしの母とお知り合いだったというのですね。でも、あたし、自分がどこで生まれ、誰が親なのか、何ひとつ知らなくて……。お願いします。あたしのおとっつァんやおっかさんのことを教えて下さいませんか？」

お葉は食い入るような目をして、夢之丞に尋《たず》ねてきた。

「そう言われても、俺の母も既にこの世にいない。亡くなる前に、この櫛を見せ、おせいさんの遺児《いじ》に返してくれと言ってね。ところが、その娘がどこにいるのやら皆目《かいもく》判らず、随分と捜した末、ようやく、おまえさんが見つかったってわけだ。それによ、俺が母から聞かされたのは、おせいさんが南六間堀の紅惣という小間物屋に嫁ぎおまえさんを産んだが、その後間もなく、紅惣の経営が思わしくなくなり、身代限りをしちまったってことだけだ。それが障《さわ》ったのであろうな、気の毒に、おとっつァん、そしておっかさんも後を追うように亡くなっちまったという。母はおせいさんの行方を捜していたのだが、南六間堀を出てからの消息がふっつりと跡切《とぎ》れちまってよ。それで、おまえさんを見つけるのが、こんなに遅くなっちまった。済まなかったね。だが、こうして、おせいさんの形見とも言える櫛を、おまえさんに返すことが出来たのだ。肩の荷が下りたような気分だぜ」

「これが、おっかさんの形見……。まあ、なんて立派な櫛でしょう」

「俺《おり》ャ、その方面には疎《うと》いんでよ、よく分からねえが、なんでも、蒔絵じゃ当代一と言われる、原羊遊斎の櫛だとよ。欲しくても、なかなか手に入《へえ》らねえ代物《しろもの》というから、大切にするんだな」

「原羊遊斎……。そうなのですか」

「おっかさんの形見として、生涯《しょうげえ》大切に持っていてもよし、はたまた、金に換えてもよし」

「お金に換えるなんて……。いえ、大切に持っています。あたしには息子しかいませんが、いつの日にか、息子の嫁に、これはおまえの亭主のお祖母《ばあ》さんが遺してくれた櫛だよ、と譲《ゆず》ってやることにします」

「ほう、息子がね。今、幾つだい?」

「七歳になったばかりです。亭主には遅い子でしたから、由蔵《よしぞう》は父親と短い間しか一緒に暮らせませんでした。けれども、血は争《あらそ》えませんね。あの子、絵筆を持たせるとご機嫌《きげん》で、この頃では、父親の遺した下絵を生写《しょううつ》ししていますのよ。生憎《あいにく》、今は手習《てならい》の稽古《けいこ》に出かけて留守にしていますが、本当に、父親そっくりで……」

「そうですか。亡くなられたご亭主は下絵師で……」

「歌川草々獅といいまして、少しは名前が通っていますのよ。あの人、娘ほど若い女房を貰い、孫のような子を持ったのだからと、あたしや由蔵が自分の死後も困らないようにと、貸し店《だな》を遺してくれましてね。お陰で、食べていくには困りません」

「歌川草々獅ねえ……。済まねえ。俺ャ、そっちの方面にも疎くてね。そうだ、今、思い出した。確か、おせいさんの父親《てておや》、つまり、おまえさんのお祖父《じい》さんだがよ、彫師だったとか……。するてェと、おまえさんの息子に絵の才があるとすれば、これは父親と曾祖父《ひいじい》さん、両方の血を継《つ》いだことになる」

「まあ、あたしのお祖父さんが彫師……。なんだか、不思議な縁で繋《つな》がっているような気がしますね。そうだ、ご覧《らん》になります？　草々獅の絵を。まだ幾らか残していますのよ」

お葉はそう言うと、草太が仕事場として使っていたのであろう、奥座敷へと入って行った。

「これです。ほら、これも、これも、皆、同じ女性でしょう？　草々獅に誰なのかと訊きましたら、まあ、なんて答えたと思います？　俺が生涯憧《あこが》れた女絵師だって……。まあ、つるりとした顔で、そう答えたんですよ。でもね、あたし、こんなことで肝精《きもせい》を焼いたりしませんの。歌川萌女《もえじょ》さんて、女のあたしから見ても、凜《りん》とした美しさを湛えていて、そのうえ、男が舌を巻くほどの才能をお持ちなのですもの。草々獅が憧れの女性と崇《あが》めたところで、文句のつけようがありませんわ」

夢之丞は絶句した。

歌川萌女……。

古澤求馬の義姉《あね》、萌である。

お葉の持ち出した下絵には、画紙に向かって絵筆を動かす女絵師の姿が描かれていた。

女絵師は京ぐるに結った髷からほつれ毛を垂《た》らし、女だてらに立て膝《ひざ》をしているばかりか、口に絵筆まで銜《くわ》えている。

が、黒っぽい紗《しゃ》の井桁絣《いげたがすり》に緋襷《ひだすき》をきりりと回し、被写体を見入る目の鋭《するど》さ……。

紛《まぎ》れもなく、萌がそこにいた。

「歌川萌女。ええ、わたしも知っています」

「まあ、萌女さんをご存知《ぞんじ》で？」

お葉は共通の知人がいたことに気が高揚《こうよう》したのか、燥《はしゃ》いだように、甲張《かんば》った声を上げた。

が、何故か、夢之丞はまだ何か大切なことを忘れているように思えてならなかった。

確かに、ここに描かれているのは、女絵師萌女に違いない。

だが、その奥にあるもの……。

あっと、夢之丞はと胸を衝かれたように、もう一度、食い入るように下絵を見た。

なんと、栄寿堂のご隠居、お由布がそこにいるではないか……。

この目許、この唇……。

これは、紛れもなく、お由布のものである。

確かに、現在《いま》のお由布とは比べようもないが、下絵に描かれた女絵師の顔は、恐らく、一回りも二回りも若くした、お由布……。

草太の想い出の中にしっかと根を下ろした、若かりし頃のお由布に違いない。

夢之丞は初めてお由布に逢ったとき、どこかで見たようなという想いに陥《おちい》った。

だが、これで符帳《ふちよう》がぴたりと合ったのである。

歳こそ違うが、お由布と萌は、面立ちも身体全体から醸し出す雰囲気まで、気味悪いほど相似《そうじ》している。

ああ……、と思わず夢之丞は口の中で呟いた。

草太の心の中には、未《いま》だ、お由布が生き続けていたのだ。

猿猴《えんこう》が月と一旦は諦めたものの、お由布の若かりし頃を彷彿とさせる萌に出逢ったとき、再び、胸が切《せつ》なくなるような青春が、じわりと甦《よみがえ》ってきた……。

草太は萌の身体を通して、お由布を瞠めていたに違いない。

「どうなさいました？」

お葉が訝しそうな顔で、覗き込んでくる。

「いや、実によく描けている。まるで、歌川萌女がそこにいるようではないか」

「ええ。ですから、この絵だけは手放したくありませんの。草々獅が息子に遺した唯一の形見ですし、おっかさんの形見の櫛と共に、大切にしていきたいと思います」

お葉は屈託《くったく》のない笑顔を見せた。

「あら、雨。梅雨が明けたと思ったのに、また雨なんて……」

お葉が庭に目をやり、ちらと眉根を寄せた。

昼下がり、庭木に眩《まぶ》しいほどの光が射《さ》し込んでいる。

だが、目を凝《こ》らすと、葉の部分が霧《きり》でも吹きかけたかのように、きらきらと虹色に輝いているではないか。

「いや、空が明るい。日照雨《そばえ》でしょう」

「狐の嫁入り……。まあ、この櫛と同じだわ！」

「そうだね。思いがけなく、天の粋《いき》な計らい……。さて、用も済んだことだし、そろそろお暇《いとま》するとしようか」

「では、傘をお持ち下さいませ」

「なに、傘なんて要《い》らぬ。ほれ、もう、上がりかけたではないか」


お葉に別れを告げて通りに出ると、日照雨はすっかり通り過ぎていた。

が、地面や木々は気紛《きまぐ》れな喜雨《きう》に、しっとりと濡《ぬ》れそぼっている。

そろそろ八ツ（午後二時）になるのだろうか。

夢之丞はゆっくりとした足取りで、仙台堀を渡った。

亀久橋《かめひさばし》を渡りながら、頭の中で何度も、これで良かったのだ、と呟いてみる。

お葉にはおせいとお由布の関係ばかりか、草太との関《かか》わりも、何ひとつ知らせていない。

知らせたところで、なんになるだろう。

草太は生涯お由布を慕《した》い続け、尚かつ、お葉や由蔵を慈《いつく》しみもしたのである。

それが証拠に、二人の行く末になんら憂《うれ》いはない。

ふん、由蔵ってか……。

草太の野郎、ふてらっこくも、お由布の名前から一字を取って、一人息子に由蔵と名づけているのである。

これほど解りやすい男もいなければ、また、物寂《ものさみ》しい話もないだろう。

だがこれで、お由布は栄寿堂の名前を傷つけることなく、想いを遂げられたのである。

思えば、この永い歳月、一等辛い想いをしたのは、お由布であろう。

本物の羊遊斎の櫛を見る度に、非業《ひごう》の死を遂げたおせいや行方の知れぬお葉を想い、さぞや、針の筵《むしろ》に坐らせられたように辛かったであろう。

だからこそ、老境《ろうきょう》に脚を踏み入れた現在《いま》も尚、時折思い出しては、櫛の存在に心が乱れたのである。

だが、これで良かった……。

ふっと、真沙女の顔が過《よぎ》った。

真沙女は一度もおせいに逢ったことがない。

それなのに、夢之丞は真沙女が櫛を借りた、と万八《まんぱち》を言ったばかりか、母は既にこの世になく、と勝手に死なせてしまったのである。

お許し下さいませ、母上……。

夢之丞は胸に忸怩《じくじ》としたものを抱えながらも、片腕を袖に滑らせ、小判を数えた。

一枚、二枚、三枚……。

栄寿堂の番頭春治から貰った、小づり三両である。

これで、真沙女も少しは息を吐いてくれるだろう。

が、その刹那《せつな》、鉄平の豆狸面《まめだぬきづら》と伊之吉《いのきち》の蜥蜴《とかげ》のような顔が、ゆるりと眼窩を過っていった。

今回は彼らの手は一切《いっさい》借りていない。

だが、不手廻《ふてまわり》なのは、奴らも同様……。

しゃあねえか。あいつらにも半分分けてやるとして、母上、申し訳ありません。やはり、此度《こたび》も、一両で辛抱《しんぼう》して下さいませ……。

夢之丞がそう思ったときである。

初老の女が新道から堀沿いの道に出て来ると、くるりと身体を返し、西に向かって歩いて行った。

背筋をきっと伸ばした、あの姿……。

どうやら、真沙女が鼓《つづみ》の出稽古《でげいこ》に行くようである。

第三話　星の契

「あっ、お待ち下さいませ、お嬢《じょう》さん！」

おぶんは婆《ばあ》やの甲張《かんば》った声を後目《しりめ》に、後《うし》ろ手に玄関戸をバシンと閉めた。

今日は七月七日、七夕《たなばた》である。

と同時に、年に一度の、井戸《いど》浚《さら》いの日でもあった。

大家の指揮の下《もと》、この日ばかりは居職《いじょく》も出職《でしょく》も仕事を休み、裏店《うらだな》の住人総出《そうで》で井戸の水を汲《く》み出すのである。

それゆえ、朝方、おぶんは父の徳兵衛《とくべえ》から、今日ばかりは何があろうと外出してはなりませんぞ、と諄《くど》いほど言われていたのである。

「だって、あたしがいたって、役に立たないじゃないか！」

おぶんは不服そうに唇を窄《つぼ》めた。

「何も、おまえに井戸浚いを手伝えと言っているのじゃありません。だが、考えてもみなさい。店子《たなこ》が一丸《いちがん》となって汗水垂《あせみずた》らしているというのに、大家の娘が七夕に浮かれて遊び呆《ほう》けてるなんざァ、あんまし聞こえが良いものじゃありませんからね。役に立たないと思ったら、何か役に立つことを考えたらどうです」

「だから、それがなんなのかって訊《き》いてるんじゃないか」

「おぶん、なんですか！　その摩枯《すりか》らしみたいな物言《ものいい》は。力仕事が無理と思えば、冷たい麦湯《むぎゆ》を皆に振舞《ふるま》うとか、おりつさんの代わりに赤ん坊の世話をしてやるとか、手助けすることは山ほどあります。なんだい、びびりっ子みたいなその顔は！　ああァ、もういい！　おまえに手伝えと言ったあたしが大かぶりだった。だが、これだけは言っておきます。おまえの手など借りようとは思わないが、今日だけは、断じて外出することはなりませんぞ！」

徳兵衛は蕗味噌《ふきみそ》を嘗《な》めたような顔をして、憤然《ふんぜん》と裏店に出かけたのだった。

だが、おぶんには、おそよとの約束があった。

前日、おそよから、奈良屋《ならや》の七夕飾《かざ》りを見に行かないかと誘われたのである。

「今年はさァ、お美津《みつ》ちゃんの琴のお師《し》さんも見えるのですって！　ほら、生田流《いくたりゅう》の喜久《きく》寿《じゅ》さま。次の温習会《おんしゅうかい》で、お美津ちゃんが喜久寿さまと連れ弾《び》きすることに決まったでしょう？　奈良屋では大層《たいそう》の悦《よろこ》びようで、この度《たび》のお飾りも半端《はんぱ》じゃないのですって。その点、提灯屋《ちょうちんや》なんてつまんない！　盂蘭盆会《うらぼんえ》を控《ひか》え、今が一番の書き入れ時でしょ？　あたしなんて、物心《ものごころ》ついた頃から、真面《まとも》に七夕祭なんてしたことがない……。せいぜい、婆やと二人で、笹竹《ささだけ》に願事《ねがいごと》を書いた短冊《たんざく》をつけるくらい。ねっ、だから、お願い。おぶんちゃんも一緒に行きましょうよ！」

おそよはおぶんの手を握《にぎ》り締《し》め、ゆさゆさと揺《ゆ》すった。

おそよは冬木町《ふゆきちょう》で提灯や行灯《あんどん》、灯籠《とうろう》などを商《あきな》う、富本屋《とみもとや》の末娘である。

成程《なるほど》、提灯屋にとっては、盂蘭盆会から深川祭、彼岸《ひがん》にかけてが、一年のうちで最も怱忙《そうぼう》を極《きわ》めるときであろう。

見世《みせ》が忙しければ自《おの》ずと内々《うちうち》まで多事多難《たじたなん》となり、どうやら、娘の七夕などにかまけていられないというのが、本音のようである。

「おぶんちゃんちでは、型通りの七夕行事をするんでしょう？」

おそよは上目遣《うわめづか》いに、おぶんを窺《うかが》った。

「えっ、ああ、まあね……」

咄嗟《とっさ》のことで、おぶんは挙措《きょそ》を失った。

鳩尾《みぞおち》の辺《あた》りに、ちかりと痛みが走った。

おぶんの家でも、笹竹も飾れば、縁台に初生《はつなり》の野菜を供《そな》え、その夜は並一通《なみひととお》りに素麺《そうめん》を食べた。

が、言ってみれば、それだけのことである。

苦虫《にがむし》を噛《か》み潰《つぶ》したような徳兵衛の他に、婆やと下男……。

毎日見飽《みあ》きた顔ぶれでは、面白《おもしろ》くも可笑《おか》しくもない。

おぶんは去年も一昨年《おととし》も、一緒に七夕祭をしないかと、夢之丞《ゆめのじょう》を誘ってみた。

だがその度に、返ってくるのは、野暮用《やぼよう》が、先約がという言葉ばかり……。

これでは業《ごう》が煮えるだけで、だったら誘わないほうがまだましだと、この頃では、誘うことすら億劫《おっくう》になっている。

いや、億劫なのではない。何かしら、腹立たしいのである。

しかも、よりによって、七夕の日が裏店の井戸浚いとくる。

天の川を愛《め》でるのは陽《ひ》が沈んでからといっても、朝っぱらから裏店中がどこか浮き足だったように感じ、そのうち、七夕なんてもうどうでもいいやと投げ遣《や》りになってしまうのだった。

「解《わか》ったわ。じゃ、あたしも行く」

気づくと、おぶんはそう答えていた。

「良かった！　おぶんちゃんも行ってくれれば、うちの親だって文句のつけようがないもの。だってね、おとっつァんて心配性で、あたし独りじゃ駄目《だめ》だと言うんだもん！」

おそよは肩を竦《すく》め、ぺろりと舌を出した。

おぶんには、おそよの目的が七夕飾りでもなければ、お美津の琴でもないと解っていた。

おそよは、お美津の兄勝太郎《かつたろう》の関心を自分一人に向けさせようと、このところ苦心惨憺《くしんさんたん》なのである。

黒江町《くろえちよう》の乾物問屋《かんぶつどんや》奈良屋の跡取《あとと》り息子勝太郎は、この年二十三歳ながら、漁色家《ぎよしよくか》で通っている。

勝太郎は十七歳の頃からびりを釣《つ》ることを覚えたというが、深川遊里《ゆうり》や新吉原で遊んでいる分にはさして問題はないのだが、どうやら、それでは飽《あ》き足りなくなったとみえ、此《こ》の中《じゆう》、地娘《じむすめ》とのびり事が絶えないというのであるから堪《たま》らない。

「女《おな》ごは初《うぶ》に限るさ」

勝太郎はそう鼻柱《はなばしら》に帆《ほ》をひっかけ、ものにした女を指折り数えてみせるというのだから、呆《あき》れ蛙《かえる》に小便《しょんべん》……。

が、一方、すけこましと解っていて、それでも、勝太郎の甘い誘いを断り切れない女がいるというのだから、もっと始末《しまつ》に悪かった。

それほど、勝太郎は役者絵さながら、ちょいとした雛男《ひなおとこ》なのである。

おそよも勝太郎に血道《ちみち》を上げる一人であった。

おぶんにしてみれば気が気ではないが、かといって、差出《さしで》するのも憚《はばか》られる。

と言うのも、おぶんとおそよ、お美津の三人は、三味線《しゃみせん》、お針、常磐津《ときわづ》と、大概の稽古《けいこ》事《ごと》に肩を並べて通った仲である。

となれば、まさか勝太郎が妹の親友に手を出すとも考えられず、表立って、おそよに深入りするなと忠告するわけにもいかなかった。

それで、極力、おそよと行動を共にするようにしているのだが、おぶんの内心もあっちに揺れこっちに揺れ、決して穏《おだ》やかとは言えない。

理由《わけ》は、半井夢之丞《なからいゆめのじょう》にあった。

夢さん、あたしがこれほど夢さんに夢中だってのに、いつまで経っても子供扱《あつか》いをして、洟《はな》も引っかけてくれやしない……。

そうだ、あたしが夢中になるからいけないんだ。

何さ、色男ぶっても、もうすぐ三十路《みそじ》に手が届こうとする、おっさんじゃないか……。金輪際《こんりんざい》、あんな男の後を追いかけてやらないんだから！

ふんだ！　あたしにそっぽを向かれ、三百落とした心持《こころもち》になったところで、六日の菖蒲《あやめ》十日の菊……。

だったら、あたしだって、おそよちゃんと連れ立って、勝太郎さんに芝居見物に連れてってもらったっていいし、美味《おい》しい物を食べに行ったっていい……。

おぶんは敢《あ》えて夢之丞を慕《した》う心に蓋《ふた》をすると、無視しようと懸命《けんめい》になった。

これ見よがしに、おそよと共に、勝太郎と盛り場を歩いてもみた。

きっと、夢さんの耳に噂《うわさ》が伝わるに違いない。

ふん、それで慌《あわ》てたって、もう遅いんだから！

ところが、つい先日のことである。

たまたま新道に入ったところで、夢之丞に出会《でくわ》した。

おぶんはあっと思い、態《わざ》と気づかない振りをしたのだが、どうしたことか、夢之丞の反応が鈍《にぶ》かった。

夢之丞は少しばかり意外な顔をした。

が、ただそれだけなのである。

慌てもしなければ、どうしたのかと訊いてもこない。

思い出すだに業腹《ごうはら》なのだが、夢之丞はまるで縄暖簾《なわのれん》に凭《もた》れるがごとく、柳に風と吹き流してしまったのである。

そうなると、ますます腹立たしい。

そうだわ、明日はおそよちゃんに付き合い、勝太郎さんと思い切り遊んでやるんだから！

そう固く心に決めたからには、徳兵衛の小言《こごと》も婆やの甲張った声も、おぶんには牛に経文《きょうもん》……。

後ろめたさなど、微塵《みじん》も感じなかった。

そのつもりであった。

ところが、治平店《じへいだな》の路次口《ろじぐち》を通り過ぎようとしたときである。

井戸端《いどばた》のほうから、ほらよ、はいよ、と店子たちの掛け声が流れてきた。

赤ん坊の泣き声も聞こえてくる。

「昇太《しょうた》、赤ん坊を泣かせるんじゃないの！　おっかさんは忙しいんだから、おまえが松吉《まつきち》と赤ん坊の面倒を見ないでどうすんのさ！」

際物売《きわものう》り朋造《ともぞう》の女房おりつが、気を苛《いら》ったように子供を嗚り立てる。

「おっ、早《はえ》ェとこ汲み出さねえと、昼過ぎには井戸職人がやって来るってさ！　ほれ、朋造、嬶《かかあ》や餓鬼《がき》はうっちゃっとけ。おめえ、さっきからちっとも手が動いてねえじゃねえか！」

今度は、左官の三太《さんた》の声である。

「さあさ、皆さん、冷たい麦湯で喉《のど》を潤《うるお》して下さいまし！」

真沙女《まさじょ》と三太の女房おきんが各々《おのおの》薬缶《やかん》を手に、夢之丞の部屋から通路へと出て来る。

おぶんは路次口に佇《たたず》み、なんだか不思議なものでも見たように、目を瞬《しばた》いた。

なんと、日頃、暑かろうが寒かろうが毅然《きぜん》と身形《みなり》を調《ととの》え、隙《すき》というものを一切《いっさい》見せたことのないあの真沙女が、あろうことか、着物の裾《すそ》を端折《はしよ》り、襷掛《たすきが》けに、手拭《てぬぐい》を姉さん被《かぶ》り……。

では、夢之丞はと伸び上がるようにして見ると、これまた、浴衣《ゆかた》を脱下《ぬぎさげ》にし、すっとこ被りに手拭を被っている。

おぶんは思わず、くすりと肩を揺らした。

そんなおぶんに徳兵衛が気づいたようで、大声を上げる。

「おっ、おぶん、よいところに来た。さっ、おまえもここに来て手伝いなさい！」

夢之丞がおっと振り返り、にたりと頬《ほお》を弛《ゆる》めた。

おぶんの頭に、カッと血が昇った。

「あたし、用があるんだから！」

おぶんはきっと顎《あご》を上げると、取り澄《す》ましたように、堀沿《ほりぞ》いの道へと歩いて行った。

「いや、どうも申し訳ありませんな。あの娘には困ったもので、この頃うち、あたしの言うことに悉《ことごと》く盾突《たてつ》きましてね。あたしも頭を痛めております」

徳兵衛が路次口を恨《うら》めしげに振り返り、ふうと太息《ふといき》を吐《つ》いた。

「しょうがねえだろ？　大家が甘《あめ》ェんだからよ！」

「そうそう。親馬鹿《おやばか》ちゃんりん蕎麦屋《そばや》の風鈴《ふうりん》ってね！」

三太と女房のおきんが矢継《やつ》ぎ早《ばや》に曲《きょく》ると、ぐびぐびと喉を鳴らして、麦湯を干《ほ》した。

「けどさ、大家さんも苦労だよね。年頃の娘には、やっぱ、母親がいなくっちゃね。父親《ておや》だけだと不憫《ふびん》だと思って、どうしたって甘くなっちまう。大家さん、どうして後添《のちぞ》いをお貰《もら》いにならなかったのですか？」

人目も憚《はばか》らず赤児におっぱいを含ませていたおりつが、上目遣いに徳兵衛を見る。

おきんが慌てたように、しっ、と目まじするが、もう遅かった。

徳兵衛の代わりに、焼き接《つ》ぎ師の文六《ぶんろく》が仕こなし振りに答えた。

「そりゃさ、貰えるものなら、大家だってとっくの昔に貰っていなさらァ。ところがよ、なあ三太、おめえは知ってるよな？　大家のおっかさんってのが気性《きしょう》の強《つえ》ェ女《おな》ごでよ。それが原因かどうか定かじゃねえが、おいらが聞いた話じゃ、大家のかみさんってェのはよ、おぶんちゃんが物心つかねえうちに姑去《しゅうとざ》りされちまったんだとさ。大家のおっかさんが母親代わりでおぶんちゃんを育てたというが、俺《おり》ャ、思うんだが、大家は嫁姑《よめしゅうとめ》の間に入《へえ》って、心底《しんそこ》、懲《こ》りなすったんじゃねえかとよ。へっ、あの気丈なおっかさんじゃ、後添いに誰が入《へえ》ろうと、甘《うま》くいきっこねえ。口幅《くちはば》ったいことを言うようで心苦しいが、ねっ、そうでやすよね、大家さん？　おいらの読みは外《はず》れちゃねえでしょ？」

「ああ、まっ、そりゃそうなんだけどね……」

徳兵衛は小胸《こむね》が悪そうに、ぞんざい気に答えた。

徳兵衛にはたった一人の母親である。気性が強かろうが、仮に、意地悪であろうが、母親のことをこう悪《あ》し様《ざま》に言われて、快いはずがない。

夢之丞も慌てたように、真沙女を目で追った。

が、真沙女はおりつの子供たちに麦湯を運んで行き、まだ戻っていないようである。

「さあ、早《はえ》ェとこやっちまおうぜ！　あとひと息だ！」

夢之丞はやれと息を吐き、徐《おもむろ》に立ち上がった。

徳兵衛も安堵《あんど》したのか、声作《こわづくり》すると、全員を見回した。

「そう、そうですよ。油を売ってたんじゃ、いつまで経っても終わりやしない」

朋造が腰に縄《なわ》を巻き、井戸の底へと下りていく。

残りの連中が再び棹《さお》になり、エイホッ、エイホッ、と縄を引き始める。

そのときである。路次口のほうから声がかかった。

「おお、精《せい》が出るのっ！」

井戸端で音頭《おんど》を取っていた徳兵衛が、驚いたように振り返る。

「おや、親分」

伊勢崎町《いせざきちょう》の熊伍《くまご》親分が、じゃみ面《づら》に玉の汗を滴《したた》らせて立っていた。下っ引きの彦佐《ひこざ》を引き連れているところを見ると、見回りの途中、ちょいと立ち寄ったというところであろうか。

熊伍は井戸端まで歩いて行くと、中を覗《のぞ》き込んだ。

「どれどれ……。おっ、中にいるのは、朋造かよ。朋造、どうしてェ、捗《はかど》ってるじゃねえか！　ふん、この分なら、昼までには全て浚い終えるだろうて」

熊伍が改まったように、徳兵衛を振り返る。

「そいでよ、徳兵衛さん。忙しい最中《さなか》、人手《ひとで》をかっさらっていくようで済まねえが、ちょいと先生の顔を貸してもらいてェんだが、構わねえかよ？」

夢之丞はおやっと肩の力を抜き、熊伍に目を向けた。

熊伍親分が顔を貸せとは、一体何事であろうか……。

「ええ、ええ、こちらは粗方目処《あらかためど》がついたところです。先生をお連れになっても一向《いっこう》に構いませんが、何かございましたかな？」

徳兵衛が取って付けたように、世辞《せじ》笑いする。

「いや、そいつは……」

「あっ、さいですね。この場で言うことじゃない。つまり、御用《ごよう》の筋《すじ》ってことで？　どうぞ、どうぞ、先生、こっちは構いませんので、お仕度《したく》をなさって下さいまし」

夢之丞はすっとこ被りにした手拭を取ると、脱下にした浴衣を慌てて直した。

だが、この形《なり》で熊伍について行くわけにもいかないだろう。

それで着替えようと部屋に戻りかけた、そのときである。

真沙女が頬を引きつらせ、足早《あしばや》に寄って来た。

「町方《まちかた》がそなたに用とは何事ですか？　まさか、そなた、母に顔向け出来ないようなことをなさったわけではないでしょうね！」

声こそ圧《お》し殺しているが、真沙女の口吻《こうふん》は、背筋が凍《こお》るほど鬼気迫《ききせま》っていた。

「父上にご報告して宜《よろ》しいか！」

幼い頃、真沙女のこの隻句《せっく》に幾たびおどろおどろしさを感じ、畏縮《いしゅく》しただろうか……。

が、実際には、父左右兵衛《そうべえ》に知らされたことは一度もなかった。

仮に、知らされたところで、左右兵衛は声を荒らげることなく諄々《じゅんじゅん》と諭《さと》すであろうし、さほど怯臆《きょうおく》することもない。

要するに、怖《こわ》いのは真沙女の声音《こわね》そのものであり、子供の夢之丞を縮《ちぢ》み上がらせるには、それだけで充分であったのである。

「まさか……。母上、わたくしには全《まった》く以《もっ》て、心当たりがございませんが」

夢之丞は鼠鳴《ねずみなき》するような声で答えた。

すると、そんな二人の気配《けはい》に気圧《けお》されてか、熊伍がそろりと助け船を出す。

「あっ、こいつァ、俺の言い方が拙《まず》かったかな？　なに、大《てえ》したことじゃありやせん。ちょいと半井《なからい》さまの知恵を拝借《はいしゃく》しようと思っただけで、御母堂《ごぼどう》が案じられることではありやせん」

熊伍が恐縮したように、月代《さかやき》に手を当て、首を竦めた。

「へへっ、なんだか、お袋《ふくろ》さんに気を回させちまって、おめえに悪《わり》ィことしちまったな」

仙台堀《せんだいぼり》まで出たところで熊伍は脚《あし》を止め、ちらと夢之丞を窺《うかが》った。

「構わぬ。いつものことだ」

夢之丞は憮然として答えた。

「そろそろ昼餉《ひるげ》だ。やぶ福と言いてェところだが、あそこは煩《うるさ》くて敵《かな》わん。三桝《みます》なら、客が混《こ》み合うのは夕刻からだからよ。奥の小上がりを取っておいた。三間町《さんげんりょう》には四ッ半（午前十一時）と言っておいたから、おっつけ来るだろうさ」

熊伍は再び歩き出すと、ぽつりと呟《つぶや》いた。

三間町？

すると、鶴平《かくへい》親分も来るということなのだろうか……。

「そういうこった。仔細《しさい》は三桝に着いてから話すが、ちょいと厄介《やっかい》な事件が起きてよ。まっ、おめえも知っての通り、俺《おり》ャ、あんまし町方のことにゃ、おめえさんに入《へえ》ってもらいたくねえんだが、三間町がどうしてもおめえの知恵を借りてェと言うもんだからよ」

流石《さすが》は甲羅《こうら》を経《へ》た、酸《す》いも甘いも食った熊伍親分である。掌《たなごころ》を返すように、夢之丞に過《よぎ》った疑問を衝《つ》いてくる。

「俺に大した知恵があるとも思えないが、鶴平親分の頼みなら、無下《むげ》に断るわけにもいかないだろう。だが、まさか、猿江町《さるえちょう》の事件に似たような?」

夢之丞は熊伍を見た。

三間町の鶴平親分とは、猿江町の霊媒師《れいばいし》空野《そらの》幽斎《ゆうさい》の手から芸者の美世路《みよじ》を連れ戻した際、顔見知りになっている。

空野幽斎はお光《ひかり》さまの祓除清浄《ばつじょせいじょう》とうたい、女たちを阿片《あへん》漬けにして南蛮《なんばん》あたりに売り飛ばしていたが、辰巳《たつみ》芸者千代丸《ちよまる》の依頼により、夢之丞がひと役買って出ることになったのである。

鶴平親分は以前から幽斎の不可解な動向に目をつけていた。

それで、同心《どうしん》木村龍吾《りゅうご》の下《もと》、熊伍親分、鶴平親分共々、夢之丞も動くことになったのだが、このとき、空野幽斎を含め五人を捕縛《ほばく》し、幽斎に捕《と》らえられた八人の女を助け出している。

「似ているといえば似ているが、そうとも言えん……」

熊伍は忌々《いまいま》しそうに歯噛《はが》みした。

が、どうやら、それ以上は答えるつもりはないようで、後からついてくる彦佐を振り返ると、おっ、三間町を待たせちゃ済まねえからよ、おめえ、先に行ってな、と胴間声《どうまごえ》を上げた。

彦佐が小走りに海辺橋《うみべばし》を渡っていく。

その背を見送るようにして、熊伍が呟いた。

「だがよ、おめえもあのお袋を抱えたんじゃ、大変《てえへん》だ。年中三界《ねんじゅうさんがい》、裃《かみしも》を着て鯱張《しゃちこば》るなんざァ、息が詰まっちまう。徳兵衛の死んだお袋ってェのも妙に四角張《しかくば》った女ごだったが、まっ、言ってみれば町人だ。その点、武家の女ごは筋金《すじがね》入りだからよ。俺みてェな礼儀知らずな男でも、おめえのお袋を前にしてみな？　御母堂なんて言葉がつるりと口を衝いちまう。やべェやべェ、日頃使い慣《な》れねえ言葉なんて口にするもんじゃねえよな。俺ャ、さっきからここら辺りがむずむずしてよ」

熊伍が大仰《おおぎょう》に喉仏《のどぼとけ》をさすって見せる。

夢之丞には返す言葉がなかった。

どうやら、気随《きずい》に生きてきた熊伍には、真沙女は高慢《こうまん》で、鼻持《はなも》ちならない女としか映《うつ》っていないようである。

だが、真沙女の千辛万苦《せんしんばんく》の来《こ》し方を、今この場で、熊伍に説明したところでなんになろう……。

「おっ、気を悪くしねえでくれよな。俺ャ、そんなつもりで言ったわけじゃねえんだからよ。ただよ、徳兵衛とおめえのお袋が重なり合っちまったもんでよ、つい……」

熊伍が気を兼《か》ねたように、ちらりと夢之丞を窺った。

徳兵衛の母おこんは、朧気《おぼろげ》ながらも、夢之丞も憶《おぼ》えている。

確か、おこんが亡くなったのは、夢之丞が治平店に入って三年目の頃だったように思う。

が、憶えているといっても、時たま顔を見る程度で、当時二十歳《はたち》前だった夢之丞は、おこんと会話らしき会話を交した覚えがない。

他人《ひと》の口端《くちは》に、気丈だとか、おっかねえ、という言葉が上っていたのは知っているが、それとて、真沙女を母に持つ夢之丞にはさして驚くようなことではなく、寧《むし》ろ、どこにでもいる人の好《よ》さそうな老女にしか見えなかった。

「だがよ、俺みてェに物心ついた頃にゃ双親《ふたおや》がいねえんじゃよ、哀《あわ》れなもんだぜ。実の親にぶん殴《なぐ》られたり、怒鳴《どな》られたりする餓鬼を見る度に、羨《うらや》ましくってよ。あいつら、その裏でしっかりお袋の胸に抱き締《し》められてるんだもんな。へへっ、いい歳《とし》こいて、莫迦《ばか》みてェな話だぜ。嗤《わら》ってくんな」

熊伍のしみじみとした口調に、夢之丞はおやっと思った。

熊伍の小さな目が、きらりと光ったように思えたのは、夢之丞の錯覚《さっかく》であろうか……。

「昼間っから、しかも、仕事絡《がら》みときては、酒ともいかねえんでよ。深川飯《ふかがわめし》を頼んでおいたが、それで良かったかな?」

ひと足先に来ていた鶴平親分は、夢之丞に上がれと顎で促《うなが》すと、自《みずか》ら立ち上がり、土間と小上がりの間にぴしゃりと衝立《ついたて》を立てた。

土間のほうには担《にな》い売りらしき男が樽席《たるせき》に二人いるきりで、成程、今が書き入れ時のやぶ福では、こうはいかなかったであろう。

計《はか》ったように、小女《こおんな》が下駄《げた》をカタカタ鳴らし、盆に深川飯を載《の》せてやって来る。

「すぐ、浅蜊汁《あさりじる》を持って来ますから」

小女が四人分の深川飯と香《こう》の物を飯台《はんだい》に並べ、再び、下駄音も高く、板場へと戻って行く。

その背に、熊伍が叩《たた》きつけるように鳴り立てた。

「ねえさんよ、急須《きゅうす》を茶で一杯《いっぺえ》にして、こっちに置いといてくれ！」

「おう、流石は伊勢崎町の……。そうしておくと、茶の催促《さいそく》をする度《たんび》に、話の腰を折らずに済むってもんでェ。さささっ、まずは腹ごしらえだ。空腹《からはら》じゃ、落着いて話も出来ねえからよ。先生、遠慮《えんりょ》しねえで、食ってくんな」

鶴平が人の好さそうな垂《た》れ目を、細めて見せる。

「親分、先生は止《よ》して下さいよ」

「あっ、こいつァ済まねえ。伊勢崎町が先生と呼ぶもんだから、つい……。では、半井さまとお呼びしやしょう」

「いや、出来たら、さまも止してほしいな」

「では、なんと？」

「半井さんでも、夢さんでも、そのほうがいっそすっきりしている」

「さいで？　では、半井さんでいきやしょう」

「てんごう言ってんじゃねえや！　俺ャ、これからも出入師《でいりし》の先生と呼ばせてもらうぜ！」

熊伍が心ありげに、にたりと片頬《かたほお》で嗤った。

毎度のこととはいえ、熊伍の口吻には、どこか棘《とげ》がある。

が、夢之丞はさらりと流すと、箸《はし》を取った。

「では、頂《いただ》きましょうか」

三桝の深川飯は浅蜊の剝《む》き身に葱《ねぎ》と生姜《しょうが》を加え、醬油《しょうゆ》と味醂《みりん》で味つけして飯の上にぶっかけたものだが、炊《た》き込み飯に比べれば粗野《そや》にも見え、これがなかなかいけていて、滅法《めっぽう》界《かい》、旨《うま》かった。

熊伍がその上に、七味《しちみ》唐辛子《とうがらし》をこれでもかこれでもかと振りかける。

鶴平が熊伍の仕種《しぐさ》に、おやおやと眉を顰《ひそ》めて見せた。

「半井さんの口に合えばいいがよ」

「三桝の深川飯は初めてだが、いや、実に旨い。いつもは酒の肴《さかな》になるものばかりで、ここに深川飯があることさえ知らなくってね」

「へん、寝言《ねごと》は寝て言えってェのよ。ちゃんとお品書《しながき》に書いてあらァ！」

またもや、熊伍の憎体口《にくていぐち》である。

が、そうこうしながらも四人の丼鉢《どんぶりばち》は飯粒《めしつぶ》ひとつ残すことなく空《から》になり、彦佐が皆の湯呑《ゆのみ》に茶を注《つ》ぎ足すのを見て、鶴平が徐《おもむろ》に口火《くちび》を切った。

「猿江町の件では、半井さんや仲間のなんてったっけ、鉄……」

「鉄平《てっぺい》と伊之吉《いのきち》ですか？」

「そう、そうだった。この三人の活躍がなければ、あれほど手際《てぎわ》よく解決しなかった。あのときは木村さまも感心なさっていたが、だからといって、礼のひとつなし……。勘弁《かんべん》してくんな。だがよ、お上《かみ》の御用を務める俺たちでさえ、木村さまからご苦労だったと声をかけられ、それでお仕舞《しめ》ェだ。なんともはや、これが現実ってものよ。だからよ、改めて礼を言わせてもらおう。いや、済まなかった」

鶴平が深々と首を折る。

「止して下さいよ、親分。俺はお上のために働いたわけじゃない。出入師として、美世路を助けた……。つまり、これが俺たちの仕事だからよ」

夢之丞は慌てた。

猿江町の件では、千代丸から小づり一両を貰っているのである。

千代丸は美世路の旦那河口屋《かわぐちや》に掛け合い、別に謝礼を出させると言ったが、千代丸が失念《しつねん》したか河口屋が渋《しぶ》ったかで、その後一分《いちぶ》たりとて貰っていない。

が、小づり一両を伊之吉や鉄平と分け合い、手許《てもと》には二分しか残らなかったとはいえ、貰ったことは貰ったのである。

「だがよ、此度《こたび》は、出入師の仕事というわけではない。それなのに、おめえさんの知恵、いや、力を貸してくれと頼むのは心苦しいのだが……」

鶴平はそう前置きすると、事件の概要《がいよう》を話した。

二年前、二ッ目橋の東、林町一丁目の太物商上総屋《ふとものしょうかずさや》の娘真琴《まこと》が行方不明《ゆくえふめい》になった。真琴は当時十八歳で、常磐津の稽古の帰り、五間堀《ごけんぼり》に架《か》かる弥勒寺橋《みろくじばし》付近で、忽然《こつぜん》と姿を消した。

七ッ（午後四時）を廻《まわ》ったばかりで、道行く人の顔もはっきりと判別できる、逢魔《おうま》が時とも呼べない時間帯のことだった。

しかも、真琴には供《とも》の下女がついていた。

常磐津の師匠宅を出てから、下女は真琴と付かず離れず歩いていたという。

ところが、弥勒寺橋手前に来て、下女の下駄の鼻緒《はなお》が切れた。

あっと思った下女は屈《かが》み込むと、腰にぶら下げた手拭を引き裂《さ》き、急場を凌《しの》いだ。

さして手間取ったというわけではない。

事実、下女のすぐ横を歩いていた担い売りが、二十歩ほど先に行っていたほどの、ほんの短い時間だった。

だが、その間隔《かんかく》から測《はか》れば、当然橋の中ほどにいなければならない、真琴の姿がどこにも見当たらない。

下女は慌てた。

では、真琴が突然速度を速め、弥勒寺橋を通り過ぎてしまったのであろうか……。

下女は身の縮むような想《おも》いで、竪川《たてかわ》に向けて急いだ。

が、真琴の姿はどこにもなかった。

ひと足先に家に帰ってしまったのだろうか……。

ところが、下女のそんな淡《あわ》い期待は、無惨《むざん》にも打ち砕《くだ》かれてしまったのである。

上総屋は上を下への大騒ぎとなった。

すぐさま自身番に急報され、駆《か》り出された鶴平親分は連日足を棒にして深川界隈《かいわい》の聞き込みのほか、五間堀から六間堀《ろっけんぼり》、竪川までの川浚《かわさら》いをしたという。

だが、ひと月経ってもふた月経っても、真琴の消息は杳《よう》として知れなかった。

「拐《かどわ》かしに遭《あ》ったとしても、金目当てなら、脅迫《きょうはく》の類《たぐい》があってもよさそうなものだ。ところが、強請紛《ゆすりまが》いのことも一切なく、神隠《かみかく》しにでも遭ったんじゃねえかと言い出す奴が出てくる始末でよ。あれから二年だ。上総屋は神仏祈禱《しんぶっきとう》から口寄せ巫女《みこ》にまで縋《すが》っていたが、この頃うちじゃ、諦《あきら》めの境地《きょうち》に至《いた》っていた。ところがよ、十日前《めえ》のことだ。夜明け前、三ツ目橋から大川へ向けて漁《りょう》に出ようとした釣船《つりぶね》の船頭が、棹に何か引っかかったのを感じた。なんと、これが、女ごの土左衛門《どざえもん》でよ」

「まさか、上総屋の娘……」

夢之丞があっと鶴平に目を据《す》える。

鶴平は蕗味噌《ふきみそ》を嘗《な》めたような顔をして、うむっと頷《うなず》いた。

「面白《おもしろ》くねえのは、ここからよ。では、二年前《めえ》、行方知れずになった真琴は、川にでもはまったのが今になって、溺死体《できしたい》となって上がったのか……。いんや、そうじゃねえ。あれは二年の間水中を漂《ただよ》っていた残骸《ざんがい》じゃねえ。どう見ても、昨日今日、斬《き》られた死屍《しし》……」

「斬られた?」

「そう、それよ。半井さんの知恵を借りてェと思ったのは。これがよ、ただの斬られ方じゃねえ。咽喉《いんこう》の皮一枚残して、見事《みごと》に首と胴が剝《は》がれている。船頭は土左衛門を引き上げようとして、腰を抜かしたとよ。まるで破れ提灯《や》みてェに、首と胴体がパクパク剝がれたってんだからよ。木村さまの話では、斬首刑《ざんしゅけい》の際、こういった斬り方をするんだとよ。上手《うわて》の斬首人《ざんしゅにん》にしか出来ねえ芸当だというが、まさか、上総屋の娘が斬首人の手にかかるなど考えられねえからよ……」

「その斬り方のことは聞いたことがあります。首の皮一枚残して斬ると、頭の重みで前に垂れ下がり、血が周囲《まわり》に噴出《ふんしゅつ》しないとか……。だが、これは至難《しなん》の技《わざ》です。余程の修練《しゅうれん》なくしては、誰にでも出来ることではありません」

「木村さまもそう言われていた。牢屋同心《ろうやどうしん》の中でも、これほどの腕を持つ者はいないとなると、非公式ではあるが、打首役《うちくびやく》として、麴町平河町《こうじまちひらかわちょう》の山田浅右衛門《あさえもん》一門が考えられる。が、これも既《すで》に調べはついている。山田さまはこういう死体が出たとなれば、我が一門が疑われて当然、と一笑《いっしょう》に付されたそうだが、まっ、誰が考えてもあり得《え》ない話だ。娘を殺すのに、わざわざ明白な証拠を残す莫迦はいないからな」

「するてェと、山田一門に負けず劣《おと》らずの腕を持つ者を捜《さが》すことに……。はて……」

剣術《けんじゅつ》の腕が立つという手掛《てが》かりだけでは、百万人は住むという江戸にあっては、砂中《さちゅう》の針を捜すにも等しい。

「宜しいですか？　ひとつ、頭の整理をさせて下さい。十日ほど前に、二ッ目橋付近で女の斬首死体が上がった。これは、二年前、行方の判《わか》らなくなった上総屋の娘に違いないのですね？」

夢之丞はきっと鶴平を睨《ね》めつけ、続いて、熊伍へと視線を移した。

「ああ、上総屋が確認したから、間違《まち》げぇねえ」

熊伍が憮然としたように答える。

「しかも、娘が斬られたのは二年前ではなく、ここ数日がうち……。となれば、娘はこの間どこかに幽閉《ゆうへい》されていた。そう考えられますね」

「へっ、幽閉なんて生《なま》っちょろいもんじゃねえ！　遺体を検死した医者が言ってたがよ、生娘《きむすめ》だった真琴の身体《からだ》が、舟饅頭《ふなまんじゆう》や家鴨《あひる》も真っ青になるほど、ぼろぼろにされちまってたとさ！」

熊伍が吐《は》き出すように言った。

あっと、夢之丞は息を呑《の》んだ。

「そういうこった。可哀相《かえいそう》に、慰《なぐさ》み者にされ、挙句《あげく》、無惨にも斬り捨てられた……」

鶴平も忌々しそうに呟いた。

「だがよ、そればかりじゃねえ。真琴の遺体が上がったのと前後して、今度は、今川町の水茶屋《みずぢゃや》の茶汲女《ちゃくみおんな》が消えた」

熊伍の言葉を受けて、鶴平が続けた。

「水茶屋では、女ごに逃げられたとくらいにしか、考えていなかったようだがな。水茶屋では、びり出入りの果て、男に唆《そその》かされて足抜《あしぬ》け騒ぎを起こすなんざァ、日常茶飯事《にちじょうさはんじ》だ。ところがよ、この女ごってェのが、たまたま伊勢崎町の顔見知りというじゃねえか」

「熊伍親分の？」

「おいとという女ごだがよ。父親《てておや》がろくでもねえ糟喰《かすくらい》（酒飲み）だったばかりに、茶汲女に出たんだがよ、おいとは根っから生真面目《きまじめ》な女ごでよ。びたくさ男にまとわりつくような女ごじゃねえ。実を言うと、おいとを益井屋《ますいや》に紹介したのは、俺でよ。益井屋は報告だけでもしておいたほうが後々障《さわ》りがねえとでも思ったんだろうて、俺んとこに来た。妙だな、と思ってよ。おいとが親にも益井屋にも、ましてや、この俺に黙って、姿を晦《くら》ますはずがねえ。それで、おいとがいなくなったのはいつだと尋《たず》ねたら、三ッ目橋付近で上総屋の娘が上がった前日のことだというじゃねえか……。俺ャ、なんだか嫌《いや》な予感がしてよ。それで、三間町に相談したのよ」

「俺ャ、驚いたぜ。ほぼ軌《き》を一《いつ》にして、二年前《めえ》、行方不明になった上総屋の娘が遺体で上がり、片や、水茶屋の娘が不明になった。この二つの事件は、一見、繋《つな》がりがなさそうに見えて、何か匂《にお》うんだな。二十年この方、お上の御用を務めてきた岡っ引きの勘《かん》というか……。その想いは、伊勢崎町も同《おんな》じだった」

鶴平が、なあ、と熊伍に目まじする。

「成程、お二人はこの二つの出来事は同一犯《どういつはん》の仕業《しわざ》。つまり、猟奇的《りょうきてき》犯行とお考えなのですね？」

「そう言われてしまうと、あんまし自信がねえんだな。おいとは単に姿を消しただけかもしんねえしよ」

夢之丞に瞠《みつ》められ、熊伍は気後れしたように、目を瞬いた。

「何を言ってやがる！　おめえはどこか及び腰だがよ、おいとの件はひとまず置いとくとしてもだな、上総屋の娘が斬首遺体で上がったのは、明々白々《めいめいはくはく》たる事実だ。まず、その犯人《ほし》を徹底的に洗うのが先決だろうが。そうすりゃ、おいとが絡《から》んでるかどうか、自《おの》ずと見えてくるってもんでェ。そのために、半井さんの力を貸してもらおうとしてるのじゃねえか。そんな理由《わけ》だ、半井さんよ。ひとつ、力を貸してもらえないだろうか」

鶴平が探るように、夢之丞を睨《ね》めつける。

「解りました。わたくしに出来ることなら、労を惜《お》しむつもりはありません。なんなりと申しつけ下さい」

「有難《ありがて》ェ。実は、半井さんにやってもらいてェことがあってよ。牢屋同心や山田一門は改めて奉行所でお調べがあるというが、木村さまの話では部外者ではなかろうかと……。つまり、腕に覚えがあり、自己顕示欲《じこけんじよく》が強く、倒錯残忍《とうさくざんにん》な嗜好《しこう》の人物。各流派の道場を当たれば、枝道《えだみち》に入《へえ》った人物を突き止められるのではなかろうか……。勿論《もちろん》のこと、町方でも当たりをつけるつもりだが、蛇《じゃ》の道は蛇《へび》。十手持《じっても》ちより半井さんのほうが、話が早ェのじゃねえかと思ってよ」

夢之丞はうむっと腕を組んだ。

道場を片っ端《ぱし》から当たるといっても、大川より東だけでも、一体幾つ道場があるというのであろうか。

気の遠くなるような話であり、この仕事に伊之吉や鉄平を使うわけにはいかない。

「そうなると、短兵急《たんぺいきゅう》にことは片づかないと思わなくてはなりませんね」

夢之丞がそう言うと、熊伍が勃然《ぼつぜん》と言い返してきた。

「倦《う》まず弛《たゆ》まず、足で稼《かせ》ぐ。俺たちゃ、汗馬《かんば》の労を厭《いと》うことなく、日々、努力を続けてるんでェ！」

夢之丞は唖然《あぜん》としたように、熊伍を見た。

何も頭を下げてくれとまでは言わないが、人にものを頼んでおいて、せめて、手間をかけるな、のひと言でも言えば可愛《かわい》いものを、この態度はなんでェ……。

そうは思ったが、夢之丞はふわりとした笑いを返した。

すると、途端《とたん》に、熊伍が狼狽《うろた》えた。

「へへっ、そういうこった。まっ、頼まァ」

熊伍が上目遣いに、ちらと舌を出す。

どうやら、あの憎体口《にくていぐち》は、他人にものを頼むのが下手《へた》な、熊伍の照れ隠しだったようである。


その夜、夢之丞は久々に真沙女と夕餉《ゆうげ》を共にした。

真沙女は珍しくご機嫌《きげん》で、饒舌《じょうぜつ》であった。

「何年振りでしょう、そなたが母と七夕膳《たなばたぜん》を囲むのは……」

七夕膳というのもおこがましいほど約《つづま》やかな膳だが、それでも素麺の他に加子《なす》や高野豆腐《こうやどうふ》の含め煮、恐らく、清水《きよみず》の舞台から飛び下りるつもりで求めたであろう鮎《あゆ》の塩焼が、銘々《めいめい》の膳に載っている。

夢之丞は熊伍親分を手伝うことになったと、簡単に説明した。

「それはようございました。そなたが伊勢崎町の親分の手助けをするということは、お上の御用を務めることと同じですものね。今だから申しますが、親分からそなたに用があると言われたとき、母は肝《きも》が縮む想いをしましたぞ。だが、これで安堵しました。しかとお務めなさいまし」

「母上、手助けと言いましても……」

「金のことかえ？　ふふっ、金のことは案じるでない。目先の金儲《かねもう》けなどに囚《とら》われず、真摯《しんし》に御用を務めるのです。この先、それが原因《もと》で、いつ仕官の口が開けるやもしれぬからのっ」

ああァ、また、これだよ……。

熊伍や鶴平の捕物《とりもの》の手助けをしたからといって、奉行所はなんら与《あずか》り知らぬことであり、どう転んでも、仕官の口に繋がることはない。

だが、真沙女は決して無知な女ではない。

真沙女は何もかも承知のうえで、敢えて、気休めを言っている……。

それが解っているからこそ、夢之丞の胸がじくりと疼《うず》くのだった。

「それにのっ、吉富《よしとみ》では静乃《しずの》さまに鼓《つづみ》の他に、茶の湯の稽古もつけてくれと申される。わたくしにその気さえあれば、離れを改装し、八畳の茶室にするので、そこで弟子を取ればよいとまで申されてな。知己《ちき》の娘ごにも声をかけてみようと、そう申し出られてな。仮に、そうなれば、月並銭《つきなみせん》は現在《いま》の何倍にもなろう。もう、このような侘《わ》びた裏店で暮らすこともないのですぞ」

「母上……。それで、母上は承諾《しょうだく》なされたのですか？」

「考えてみると答えただけです」

「ならば、そこまで吉富の世話になってよいものかどうか、もう一度、よく考えて下さいませ。日頃の母上らしくありませんぞ」

「………」

夢之丞の言葉尻《ことばじり》が多少きつかったのか、真沙女は絶句した。

が、そこは真沙女のことである。

きっと顔を上げると、

「よう解りました。悔《く》いを千載《せんざい》に残さぬよう、今暫《しばら》く考えてみましょう」

と答えた。

それからは黙々《もくもく》と夕餉を摂《と》り、四ツ（午後十時）には些《いささ》か間があるが、今宵ばかりは早めに床に就《つ》こうと思っていたときである。

外から、腰高障子が叩かれた。

真沙女がはっと頬を強張《こわば》らせ、夢之丞を振り返った。

「今時分、誰でしょう」

すると、中の気配を察したのか、表から声がかかった。

「先生、夜分《やぶん》遅くに申し訳ありませんが、大家の徳兵衛にございます」

「まあ、大家さん……」

真沙女が急いで心張棒《しんばりぼう》を外す。

「いかがなさいました？」

「へえ……」

徳兵衛は恐縮したように肩を竦《すく》めたが、その顔は困《こう》じ果て、疲弊《ひへい》しきったように見えた。

「おぶんの奴が、まだ帰らないもので……」

「おぶんちゃんが！」

夢之丞も驚いたように、戸口に立った。

「まあ、では、あのあと出て行ったきりだというのですか！　大家さん、おぶんさんはどこに行くと出かけたのですか？」

真沙女も甲張った声を上げる。

「へえ、それが……。婆やが言いますには、恐らく、奈良屋の七夕飾りを見に行ったのではないかと……。あたしはねえ、今日ばかりはどこにも出かけてはいけません、と厳しく言いつけたんですよ。それで、おぶんの奴、あたしに言うと叱《しか》られるとでも思ったのでしょう。どこに誰と行くなんて、ひと言も言わずに、出て行っちまった」

「大家さん、何を悠長《ゆうちょう》に構えているのですか！　そろそろ木戸が閉まる頃ではありませんか。こんな時刻まで娘が帰らないなんて、ただ事ではありませんよ！　その、奈良屋とかに問い合わせてみましたか？」

「母上、そのように畳《たた》みつけるように質《ただ》したのでは、大家さんもお困りだ。大家さん、奈良屋は確かめたのですか？」

夢之丞が真沙女に取って代わる。

「おぶんは富本屋のおそよちゃんと奈良屋に行ったそうです。ですが、奈良屋で中食《ちゅうじき》を呼ばれ、八ツ（午後二時）過ぎに、勝太郎と三人で出かけたきり、その勝太郎もおそよもまだ帰って来ていないそうで……」

「勝太郎とは、誰ですか！」

真沙女がせっつく。

「奈良屋の跡取《あとと》り息子です」

「まっ、では、殿方の家に、娘二人が遊びに行ったというのですか！　大家さん、あなた、よくそれをお許しになったな！」

またもや、真沙女の癇《かん》が昂《たか》ぶる。

「いや、許したわけじゃないのだが……。いえね、勝太郎の妹のお美津は、おぶんやおそよの幼友達でしてね。それで、二人は七夕飾りを見に行ったのだと思います」

「では、お美津という娘も一緒なのですか?」

「いえ、お美津は家にいました。だが、三人がどこに行ったかは知らないと申しますので……」

「解りました。とにかく、自身番に届け出ましょう」

夢之丞がそう言うと、徳兵衛は情けないほど潮垂《しおた》れた。

「やはり、自身番に届けなきゃなりませんかな?　なんだか、娘の恥《はじ》を晒《さら》すようで、他によい方法はないものかと、こうして、先生に相談に上がったのですが……」

「なりません、それは！　すぐに届け出るのです。わたしもこれから捜しに出ますが、手分けして、おぶんちゃんを一刻《いっこく》も早く捜し出すのです」

夢之丞は自分でも驚いたほどの大声で、鳴り立てた。

昼間、鶴平親分から聞いた二人の娘のことが、つっと脳裡《のうり》に甦《よみがえ》る。

まさか……。

まさかとは思うが、おぶんに上総屋の娘やおいとのようなことがあってはならない。

すぐさま、冬木町の自身番に、もう一人の大家市右衛門《いちえもん》に書役、そして店番《たなばん》が伊勢崎町まで走り、熊伍親分や下っ引きたちも集められた。

熊伍は夢之丞の顔を見ると、途方《とほう》に暮れたように、渋っ面《しぶつら》をした。

どうやら、熊伍の脳裡でも、おぶん、真琴、おいとの顔が重なったようである。

「だがよ、おぶんとおそよなら話は解るが、勝太郎まで消えちまうとは、解《げ》せねえ話よのっ」

「俺もそう思う。だがよ、四の五の言っても始まらない。とにかく、手分けして、心当たりを片っ端から当たってみよう。まず、考えられるのは門前仲町《もんぜんなかちょう》だが、他に勝太郎が行きそうなところといえば……」

夢之丞がそう言ったときである。

何か手掛かりをと、奈良屋に走らせていた店番の与作《よさく》が、駆け戻って来た。

「帰《けえ》りやしたぜ、勝太郎！　おそよを送り届けて、今戻って来たと、つるりとした顔をしてやしてね」

「なんだって！　だが、おぶんは？　おぶんはまだ帰っていないじゃないか！」

夢之丞が血相《けっそう》を変えて、与作に摑《つか》みかかろうとする。

「この大つけが！　てめえ一人で帰《けえ》って来てどうするってェのさ。おぶんとおそよを連れ出したのは、勝太郎でェ！　何がどうなったか、引っ立てて説明させるのが、てめえの仕事じゃねえか！　おう、彦、おめえも行け！　四の五の御託《ごたく》を並べやがったら、首根《くびね》っこを摑んででも、引っ立ててきな！」

熊伍にどしめかれ、与作と彦佐が駆け出していく。

自身番に重苦しい雰囲気が漂った。

徳兵衛が蒼白《そうはく》になった顔を引きつらせ、ぶつぶつと口の中で念仏《ねんぶつ》を唱《とな》えている。

勝太郎とおそよが帰って来て、おぶんが帰らないということは、ある時点で、おぶんが二人に逸《はぐ》れたか、置き去りにされた……。

そして、最も考えたくないことは、上総屋の真琴のように、おぶんの姿だけ、突如、搔《か》き消えた……。

勝太郎が自身番に現われる四半刻《しはんとき》（三十分）ほどの間、誰の胸にも、複雑な想いが交差《こうさ》した。

ところが、暫くして現われた勝太郎は、一向に悪びれたふうでもなく、味噌気《みそけ》に鼻蠢《おごめ》かせたのである。

「おぶんがどうしたかなんて、そりゃ、俺のほうが聞きてェくれェだ。門仲の月ヶ瀬という小料理屋で一杯《いっぺえ》やってよ。あの餓鬼、みっともねえったらありゃしねえ。へへっ、どろけん（泥酔《でいすい》）になっちまってよ。酔いが醒《さ》めるまで少し寝かしておこうってことになってよ。俺とおそよが富岡八幡宮《とみおかはちまんぐう》まで散歩がてら脚を伸ばしてよ、七ッ半（午後五時）頃だったかな、見世に戻ってみると、おぶんの姿が消えていた。俺たちゃ、てっきり、おぶん一人で帰《けえ》ったのだろうと思ってよ。へへっ、そこから先は、七夕の宵を愉《たの》しまねえ法はねえだろ？　まっ、後は想像に任《まか》せるがよ」

「置きゃあがれ！　てんごう言ってんじゃねえや。てめえ、おぶんを一体《いってえ》幾つだと思ってやがる。小娘に酒を飲ませて、みっともねえとは聞き捨てならねえ！　娘二人を連れ出したのなら、無事に送り届けるのが、大人の男というものじゃねえか。それを、いけしゃあしゃあと！　断じて、許せぬ」

夢之丞はカッと怒髪天《どはつてん》を衝き、勝太郎の胸倉《むなぐら》を摑んだ。

「先生よ、そこまでだ。胸糞《むなくそ》が悪《わり》ィのは、俺も同《おんな》じだ。だがよ、勝太郎の話が万八《まんぱち》でねえとすれば、二人は無理矢理《むりやり》連れ出されたのじゃねえってことだ。まっ、小娘に酒を飲ませ、しかも、放り出したのは許せねえがよ。おそよの件も同じでェ。おそよが無理に裏茶屋に連れ込まれたというのなら話は別だが、まっ、これだけは富本屋の出方を待つよりしょうがねえからよ。だがよ、勝太郎、これで、てめえの罪が許されたわけじゃねえからよ！事実、おぶんはまだ見つかっちゃいねェんだ。かといって、夜更《よふけ》じゃ、探索《たんさく》しようにも出来ゃしねえ。おめえにはまだ訊かなきゃならねえこともあるからよ、ひと晩、自身番の板間で頭を冷やしてもらおうか」

熊伍がどす声で鳴り立てると、ようやく、勝太郎も事の重大さが解ったようで、へっと項垂《うなだ》れた。

胸に鬼胎《きたい》を抱いていると、時の経つのは、こうも遅々《ちち》としたものであろうか……。

夢之丞も徳兵衛も、熊伍親分までが、自身番で膝《ひざ》を抱《かか》え、まんじりともしないまま夜を明かした。

七ツ半（午前五時）、空が白み始めたが、木戸が開くまでに、まだ半刻《はんとき》（一時間）もある。

木戸番の女房おつなもどうやら気が気でないとみえ、早々と表戸を開けると、煮炊《にた》きの準備を始めた。

そうして、まだしんと静まった深川界隈に明け六ツ（午前六時）の鐘が響《ひび》き渡るのと同時に、おつなが諸蓋《もろぶた》に握り飯を載せ、向かいの木戸番小屋からやって来た。

「さあさ、皆さん、腹ごしらえをして下さいな」

おつなが福々《ふくぶく》しい顔に笑《え》みを浮かべ、諸蓋を差し出したそのときである。

おつなの背後から、聞き慣れた声がした。

まさかと思ったが、やはり、真沙女であった。

「母上、いかがなさいました？」

夢之丞が慌てて表に飛び出すと、真沙女が腫《は》れぼったい目をして、照れたように、風呂《ふろ》敷包《しきづつ》みをつと差し出した。

「皆さまもさぞやお腹が空《す》いた頃であろうかと、握り飯と漬物《つけもの》を持って来ましたが、どうやらこれは、余計《よけい》であったようだの」

真沙女がおつなの諸蓋にちらと目をやり、窺うように夢之丞を見た。

「余計などと……。滅相《めっそう》もありません。有難《ありがた》く頂戴《ちょうだい》いたします。おっつけ、書役や店番たちも参りますゆえ、これでも足りないくらいです」

真沙女の顔に、ほっと安堵の色が浮かんだ。

夢之丞はまるで狐《きつね》に摘《つま》まれたような想いで、風呂敷包みを受け取った。

真沙女が裏店の連中を気遣《きづか》うなど、初めてのことである。

「まだ？」

真沙女がそっと自身番の中を窺うようにして、目まじした。

夢之丞が黙って、首を振る。

「そうですか、大事ないといいのですがね。では、母は戻りますゆえ、そなたは大家さんやおぶんさんのために、身を挺《てい》して、お働きなされ」

真沙女はそう言い、治平店に戻って行った。

木戸が開き、腹ごしらえも済んだ頃である。

熊伍を中にして、捜索区分《そうさくくぶん》をそれぞれに決め、一刻《いっとき》（二時間）に一度は自身番に報告を入れることにして、夢之丞は鴨下道場《かもしたどうじょう》のある北六間堀町《きたろっけんぼりちょう》から、主に六間堀、五間堀、竪川沿いを探索することにして、新道へと出た。

熊伍が門前仲町から大川に向けて、彦佐や店番たちが霊巌寺《れいがんじ》周辺へと散っていく。

徳兵衛と書役だけが、いつ、おぶんの消息が判ってもいいように自身番で待機《たいき》することになり、木戸の外まで出て、皆を見送った。

すると、一等最初に飛び出して行った彦佐が、堀沿いの道で矢場《やにわ》に立ち竦《すく》み、素っ頓狂《とんきょう》な声を上げた。

「おんや……」

夢之丞も熊伍も、一斉《いっせい》に、伸び上がる。

「ありゃ、おぶんちゃんじゃねえか！」

えっと、彦佐が指差す方向に目をやると、仙台堀を海辺橋のほうから歩いて来る娘……、
確かに、おぶんである。

心許《こころもと》ない、幼児のような歩き方だが、おぶんが俯《うつむ》き加減《かげん》に歩いて来る。

「おぶん！　良かった。おぶん、無事だったんだね！」

徳兵衛が熊伍や夢之丞を掻き分けるようにして、駆け出して行く。

夢之丞の胸にも、カッと熱いものが込み上げてきた。

気づくと、夢之丞も蹌踉《よろ》けるように、駆け出していた。

おぶんも気づいたようである。

ハッと顔を上げると、夢中で走り出した。

まるで、迷子《まいご》になった小犬が、親犬を見つけたかのような走り方である。

「おぶん!」

徳兵衛が立ち止まり、両手を広げる。

当然、おぶんはその懐にすっぽりと収まるはずであった。

が、おぶんはするりと徳兵衛の腕をすり抜けると、夢之丞の胸に、ワッと泣きながら縋《すが》りついてきた。

「おぶん、莫迦だなあ。心配させるんじゃねえよ。だがよ、良かった、良かった。おい、どうしてェ、顔を上げな。泣いてちゃ何があったか解んねえじゃねえか……」

「夢さん……。夢さァん……。心細かった。あたし、もう家には戻れないのかと思って……。莫迦、莫迦、夢さんの莫迦!」

おぶんは泣きじゃくりながら、夢之丞の胸を叩いた。

何度も、何度も、叩きつける。

「よしよし、解った。さあ、帰《けえ》ろうな」

夢之丞はおぶんを抱き締めたまま、耳許に囁《ささや》いた。

おぶんがこくりと頷く。

そんな二人を、徳兵衛が気が抜けたような顔をして眺《なが》めている。

熊伍も二の句が継《つ》げないとみえ、啞然としたふうに佇《たたず》んでいた。

それから四半刻（三十分）ほどして、おぶんは落着きを取り戻した。

「本来ならば、自身番で話を聞くところだが、それじゃ、おめえも畏縮しちまうだろう。それでどうだろう、俺たちがおめえの家について行くが、それでいいかな？」

熊伍親分や彦佐の緊張した面持《おもも》ちを見て、おぶんは初めて事の重大さを悟ったのか、観念《かんねん》したように、こくりと頷《うなず》いた。

「何があったのか、洗いざらい話してごらん。勝太郎の供述で、おぶんちゃんが悪いのではないと、ここにいる全員が知ってるんだ。だから、安心して、本当のことを話してほしい」

夢之丞はおぶんの目を瞠め、微笑《ほほえ》みかけた。

おぶんが再びこくりと頷く。

「あたし、お酒を無理に飲まされちゃったの。勝太郎さんがこれは甘酒《あまざけ》だから酔いはしないって言うもんだから、ほんのひと口のつもりで口にしたのよ。そしたら、思ったより甘いんで、あら、美味しいじゃないって言うと、なんでェ成る口なんだ、どんどんいけって、もういらないって言うのに無理矢理口に流し込まれたの。あたし、ぼうっとしちゃって、何がなんだか判らなくなった。たぶん、そのまま眠ったのだと思うけど、誰だか判んない女の人に揺り起こされて……。けれども、おそよちゃんも勝太郎さんもどこに行ったのか、姿が見えなかったの。頭が割れるように痛かった。すると、その女の人が、ここにいちゃ駄目だ。今、駕籠《かご》を呼んだから、駕籠までは歩けるだろう？　そう言って、あたしの身体を抱き起こしたの。そこまでは朧気《おぼろげ》ながらも憶えてるのだけど、どうやって駕籠に乗ったのか、また意識がなくなって、次に気づいたときには、小綺麗《こぎれい》な家の中に寝かされていた……」

次第に悔《くや》しさが込み上げてきたのだろう、おぶんはきっと唇を嚙《か》み締め、話し始めた。

女は怪《あや》しい者ではないので安心するようにと前置きすると、

「あのまま、おまえをあそこに置いておけなくってね」

と言った。

女はたまたま小料理屋月ヶ瀬で、おぶんの隣の部屋に居合わせた。

客と待ち合わせをしたが、相手が急用で来られなくなり、帰り仕度を始めたところ、襖《ふすま》越《ご》しに、勝太郎とおそよの会話が聞こえてきたのだという。

女は聞くとはなしに、つい、耳をそばだてた。

「何さ、おぶんちゃんをこんなに酔わせちゃって！」

「てんごう言ってんじゃねえや！　磯巾着《いそぎんちゃく》みてェに、どこに行くにもついて来て困ると言ったのは、おめえだぜ？　なっ、今夜は七夕だ。男と女ごのすることと言ャ、相場《そうば》が決まってらァ。おめえもそのつもりで来たんだろ？　だからよ、俺がちゃんと手を打っといた。

なに、四半刻もすれば、銀次《ぎんじ》や育太郎《いくたろう》がやって来るからよ。あの二人、先《せん》から、おぶんのことを狙《ねら》ってたんだとよ。へっ、俺ャ、こんな餓鬼みてェな女ごより、じょなめいたおめえのほうが好みだが、蓼《たで》食う虫も好き好きというからよ。あの二人に任せておけば、おぶんをいいようにするだろうさ。だからよ、俺とおめえは裏茶屋《うらぢゃや》あたりで、しんねことしこうじゃねえか！」

「けど、おぶんちゃんが騒いだらどうすんのさ」

「そつはねえ。だから、騒がせねえように、二人がかりなのよ」

「あたし……、困る。おぶんちゃんがおとっつァんに言いつけたらどうすんのさ」

「治平店の徳兵衛のことか？　構うもんか。あの霜《しも》げた爺《じじい》に何が出来るってェのよ！　おぶんのほうから汐《しお》の目を送ってきた、全てが合意のこと、そう言えば済む話さ。さっ、早《はえ》ェとこ、ずらかろうぜ」

女はあっと胸を押さえた。

隣室で、大変なことが起きようとしているのである。

なんとしてでも、助けなければ……。

女は慌てて襖に手をかけた。

が、ひと呼吸置くと、階段を降りていく足音を確かめ、そっと襖を開けた。

すると、まだどこかあどけなさの残る娘が、苦しそうに喘《あえ》ぎながら、横たわっているではないか……。

「可哀相《かわいそう》に……。待ってなさいよ」

女はおぶんの耳許に囁き、階段を降りていった。

幸い、辻駕籠《つじかご》はすぐに見つかった。

「酒手《さかて》を弾《はず》んでね。正六《しょうろく》(駕籠舁《かごかき》)たちにおまえを駕籠まで運ばせたんだよ」

女は四十路《よそじ》近くの、美しい女《ひと》だった。

切れ長の目尻が幾分《いくぶん》男だてに見せるが、笑うと、ふわりと包み込むような、優しさを湛《たた》えていた。

「ここはあたしの家だから、安心しな。可哀相にね。飲めない酒を飲まされたんだもんね。そのうえ、手込《てご》めにされたんじゃ堪んないよね。女なんて、皆そうして、身性《みじょう》を崩《くず》していくもんさ。けどさ、見たところ、生娘のようだしさ。おまえ、治平店の大家の娘なんだって? そう聞いちゃ、放ってはおけない。あたしさァ、若い頃、おまえのおとっつァんには世話になってね。徳兵衛さんの娘をむざむざ狼《おおかみ》のような男の餌食《えじき》にさせるわけにいかないじゃないか。さあ、もうひと眠りおし。朝になったら、あたしが駕籠で送り届けてやるからさ」

おぶんはまだ朦朧《もうろう》としていた。

頭の中で雷が騒いでいるかのように、ズキンズキンと痛みが脳天《のうてん》を衝いてきた。

それで再び目を閉じたのだが、味噌汁《みそしる》の爽《さわ》やかな香《かお》りに誘われ目を開けると、厨《くりや》の明かり取りから、柔《やわ》らかな朝の光が射《さ》し込んでいた。

「目が醒めたようだね。お腹が空いただろう？　朝餉を食べたら海辺橋まで送ってやるから、そこからなら、一人で帰れるだろ？」

女は涼やかな笑いを見せた。

「あたしね、名前を訊いたの。でも、おとっつァんの古い古い知り合いさって、そう答えたきり、教えてくれなかった。それで、おとっつァんに訊けば判るかと思ったんだけど……」

おぶんは女に後ろ髪が引かれるのか、どこか吹っ切れない顔をして、徳兵衛を見た。

「おう、徳さんよォ、おめえも隅《すみ》に置けねえよな。何か心当たりはねえのかよ」

熊伍がひょうらかすように、徳兵衛の脇腹《わきばら》を小突《こづ》いた。

「さあ……」

徳兵衛は否《ひ》定《てい》とも肯定《こうてい》ともつかない、奥歯に物が挟《はさ》まったような言い方をした。

「おぶんちゃん、その女の家がどこだか憶えてるかい？」

夢之丞が尋ねると、おぶんは口惜《くちお》しそうに首を振った。

「黒板塀《くろいたべい》で囲まれた小さな庭のある仕舞《しも》た屋だったけど、門の前で駕籠が待っていて、周囲《まわり》を見回す余裕《ゆとり》もなかったの。だから、あたし、何も見ていない……」

「だがよ、川を渡ったとか、どんな物音がしたとか、よく思い出してみな」

「親分、そりゃ無茶《むちゃ》だ。深川なんて、どっちを向いたって川だらけだ。大体、川を渡らないで、この冬木町に戻って来られると思うかい？」

夢之丞がそう言うと、熊伍も頷いた。

「そりゃそうでェ。川を渡らずに戻って来るとしたら、亀久町《かめひさちょう》か大和町。へん、駕籠を使うまでもねえや」

「でもね、あんまし遠くじゃないと思う。だって、大して駕籠に乗ったという気がしないのに、気づくと、海辺橋に着いてたもの」

おぶんが訝《いぶか》しげに、また、徳兵衛を窺う。

「だがよ、その女のお陰で、おぶんは命拾《いのちびろ》いをしたようなもんでェ。糞《くそ》！　勝太郎の野郎。酷《ひで》ェことしやがる。こうなりゃ、勝太郎だけじゃなく、銀次や育太郎もしょっ引いて、目に物見せてやろうじゃねえか！」

熊伍が腰の十手を抜くと、ポンと掌《てのひら》を叩いた。

銀次とは仏具屋《ぶつぐや》の息子で、育太郎は幇間《ほうかん》である。

共に勝太郎の遊び仲間で、三人でつるんでは悪さを働いている。

「親分、おそよちゃんは？　まさか、おそよちゃんまで罰《ばつ》を受けるんじゃないでしょうね？」

おぶんが今にも泣き出しそうな顔をする。

「だって、おそよちゃんは勝太郎さんが好きなんだもん。おそよちゃん、世間で勝太郎さんが女誑《おんなたら》しだ、極道《ごくどう》だ、と言われてるのを知っていて、それでも、少しでも永《なが》く勝太郎さんの傍《そば》にいたいのよ！　何をされるか不安で、おっかないけど、それでも傍にいたいから、あたしが一緒なら安心だと思い、それでおそよちゃんは誘ったんだよ。あたしだってそうだわ！　あたし……、あたし、夢さんにあたしのほうを向いてもらいたくて……。あたしがおそよちゃんや勝太郎さんについて行ったら、夢さんが心配してくれるんじゃないかと思って、だから、ついて行ったんだ……」

またもや、おぶんの目に涙がぷくりと盛り上がる。

「アァン、アァン……。夢さんが悪いんだ……」

おぶんは袖で顔を覆《おお》うと、激しく肩を顫《ふる》わせ、泣きじゃくった。

おいおい……。

夢之丞はやれと太息を吐いた。

一難《いちなん》去って、また一難……。

「莫迦だなあ、おぶんちゃんは。俺が心配しなかったとでも思うのかい？　おとっつァんや親分に訊いてくれよ。なあ？」

「おう。昨夜《ゆんべ》のこいつの顔を見せたかったぜ。青菜《あおな》に塩でよ。色男も形《かた》なしでェ。それによ、おそよのこたァ、心配《しんぺえ》すんな。言ってみりゃ、あいつも犠牲者《ぎせいしゃ》だからよ」

熊伍が助け船を出す。

「本当？　本当に、夢さん、あたしのことを心配してくれたんだね……」

おぶんの顔にさっと明るさが戻った。

が、そう思ったのは束《つか》の間で、おぶんは再び袖で顔を覆うと、啜《すす》り泣きを始めた。

どうやら、今度は、嬉《うれ》し涙のようである。

結句、今回は、勝太郎を始め、銀次と育太郎はきついお叱りだけで、事なきに済んだが、問題は富本屋である。

今のところ、富本屋は不気味なほどに沈黙を通しているが、出方によれば、今後、勝太郎に新たなる仕置きがないとも限らなかった。

おぶんは夢之丞が自分の身を案じてくれたと安堵してか、すっかり元の腰巾着《こしぎんちゃく》に戻り、小犬が親犬にじゃれつくように、どうかすると、夢之丞の後を追おうとする。

だが、夢之丞はおぶんにかまけてばかりもいられなかった。

鶴平親分から頼まれた、腕に覚えがあり、自己顕示欲が強く、倒錯残忍な嗜好の男を捜し出す、という任務が残っている。

しかも、鴨下道場で師範代《しはんだい》の務めを果たし、合間に鉄平や伊之吉の持ち込んだ出入師の仕事も熟《こな》すとなっては、おぶんの相手どころか、ほおずきに顔を出すことも出来なければ、古澤《ふるさわ》の組屋敷を訪ねることも出来そうにない。

おぶんの失踪騒動《しっそうそうどう》があった三日後のことである。

鶴平親分が冬木町の自身番を訪ねて来て、熊伍も交《まじ》えて、経過報告や今後の方針を話し合っていた。

　自身番には、夢之丞の他、大家の徳兵衛、たまたま書役は不在だったので、店番一人が詰めていた。

「伊勢崎町から聞いたが、おぶんちゃんが無事に戻って来て、良かったじゃねえか。俺ャよ、話を聞いて、肝を冷やしたぜ。こう立て続けに拐かしがあったんじゃ、今でさえ手詰《てづ》まりなのに、もう俺たちの手に負《お》えなくなるからよ」

「へっ、三間町の親分にまで心配をおかけして、相済《あい》みません。お陰さまで、うちの娘は事なきに済みましたが、今、お聞きしましたら、上総屋の娘ごといい、今川町の水茶屋の娘といい、大変なことになっていたんですね。それを思えば、おぶんは運が良かった……。あたしは伊勢崎町の親分や先生がそのような想いで、あの晩、おぶんの身を案じて下さったとは露《つゆ》知らず、どこかまだ泰平楽《たいへいらく》な気分でいたことを恥じています。申し訳ありませんでした」

　たった今、斬首遺体のことを知らされた徳兵衛は、改めて、恐怖の淵《ふち》に追い込まれたのか、頰を強張らせ、深々と頭を下げた。

「だがよ、おめえの娘が外道《げどう》の餌食にされたんじゃ、これまた、問題だからよ。まっ、どっちにしたって、おぶんを助けてくれた女ごに感謝するんだな。で、徳兵衛さんには心当たりはないのかえ?」

　鶴平がそう訊くと、徳兵衛は慌てたように、首を振った。

「俺ャよ、あれから考えてたんだが、その女、昔、徳さんの世話になったと言ったというが、そりゃ、お甲《こう》さんじゃねえのか？」

熊伍が謎解《なぞと》きでもするかのような顔をした。

「お甲……。まさか……」

徳兵衛が途端に挙措を失う。

「誰ですか？　お甲とは」

徳兵衛の余りにも不自然な慌てように、夢之丞はえっと不審《ふしん》の目を向けた。

「徳さんの女房。つまり、おぶんの母親さ」

「おぶんの……。えっ、大家さん、そうなのですか！」

夢之丞は驚きの声を上げた。

「親分、何を根拠《こんきょ》にそのようなことを……。お甲のはずがありません。第一、あの女とは十五年以上も逢《あ》っていないんだ。生きているんだか、死んでいるんだか……。深川界隈にいるのなら、現在《いま》、どこで何をしているのか、消息くらい判って当然ではないですか」

「そりゃ、徳兵衛さんの言う通りでェ。俺ャ、詳しい話までは知らねえが、聞いた話じゃ、徳兵衛さんの女房は姑と反《そ》りが合わなかったとか……。だがよ、姑はとっくの昔に死んじまったんだ。おぶんに新しいおっかさんが出来たというのなら話は別だが、今や、何ひとつ障害がねえとなると、近くにいるのなら、ひと目逢いたいと思うのが、親心ってもんじゃねえのか？　だからよ、伊勢崎町の思い過ごしよ」

鶴平にそう言われても、熊伍はまだ納得しかねるのか、腕を組む。

「そうかなあ……。おぶんの言った女の年格好《としかっこう》、風貌《ふうぼう》までが、お甲さんそっくりなんだがよ。元々、辰巳芸者だった女ごですからね。小股《こまた》の切れ上がった競肌《きおいはだ》で、まっ、それで、気性の強いおこんさんと衝突《しょうとつ》したんだが」

「どうか、もう、皆さん、その話はここいらで……」

徳兵衛が決まり悪そうに、全員を見回したときである。

風を取るために開け放していた腰高障子をすり抜け、おぶんが飛び込んできた。

「おとっつァんの嘘《うそ》つき！　おっかさんは死んだと言ってたじゃないか！」

あっと、全員がおぶんに目をやった。

おぶんは色を失い、頰をひくひく顫《ふる》わせている。

「いや、おぶん、それはだな……」

徳兵衛も青ざめた顔をして、戸口まで這《は》って行く。

「嫌だ！　おとっつァんの言うことなんて、もう信じない！　あの女《ひと》だ。絶対、あの女があたしのおっかさんなんだ！」

おぶんは金切《かなき》り声を上げ、くるりと背を返すと、再び表に飛び出して行く。

夢之丞は慌ててその後を追いかけた。

「待てよ、おぶんちゃん、どこに行く！」

「決まってる！　あの女《ひと》のところよ」

「待ちなよ。行くと言ったところで、おぶんちゃん、場所を憶えていないのだろ？　闇雲《やみくも》に町を彷徨《さまよ》うなんて、特に、今はそんなことをしちゃいけないんだ。それより、おとっつァんの話を聞くのが先だろ？　それから、ゆっくり、おっかさんを捜したっていいんだ。そのときは手伝ってやるからよ。なっ、少し、落着こうよ」

おぶんが堪《こら》えきれずに、嗚咽《おえつ》しながら夢之丞の胸に飛び込んでくる。

「解った。泣きたいだけ泣くがいいさ。だがよ、決して、自分を見失うのじゃない。いいね？」

夢之丞がそう囁くと、おぶんは夢之丞の胸に顔を埋《うず》めたまま、うんうんと、何度も頷いた。

「今年は何かと慌ただしい七夕でしたわね」

おりゅうが夢之丞の盃に酒を注ぎ、それでなくても物寂《ものさみ》しそうな顔に、ふっと心許《こころもと》ない笑みを浮かべた。

おぶんが落着きを取り戻すのを見届け、ほっと肩の荷を下ろした夢之丞は、ほおずきを訪れた。

いよいよ明日から探索に手を取られ、夜の目も見ない忙しさとなるだろう。

が、その前に、ひと目、おりゅうに逢っておきたいと思ったのである。

おりゅうは夢之丞の顔を見ると、あらっ、と二度三度目を瞬《しばた》いた。

「もう宜《よろ》しいの？」

そう呟いたが、顔は正直である。

おりゅうは瞬《また》く間に破顔《はがん》した。

案の定、おぶんの失踪騒ぎや、どうやら夢之丞が熊伍親分を助《す》けることになったらしいといった噂が、おりゅうの耳にも入っていたようである。

「ああ、おぶんのことは半分片づいた。だが、親分のほうはこれからが本番だ」

「半分？」

おりゅうが怪訝《けげん》そうに首を傾《かし》げる。

それで、おぶんを助けた女のことや、おぶんの母親が死んだのではなく、生きているらしいと話したのだが、どうしたことか、おりゅうの目に見る見るうちに涙が盛り上がった。

「その方、おぶんちゃんのおっかさんかもしれない……」

「何故……」

夢之丞は驚いて、おりゅうを瞠めた。

その刹那《せつな》、おりゅうの目に盛り上がった涙が、つっと頬を伝い落ちた。

「なんとなく、本当になんとなく、そう思いましたの。七夕の夜ですもの。別れ別れになった母と娘が、そういった形《かたち》で巡《めぐ》り逢ったとしてもおかしくない……。いいえ、是非《ぜひ》にも、そうあってほしいと思いますの。星の契《ちぎり》ですもの。この夜ばかりは、本当に愛《いと》しい者が出逢う……。あたしね、あの日、夢之丞さんを待ちましたの。逢いに来て下さるのではないかと、心のどこかで期待していたのです。いえ、いいんですよ。お忙しいのは解っていますもの……。でもね、おとっつァんが来てくれましたのよ。そろそろ店仕舞《みせじまい》しようかと振り返ったら、ほら、そこ。山城屋《やましろや》の大旦那がいつも坐《すわ》っていた、その席……。そこに、坐っていましたの。あたし、嬉しくなっちゃって、おとっつァんを相手に、お銚子《ちょうし》を一本も空《あ》けちゃった……」

おりゅうの目から、また涙が伝い落ちた。

「おとっつァんたら、生きている頃と少しも変わっていないの。穏やかな、優しい目をして、黙ってあたしの話に耳を傾けてくれた……。解ってるんですよ。錯覚なのだ、夢なのだということが……。でもね、あたし、七夕の夜、こうしておとっつァんが逢いに来てくれたと思おうとしましたの。ほんの一時《いっとき》のことでしたが、至福《しふく》のときを過ごすことが出来たと思うと、あたし、嬉しくって……」

おりゅうは亡くなった父親、山城屋幸右衛門《こうえもん》のことを言っているのである。

「あたしにもそんなことがあったのですもの。おぶんちゃんとおっかさんが巡り逢ったとしても、決して、おかしくない……。ましてや、おぶんちゃんのおっかさんは生きているのですもの。星の契ってね、男と女の間柄《あいだがら》だけをいうのじゃないと思いますの。あら、ご免《めん》なさい。妙なことを言っちゃって……。ささっ、もうひとつどうぞ」

おりゅうが微笑み、酒を注ぐ。

ほおずきを出て、堀沿いの道を歩きながら、夢之丞は考えた。

案外《あんがい》、おりゅうは正鵠《せいこく》を射《い》たことを言ったのかもしれない。

おぶんを救った女が、お甲だとしたら……。

星の契か。成程ね……。

が、そう思った途端、真沙女の顔がつっと頭を過った。

そう言えば、あの夜、自分は真沙女と七夕膳を囲んだのである。

この頃では、滅多に夕餉を共にすることがなくなったというのに、あの夜に限って、真沙女と向かい合わせ、夕餉を共にしたのである。

星の契だって！

おいおい、止しとくれよ……。

夢之丞は溜息混《ためいきま》じりに、足許《あしもと》の小石を蹴《け》り上げた。

小石が乾《かわ》いた道を転がり、川並木《かわなみき》にぶつかると、ポシャリと空々《そらぞら》しい音を立てて仙台堀へと消えていく。

やれ……。

夢之丞は太息を吐くと、再び、歩き始めた。

行く手から、夜鷹蕎麦《よたかそば》の風鈴の音が、どこか人を小馬鹿《こばか》にしたように流れてくる。

夢之丞はもう一度、やれ、と口の中で呟いた。

第四話　夏の果て

夢之丞《ゆめのじょう》の話に耳を傾けていた村雨竜道《むらさめりゅうどう》は、徐《やお》ら、うむっと閉じた目を開けた。

「一人、心当たりがある」

行灯《あんどん》の仄暗《ほのぐら》い灯《あか》りを受け、竜道の炯々《けいけい》とした目がキラリと光った。

夢之丞は蛇《へび》に見込まれた蛙《かえる》のように、あっと射竦《いすく》んだ。

「はっ……」

本所番場町《ばんばちょう》の村雨道場である。

腕に覚えのある者を捜《さが》し出すに当たり、回りくどく剣術仲間を一人ずつ探るより、いっそ上手《うわて》のことは上手に尋《たず》ねたほうが早いと思い立ち、夢之丞は意を決して竜道を訪ねたのだった。

五ツ（午後八時）を過ぎた頃である。

そろそろ稽古《けいこ》が終わる頃かと思い、夢之丞は竜道が道場から引き上げて来るまで、根気《こんき》よく、奥の間で待った。

竜道が引き上げて来たのは、五ツ半（午後九時）である。

竜道はまた少し痩《や》せたようだった。

そのせいか、以前にも増して烏天狗《からすてんぐ》を彷彿《ほうふつ》とさせるが、鷲《わし》のように窪《くぼ》んだ目から放たれる鋭《するど》い光は、相も変わらず健在《けんざい》であった。

が、竜道は夢之丞を見ると、やっ、とその目を綻《ほころ》ばせた。

それで一気に夢之丞の緊張が解《と》け、三ッ目橋付近で上がった斬首遺体《ざんしゅいたい》のことを話し、首の皮一枚残して斬首できるほど、腕の立つ男に心当たりがないかと尋ねたのであるが、まさか、こうあっさりと、竜道からこのような答えが返ってくるとは思ってもいなかった。

竜道はカッと見開いた目を瞬《まばた》きもせず、夢之丞を睨《ね》めつけた。

「どうした？　そなた、首の皮一枚残して、斬首の出来る男に心当たりがないか、と尋ねたのであろう？」

「はい。では……、ご存知《ぞんじ》で？」

「わたしの知る者で、その男と互角《ごかく》か、若《も》しくは、それ以上の腕を持つ者は何人もいる。だが、首の皮一枚残して斬《き》ることが出来る男となれば、その男しか思いつかぬのよ。無論、わたしにも出来なければ、そなたにも無理だ。まっ、言ってみれば、剣の腕が立つからといって、簡単に出来る芸当ではなく、特殊な修練を必要とするということなのだが、山田浅右衛門《あさえもん》一門でないとすれば、唯一《ゆいいつ》考えられるのは、卜部勘助《うらべかんすけ》、この男だけだ」

「卜部勘助と申しますと？」

「そなたは知らぬであろうが、嘗《かつ》て、わたしと一刀流高梨《たかなし》道場で腕を競《きそ》い合った男だ」

竜道はそう言うと、きっと行灯の灯《ひ》に目をやった。

高梨道場とは、市谷弁天町《いちがやべんてんちょう》にあった一刀流道場のことである。

聞くところによると、数年前、惜《お》しくも閉門《へいもん》されたこの道場は、創立されたのが寛政《かんせい》年間、竜道が束脩《そくしゅう》を入れた頃は、江戸の名だたる道場の中でも、一頭地《いっとうち》を抜く名門であったという。

だが、道主高梨正道《まさみち》には男子がなく、娘のいづみに婿《むこ》を取る立場にあった。当時、正道は既《すで》に五十四歳という高齢《こうれい》にあり、高弟の誰か一人に師範《しはん》の座を譲《ゆず》ることになったのが、竜道三十歳のときだった。

このとき、候補《こうほ》に挙《あ》げられたのが、当時、村雨儀《ぎ》一郎《いちろう》と名乗っていた竜道と、卜部勘助、中山与五郎《よごろう》の三人である。

儀一郎と勘助の腕はほぼ互角で、誰が見ても、与五郎だけが、やや劣《おと》っていた。

その与五郎が候補として挙げられたのは、正道の一人娘いづみの強い意思が働いたからだという。

道場を継承《けいしょう》するということは、当然、いづみの婿になることであり、正道にしてみれば、いづみの意思を無視《むし》するわけにはいかなかった。

それで、急遽《きゅうきょ》、儀一郎、勘助、与五郎の三人で、試合にて決着ということになったのだが、時すでに遅し。いづみは既に与五郎の子を身籠《みご》もっていた。

そのことを聞いた正道は激怒し、いづみを勘当《かんどう》、与五郎破門《はもん》とまで言い出したが、それを止めたのは、儀一郎であった。

「父娘《おやこ》の情はそうそう切れるものではありません。ましてや、いづみどののお腹にいるのは、先生の孫ではないですか。中山どのの剣の腕は今後の研鑽《けんさん》で如何《いか》ようにもなるもの。どうか、我々のことはご懸念《けねん》なきよう……」

儀一郎のその言葉に、正道は深々と床に頭を擦《す》りつけ、男泣きに泣いた。

その姿を見て、儀一郎は正道の本心を垣間《かいま》見たように思った。

やはり、正道もいづみが可愛《かわい》くて堪《たま》らないのである。

「済まない。そなたか卜部に道場を託《たく》したいと思っていたのだが、莫迦《ばか》な親と嗤《わら》ってほしい。このうえ勝手を言うようで心苦しいのだが、出来ればこのまま道場に残って、与五郎を側面《そくめん》から支えてもらえないだろうか。二人のことは今後も師範代《しはんだい》として厚遇《こうぐう》し、決して、悪いようにはしないつもりだ」

正道は気を兼《か》ねたように肩を窄《つぼ》めて窺《うかが》い見たが、儀一郎は慇懃《いんぎん》に断った。

というのも、かねてより、そろそろ独立して道場を構《かま》えてもよい頃と考えていたからである。

正道は快く承諾してくれた。

それればかりか、本所番場町に道場を開くことになった折には、過分《かぶん》の祝儀《しゅうぎ》とは別に、正道の名前から一字を取って、以後、村雨竜道と名乗るようにとまで勧《すす》めてくれたのである。

ところが、勘助は竜道のようにはいかなかった。

勝負にて跡目《あとめ》をと思っていたところ、与五郎の底心《そこごころ》に裏をかかれてしまったのである。

勘助は傍目《はため》にもはっきりと判《わか》るほど、意気阻喪《いきそそう》した。

「俺は女《おな》ごというものが解《わか》らぬようになってしもうた……」

どうやら、勘助もいづみにその気があったようである。

「恋は仕勝《しがち》というが、俺は抜け駆《が》けや狡獪《こうかい》な真似《まね》だけはすまいと思い、いづみどのを想《おも》う心に蓋《ふた》をした。ちらと頭を過《よぎ》った奸才《かんさい》な我が心を恥《は》じもした。それを、与五郎の奴《やつ》！」

勘助は忌々《いまいま》しそうに歯噛《はが》みし、翌日から、道場に姿を見せなくなってしまったのである。

人伝《ひとづて》に、勘助が麹町平河町《こうじまちひらかわちょう》の山田浅右衛門に入門したと聞いたのは、それからひと月後のことである。

「案の定、高梨道場は与五郎の代になり、すっかり廃《すた》れてしまっての。こうなれば、名門も形《かた》なし。今では、道場があったことすら知らぬ者のほうが多い。勘助のことも、その後どうなったのか、よくは知らぬ。ただ一つ判っているのは、勘助がその山田一門からも姿を消したということだ。どうやら武家の身分を捨て、商家の婿に入ったようだと噂《うわさ》も立ったが、詳《くわ》しいことまではのう……。が、そのときの話では、山田一門に入ってから、勘助は水を得《え》た魚が如《ごと》く、瞬《またた》く間に才を開花させたというが、ここでもまた、一門の継承争いに巻き込まれたそうな……。直接質《ただ》したわけではないので定かではないが、思うに、勘助の胸に失望や懊悩《おうのう》など、さまざまな想いが去来《きょらい》したのであろう。根が生真面目《きまじめ》な男だけに、一度《ひとたび》、指針《ししん》を見失ってしまうと、喪失感《そうしつかん》も人一倍《ひといちばい》大きかったのではないかと思うてな……」

竜道は行灯から目を逸《そ》らすと、再び、鷲のように窪んだ目で、夢之丞をひたと見据《みす》えた。

「では、先生は卜部という男が犯人だと……」

夢之丞の声が思わず裏返《うらがえ》る。

慌《あわ》てて息を吸い込むと、今度は、鳩尾《みぞおち》の辺りがぶるると顫《ふる》えた。

「莫迦なことを！　誰がそのようなことを申した。わたしは首の皮一枚残して斬首できる者を知らぬかとそなたが訊《き》くから、知っていると答えたまでだ。第一、江戸は広い。わたしが知らぬだけで、他にも、勘助のような男がいるやもしれぬし、どう考えても、勘助にそのような残忍《ざんにん》なことが出来ようもない」

これでは振《ふ》り出しに戻ったようなものである。

「だが、質《しち》の流れと人の行《ゆ》く末は知れぬというからの。あれから三十年近く経《た》つが、勘助の身に何が起きたか、わたしにも判らぬでのっ」

「と申しますと？」

「いや……。何ゆえ、勘助が剣の道を捨てたのか、その辺りが未《いま》だによう解らぬのでな」

「先生にその情報をもたらした者に、もう一度、仔《し》細《さい》を質してみてはいかがでしょう」

夢之丞がそう言うと、竜道はまた腕を組み、うむっ、と首を傾《かし》げた。

「以前、道場に出入りしていた、長介《ちょうすけ》という定斎売《じょさいう》りが、たまたま弁天町にも平河町にも顔を出していてな。勘助とわたしが高梨で同門であったと知って話してくれたのだが、はて……。その男、現在《いま》、どこにいるのやら……」

「あっ、成程《なるほど》、定斎売りですか……」

これでは暗礁《あんしょう》に乗り上げたも同然である。

薬の担《にな》い売りとあっては、常に見世《みせ》を構えているわけではなく、見つけ出すのは至難《しなん》の技《わざ》である。

「解りました。では、別の筋を当たってみることに致《いた》します。お手間を取らせて申し訳ございませんでした」

「なに、手間など……。だが、そなたも忙しい男よの。滅多に顔を見せぬというのに、たまに来たかと思えば、十手《じって》持ちのようなことを……。すると何かのっ？　これが、出入師《でいりし》とかいう裏稼業《うらかぎょう》か？」

あっと、夢之丞は息を呑《の》んだ。

薄々《うすうす》、竜道も裏稼業のことに気づいているに違いない……。

そう読んではいたが、まさか、こうまではっきりと、出入師という言葉を使うとは……。

「いえ、これは正真正《しょうしんしょうめい》銘町方の仕事でして……。つまり、仕事とは関係なく、従って、一種の奉仕のようなものでして……」

やれ、冷汗《ひやあせ》ものである。

夢之丞は自分でも何を言っているのか解らなくなっていた。

「よいよい。人は霞《かすみ》を食って生きてはいけぬものよ。だが、鴨下《かもした》もそのように門弟が集まらぬようでは、困ったものよのう。一度、鴨下に訪ねて来るよう伝えてくれないか」

「畏《かしこ》まりました」

「ところで、そなたの母御《ははご》だが、聞くところによると、吉富《よしとみ》の娘静乃《しずの》どのに鼓《つづみ》を教授しておられるとか……」

またもや、夢之丞の胃の腑《ふ》がぎくりと腓返《こむら》った。

真沙女《まさじょ》のことまで耳に入っているとは、竜道はどこまで地獄耳《じごくみみ》なのであろうか……。

「なんだ、その尻毛《しりげ》を抜かれたような顔は。何しろ、静乃どのとの縁談がわたしの耳に入っていたとしても、そう驚くことはなかろう。吉富の動向がわたしの耳に入っていたとして……」

「いえ、お待ち下さいまし！　それは誤解です。母はただ鼓の出稽古《でげいこ》に通っているだけで、わたくしの縁談とはなんら関係なく……」

「ほう、関係ないとな。ならば、それで良い。だが、あの物堅《ものがた》い母御が、鼓の出稽古とはいえ、機嫌《きげん》よう横網町《よこあみちょう》まで通われておるのだ。これほど祝着《しゅうちゃく》なことはなかろう。そのうち、母御にも商人《あきんど》の暮らしぶりが見えてこようぞ。さすれば、強《あな》ち、武家にしがみつくこともないと気づかれるやもしれぬのでの」

「はあ……」

夢之丞には返す言葉もなかった。

が、どうしたことだろう、腹の底から口惜《くちお》しさが込み上げてくる。

やや、一体《いってえ》、これはなんでェ……。

夢之丞は慌てた。

「すると、親分のほうでも、何ひとつ手掛《てが》かりなしということか……」

鶴平《かくへい》親分の疲弊《ひへい》しきった顔を見て、夢之丞は太息《ふといき》を吐《つ》いた。

「おいとの消息《しょうそく》もあれきりでェ。もうひと月だからよ。こうなりゃ、おいとも上総屋《かずさや》の娘を拐《かどわ》かした犯人《ほし》に絡《から》んでいると考えざるを得ねえからよ」

熊伍《くまご》親分がじゃみ面《づら》を顰《しか》め、冷水《ひやみず》をぐいと呷《あお》った。

「おう、冷やっこい！　身体《からだ》が生き返るようだぜ」

「しかし、盆が過ぎたというのに、こういつまでも暑くちゃ敵《かな》いませんよね」

大家の市右衛門《いちえもん》が懐《ふところ》に団扇《うちわ》の風を送りながら、取ってつけたように世辞《せじ》笑《わら》いする。

「親分も勿論《もちろん》のことながら、この残暑厳《きび》しい最中《さなか》、深川界隈《かいわい》をあちこちと駆《か》け回っていなさる半井《なからい》さまもご苦労なことですな。仕事とも言えず、何しろ、半井さまにしてみればただ働きですからね。冬木町《ふゆきちょう》の自身番でなんとか出来ないものかと、あたしも徳兵衛《とくべえ》さんも思案投げ首考えてみたのですがね、今でもこう手詰《てづ》まりときては、どうしようもない。他の自身番に声をかけてみることも考えましたが、自身番は各町内で自立したものですからね。冬木町の半井さまのために金を出せとは、これまた言えない……」

「市右衛門さんよォ、そいつを言われちゃ、俺たちゃ立つ瀬《せ》がねえぜ。なあ三間町《さんげんちょう》よ」

熊伍が鶴平を見る。

「そういうこった。半井さんに助太刀《すけだち》を頼んだのは、俺たちだ。本来《ほんらい》ならば、俺がなんとかしなくちゃならねえのだが……」

鶴平も恐縮したように、夢之丞をちらと窺った。

岡っ引きには纏《まと》まった手当がない。

それもそのはず、彼らは奉行所に雇《やと》われているわけではなく、同心が個人的に手下《てか》として使っているのである。

従って、たまに同心の懐から小遣銭《こづかいせん》程度が渡されるだけで、岡っ引きはその微々《びび》たる手当の中から、下っ引きたちに小遣を渡さなければならなかった。

これでは食っていくにも事欠《ことか》くが、そこは内助《ないじょ》の功《こう》とでもいうか、大概の岡っ引きの女房が四文屋や八文屋、駄菓子屋などをして、不足分を補っていた。

しかも、岡っ引きという仕事柄、大店《おおだな》や飲食店からの付け届けも多く、中には強請《ゆすり》まがいの質《たち》の悪い岡っ引きもいるとはいうものの、まあなんとか、曲がりなりにも生活《たっき》していけるのだった。

かといって、余分《よぶん》の金があるわけではなく、鶴平にも熊伍にも、ない袖《そで》は振れない。

それは、夢之丞にも重々《じゅうじゅう》解っているつもりであった。

「滅相《めっそう》もありません。わたしは金のために動いているわけではありませんので、どうぞお気《き》遣《づか》いなさいませんよう」

夢之丞は涼やかな笑いを返した。

「けれども、このところ、出入師の仕事も余りなさっていないとか……。いえね、鉄平《てっぺい》の奴がちらとそんなことを零《こぼ》していましたものでね」

市右衛門がまたまた上目遣《うわめづか》いに夢之丞を見る。

鉄平、あの大うつけが！

夢之丞はチッと舌を打ったが、鉄平や伊之吉《いのきち》が不満に思うのも無理はなかった。

夢之丞が出入師の仕事をしないということは、忽《たちま》ち、彼らの口が干上《ひあ》がるということである。

事実、昨日も、鉄平が泣き言を言ったばかりであった。

「なんでさァ！　なんで、銭にもならねえことに頭を突っ込まなさゃなんねェんだよ！　ちったァ、おらたちのことも考えてくれよな。そりゃ、夢さんはいいさ。滅多に真面《まとも》な手当が貰《もら》えねえといっても、道場から米や野菜が貰えるんだ。そのうえ、おっかさんまで針仕事や鼓の出稽古で稼《かせ》いでいなさる。けどよ、俺と伊之は小づりが入《へえ》らねえと、お飯《まんま》の食い上げでェ」

鉄平は豆狸《まめだぬき》のような顔をくしゃくしゃに歪《ゆが》め、不満を言い募《つの》った。

全く、鉄平の言うとおりである。

「ならば、俺抜きで、おめえと伊之の二人でやればいいだろう?」

夢之丞は仕方なくそう答えたものの、鉄平は仕事を見つけることに長《た》けていても、肝心《かんじん》の仲裁事《ちゅうさいごと》には知恵が廻《まわ》らないとくる。

また、伊之吉は伊之吉で、生虫《なまむし》を懐に入れたようなご面相《めんそう》で、相手を縮《ちぢ》み上がらせるこ
とは出来ても口が立たないときては、二人に任せていたのでは、小づりどころか、塩を撒《ま》
かれたとしても致し方ない。
夢之丞はやれと溜息《ためいき》を吐いたものの、他によい知恵も浮かばず、ならば一時《いっとき》も早く事件
の解決をと、気ばかり焦《あせ》るのが現状であった。
「そこで、あたしと徳兵衛さんが気は心とばかりに些少《さしょう》を差し出したのですが、これがど
うして、半井さまは受け取って下さらない」
「なんでェ、先生よ。大家のせっかくの厚意《こうい》だ。受け取っておきゃいいものをよ!」
「いいえ、そういうわけにはいきません」
夢之丞は熊伍をきっと睨《にら》みつけた。
「へっ、気取ってやがらァ。ところでよ、市右衛門さんよ、このところ、徳兵衛さんの顔
が見えねえようだが、どうしてェ」
熊伍が思い出したというふうに、市右衛門を見る。
「ええ、それが、このところ妙なんですよ。心ここにあらずといった感じで、しかも、
度々《たびたび》、外出しますんでね。あたしも気になっていたんですよ」
「そう言えばそうですね。つい先日も、お迎《むか》え屋が言ってたんですけどね。徳兵衛さんの
家に供《そな》え物のお払いに行くと、なんだかやけに神妙《しんみょう》な顔をして、やっぱり、送り火という
ものは焚《た》かなきゃならないものだろうか、と訊いたそうです。お迎え屋は、そりゃ迎え火

を焚いたのなら、送り火も焚かなきゃならないでしょうな、と答えたそうです。するてェと、徳兵衛さん、送り出したくない精霊《せいれい》でも、やはり、そうなんだろうかと言ったというんですよ。お迎え屋は永《なが》いことこの商《あきな》いをやってきたが、今までこんなことを訊かれたことはない、と怪訝《けげん》そうに首を傾《かし》げていましたよ」

日頃、滅多に無駄口を叩かない書役が、書き物の手を止め、思い出したように割って入ってくる。

「ほう、お迎え屋がそんなことをね……」

市右衛門も、はて、と首を傾げた。

お迎え屋は、お迎い、お迎い、と掛け声をかけて、盆の間精霊棚《しょうりょうだな》に供えた供え物を集めて歩く。

そのお迎え屋に、送り火というものは焚かなきゃならないのだろうか、と尋ねるとは、一体何事であろうか……。

「半井さまには何かお気づきになられたことがありませんか?」

市右衛門の問いに、夢之丞は、いや、と首を振った。

が、その刹那《せつな》、忸怩《じくじ》と胸が痛んだ。

と言うのも、つい先日のことである。

徳兵衛から、相談があるので、時間を割《さ》いてもらえないだろうか、と言われていたのである。

だがそのときは、丁度《ちょうど》、村雨道場に行こうとしていたときでもあり、夢之丞はまた後日《ごじつ》にでもと膠《にべ》もない答えを返したのだが、それっきり、徳兵衛のことを失念《しつねん》してしまっていた。

　すると、あのとき、徳兵衛は何か打ち明けようとしていたのだろうか……。

「俺《おり》ャよ、思うんだが、徳さん、やっぱりお甲《こう》さんのことが気にかかってるんじゃなかろうか……。俺がよ、おぶんを助けた女ごの年格好《としかっこう》や風貌《ふうぼう》がお甲さんそっくりだと言ったもんだからよ、それで気にしてるんだよ」

　熊伍が待っていましたとばかりに、仕こなし振《ぶ》りに言う。

「えっ、なんですか？　お甲さんて、徳兵衛さんのかみさんだった、あのお甲さんのことですか？　あたしはその話を聞いちゃいませんが、一体、どうしたっていうのです？」

　市右衛門が興味津々《きょうみしんしん》に槍《やり》を入れてくる。

「そう言ャ、あんとき、大家さんはいなかったっけ？　いえね、おぶんを助けたという女ごが、お甲さんじゃねえかという話になってよ。徳さんは否定したが、俺ャ、未だにその線を疑っててよ。案外《あんがい》、徳さんもそうじゃねえかと疑ってんのさ。だから、ここんとこ、心ここにあらずじゃねえのかよ」

「ああ、成程ね。伊勢崎町《いせざきちょう》の親分の言うとおりかもしれませんな。あたしもね、なんだかそんな気がしていました。だってね、お甲さんと死んだ姑《しゅうとめ》は反《そ》りが合わなかったが、徳兵衛さんとは相惚《あいぼ》れの仲ですよ。添《そ》わせてくれなきゃ、相対死《あいたいじに》するとまで言って大騒ぎした末、おぶんちゃんを腹に身籠もり、ようやくおこんさんが折れたと聞いています。ところが、おぶんちゃんが生まれても、姑の嫁いびりは留《とど》まるところを知らなかった。遂に、お甲さんが追い出される羽目になっちまったが、徳兵衛さんにしてみれば、生木《なまき》を裂かれる想いだったでしょうよ。あたしはね、あんときの徳兵衛さんの気落ちした姿を、今でも忘れることが出来ません」

市右衛門がしみじみとした口調で言う。

「するてェと、あれから、徳さん、お甲さんの行方《ゆくえ》を捜してるってことかァ？」

鶴平が人の好《よ》さそうな垂《た》れ目をしわしわとさせ、全員を見回す。

だが、すぐに、熊伍がそれを否定した。

「捜すったって、徳さんはお甲さんが生きているのか死んでいるのかも知らねえと言ったんだぜ。そんなお甲さんを素人《しろうと》の徳さんが捜し出せるわけねえだろ？　現《げん》に、俺たちだって、上総屋の娘真琴《まこと》を斬った犯人《ほし》の目星《めぼし》もつかなきゃ、おいとの行方も未だ掴《つか》んでねえんだからよ！」

熊伍はまたまた業《ごう》が煮えてきたのか、顰め面をして、鳴り立てた。

とにかく、一刻《いっこく》も早く、徳兵衛の話を聞かなければ……。

夢之丞は寝覚《ねざ》めの悪さに、また、胸がじくりと疼《うず》くのを感じた。

した。

「おお、これは……」

徳兵衛は天然木《てんねんぼく》の長飯台《ながはんだい》を指先でそっと撫《な》で、改《あらた》まったように、ほおずきの店内を見回した。

おりゅうが奥の小上がりに座布団《ざぶとん》を敷《し》くと、さあどうぞ、と夢之丞に目まじする。

徳兵衛は小上がりに坐《すわ》ると、もう一度、感慨《かんがい》深そうに土間のほうを振り返った。

「実によい見世だ。しっとりとしていて重厚な深みを湛《たた》え、あたしには故郷《ふるさと》というものがありませんが、仮にあったとすれば、こんなふうではと、そう思わせる見世ですね。蛤《はまぐり》町《ちょう》にこのような乙粋《おついき》な見世があるとは……。近くに住んでいるというのに、ちっとも知りませんでした。先生はもうお古いので？」

「いや、わたしも先つ頃《さいつごろ》知ったばかりで……。ここは煩《うるさ》くないのがよい。酒も旨《うま》いし、落着いて話をするには恰好《かっこう》でしてね。ちょくちょく利用させてもらっています」

「天然木のあの厚味《あつみ》といい、いやァ、大したものです。それに、帳場脇《ちょうばわき》の柱に掛《か》かっていた掛花《かけはな》といい、長飯台にさり気なく置かれた信楽《しがらき》の水盤《すいばん》……。器も見事《みごと》だが、何気なく投げ込まれたかに見える草花の約《つづま》やかで枯淡《こたん》なこと！　無我《むが》のようでもあり、逆に、心憎いほどの粋《いき》を感じますね。あれは女将《おかみ》が？」

「ええ。全《すべ》て、おりゅうさんの手ずからと聞いています」

徳兵衛が感嘆《かんたん》した掛花入れには、現在《いま》は水引草《みずひきそう》と白花社鵑《しろばなほととぎす》が、そして、信楽の水盤から長飯台へと、まるで蔓《つる》を這《は》わせたように茎《くき》を伸《の》ばす青葛籠藤《あおつづらふじ》……。

葉の緑と藍黒色《あいこくしょく》の実がどこかしら神秘的で、鬱蒼《うっそう》と生《お》い茂った森林か、恰《あたか》も海の底を想わせる。

「いや、実によい見世だ。本当は、あたしもあの女にこんな見世を持たせてやりたかった……」

酒と先付《さきづけ》が運ばれ、板場に戻るおりゅうの後ろ姿を眺《なが》めながら、徳兵衛がぽつりと呟《つぶや》いた。

あの女とは、無論、おぶんの母親お甲のことであろう。

来たな……。

夢之丞は気を引き締《し》めると、何心《なにごころ》ないふうに、まあ、おひとつ、と酒を勧めた。

「おぶんの母親のことです」

徳兵衛も盃《さかずき》を受けながら、さらりと言う。

「伊勢崎町の親分から既にお聞き及びかと思いますが、お甲は深川で芸妓《げいぎ》をやっておりましてね。芸事《げいごと》の好きな女ごで、殊《こと》に舞踊《ぶよう》は深川一と言われたほどですが、あるとき膝《ひざ》を痛めましてね。お甲は半端《はんぱ》なことが嫌《きら》いな女ごで、他の芸妓のように色気だけでお茶を濁《にご》すことが出来なかったのでしょう。それまで舞踊に心魂《しんこん》を傾けてきただけに、それだけ思い屈《くっ》したようです。あたしがお甲に出逢《であ》ったのは、そんなときでした」

徳兵衛は盃を手にしたまま、口にするでもなく、どこか遠い昔に想いを馳《は》せるように、目を細めた。

お甲は芯《しん》の強い、ひたむきな女だったという。

「あたしはどうも気の強い女ごに惹《ひ》かれるようです。気丈な母親の下《もと》で育ち、金輪際《こんりんざい》、気《き》性《しょう》の荒い女ごは嫌《いや》だと思っていたのに、気づくと、お甲に血道《ちみち》を上げ、あの女なしには生きていけないと思うようになっていました」

ほう……、と夢之丞は改まったように徳兵衛を見た。

自分など、真沙女とおっつかっつなほど気性の荒い女ごは、真っ平《ぴら》ご免《めん》……。

だからこそ、どこか茫洋《ぼうよう》としていて儚《はかな》げなおりゅうに惹かれ、古澤求馬《ふるさわもとめ》の母美乃里《みのり》に惹かれるのである。

そんな想いが、ちらと頭を過《よぎ》ったときである。

夢之丞の腹を読んだかのように、徳兵衛が呟いた。

「女ごというものは上辺《うわべ》では解りませんな。お甲という女ごは、見かけはふわりとした仏《ほとけ》性《しょう》の女でしたが、内に、燃え盛《さか》る焔《ほのお》のようなものを抱えていましてね。その落差《らくさ》があたしには堪らなく魅力だった」

夢之丞は口に運ぼうとした盃を、思わず落としそうになった。

いや、全く、そのとおりなのかもしれない。

芯が強く、内に燃え盛る焔を抱えていなくて、どうして、女一人、酔客《すいきゃく》を相手にこんな仕事が出来ようか……。

夢之丞はちらと土間のほうに目をやった。

が、板場に入ってしまったのか、おりゅうの姿は見当たらない。

「あたしは何がなんでもお甲に芸妓を辞《や》めさせたかった。ところが、先生もご承知でしょうが、あたしの母親というのが、これまた一筋縄《ひとすじなわ》ではいかない女ごでして……」

徳兵衛は恥《はじ》を晒《さら》すようですが、と前置きして、話し始めた。

おこんは芸妓上がりの女ごを嫁になど、いやいや、婢《はしため》としてでも家には上げられない、と突《つ》っぱねた。

「親を取るか、女ごを取るか、二つにひとつ。さあ、どうするおつもりだえ？　おまえはこの老《お》いた母を捨てるとお言いか！」

おこんにそうまで言われては、徳兵衛には為《な》す術《すべ》がなかった。

父親を早くに亡くした徳兵衛は、おこんが当時堀川町で営《いとな》んでいた小間物屋を売り払い、冬木町に三棟もの大家株を買ったことを知っている。

それは、心優しい徳兵衛には、海千山千《うみせんやません》の商《あきな》いをやらせるよりも、収入の安定した大家のほうが合っていると考えた、おこんの才覚《さいかく》からであった。

そのことでは、徳兵衛はおこんに頭が上がらない。

事実、徳兵衛自身も、これほど自分に見合った生業《なりわい》はないと思っているのである。

店子《たなこ》の信頼を一身《いっしん》に浴《あ》び、何より、安定した収入があるうえ、自身番に詰めないときには、好きな読書が堪能《たんのう》できる。

しかも、おこんは大家株を買った後も、気楽な隠居暮らしに甘んじることなく、夜の目も見ずに針仕事に勤《いそ》しみ、徳兵衛が三十路《みそじ》を越えた頃には、亀久町《かめひさちょう》に貸家二軒も増やしてくれていたのである。

そんな涙ぐましいまでの奮闘ぶりを見てきただけに、好いた女ごが出来たからといって、徳兵衛にはおこんを無下《むげ》には扱《あつか》えなかった。

徳兵衛は逡巡《しゅんじゅん》した。

が、折良くと言えばいいのか、悪《あ》しくと言えばいいのか、そんなとき、お甲が身籠もったのである。

徳兵衛はおこんの前で土下座《どげざ》した。

「おっかさん、済まない。どうあっても、お甲を嫁と認めてくれないか。お甲の腹の子はもう五月《いつつき》だ。この頃では、余程《よほど》元気が良いのか、腹の中で動き回ってるというし、そんな母子《おやこ》を放り出すなんて、とてもじゃないが、俺には出来ない。それに、俺とお甲のことは深川中の者が知っていることだ。阿漕《あこぎ》な真似をしたなんて噂が立っては、おっかさんだって困るだろ？　それでも駄目と言うなら、俺ャ、お甲と差し違えたっていいと、そこまで考えてるんだ」

「差し違えるだって！　なんてことを、おまえ……」

情死《じょうし》ほど酷《むご》いことはない。

運良く死ねればよいが、万が一、死に損《そこ》ないでもしたならば、三日間の晒刑《さらしけい》が待っている。

衆人《しゅうじん》の前に恥を晒し、名誉もへったくれもなければ、家族までが世間から白い目で見られる。

おこんは渋々《しぶしぶ》ながらも、お甲を認めた。

「けれども、なんとか形だけでも嫁姑《よめしゅうとめ》の間が甘《うま》く運んだのは、おぶんが生まれて半年ほどで、母はふた言《こと》目にはお甲をこの芸妓上がりがと口さがなく罵倒《ばとう》しましたし、お甲のほうでも、最初《はじめ》は何を言われても、じっと辛抱《しんぼう》していましたが、次第に口答えするようになり、そうなると、もう、あたしには手のつけようがありませんでした。何しろ、箸《はし》の上げ下げから家事の端々《はしばし》に至るまで、すること為すこと悉《ことごと》くに難癖《なんくせ》をつけるのですから、お甲の精神が病《や》んだとしてもおかしくありません。気鬱《きうつ》の病《やまい》とでもいうのでしょうかね。お甲は笑いもしなければ、泣くことも、喋《しゃべ》ることもしなくなった……。それでも、おぶんのことは気になるのでしょう。あれはおぶんが三歳になった頃でしょうか。その頃は、おぶんはすっかりお祖母《ばあ》ちゃん子になり、母が育てているようなものでしたが、お甲が母の腕にいきなり摑みかかると、おぶんを取り上げ、床に叩《たた》きつけようとしたのです。あたしは慌ててお甲の腕からおぶんを引き離しました。このままではいけないと思うようになったのは、それが契機《きっかけ》です」

徳兵衛は辛《つら》そうに、きっと唇を嚙《か》んだ。

徳兵衛が奥川町《おくがわちょう》に恰好ものの仕舞《しも》た屋を見つけ、お甲を住まわせるようになったのは、それから五日後のことであった。

通称《つうしょう》、手懸裏《てかけうら》と呼ばれる、黒板塀《くろいたべい》や袖垣《そでがき》で囲まれた仕舞た屋の並ぶ一郭《いっかく》であったが、小さな庭もあり、何より、瀟洒《しょうしゃ》な佇《たたず》まいが徳兵衛の心を捉《とら》えた。

「あたしは三日に上げず、奥川町に通いました。おふくというお端女《はした》もつけましたし、お甲にはこれは決して離縁ではない、おまえさえ元気になってくれれば、また、冬木町でおぶんと一緒に暮らせるのだからね、と言い聞かせていました。そんな生活が一年半か二年続いたでしょうか……。ところが、確か、おぶんが五歳になった頃です。あたしが奥川町を訪ねてみますと、なんと、空家《あきや》になっているではありませんか……。あたしは途方《とほう》に暮れました。隣近所の者に訊いても、誰も行き先を知らないと言うばかりで……。それでも、お甲のいた置屋《おきや》から見番《けんばん》、料亭に至るまで、あちこちと消息を訊《たず》ね歩きました。そこで聞いたお甲の出所《でしょ》、川越《かわごえ》にまで文を出しましたが、何ひとつ、手掛かりが摑めませんでした。そのうち、あたしも諦《あきら》めというか、観念《かんねん》いたしましてね。死んでしまったと思うより仕方がないではありませんか。その後、母も亡くなり、おぶんとあたしは二人っきりになってしまいました。市右衛門さんや伊勢崎町の親分は、よく、何ゆえ後添《のちぞ》いを貰わないのか、余程、お甲のことで懲《こ》りたようだな、と半《なか》ば茶化《ちゃか》したように言います。別に懲りたわけではありません。あたしは現在《いま》でもお甲ほどよい女ごはいないと思っていますし、おぶんを見て下さいませ。なんと、お甲そっくりではありませんか。気の強いところも、一旦言い出したら聞かないところまで、何もかもが瓜割四郎《うりわりしろう》です。やんちゃ娘ですが、あたしはあの娘《こ》が可愛くて堪らない。ですから、お甲に充分尽《つ》くしてやれなかったことを、あたしはあの娘にしてやりたいと思っています。だから、後添いなんて要《い》らないのです。あの娘の中に、お甲は生きている……。そう思うだけで、幸せなのです。ところが……」

徳兵衛は太息を吐くと、意を決したように、盃の酒をぐいと干《ほ》した。

「七夕《たなばた》の晩、おぶんを助けたという女ご……。ええ、勿論のこと、年格好や風貌など、伊勢崎町の親分が指摘されたように、お甲そっくりです。ですが、あたしを驚愕《きょうがく》させたのは、おぶんが言った女ごの住まいなのです。黒板塀で囲まれた小さな庭のある仕舞た屋……。おぶんは確かにそう言いましたよね？　それに、あんまし遠くじゃないと思う。大して駕《か》籠《ご》に乗ったという気がしないのに、気づくと、海辺橋《うみべばし》に着いていた……。そうも言いましたよね？　驚きました。おぶんが言い表したのは、まさしく、あたしがお甲のために用意した、奥川町の仕舞た屋ではないですか！　すると、その女はお甲……。まさか、そんなことがあるはずもありません。お甲がいなくなってからも、あたしは何度もあの家を訪ねているのですから……。あの家はお甲がいなくなってからひと月ほど空家のままでしたが、その後、長唄《ながうた》のお師《し》さんが入りました」

徳兵衛は手酌《てじゃく》で酒を注《つ》ぐと、また、ぐいと呷った。

「そうだよなあ……。お甲さんが再びその家に戻ったとしてもだよ、それならば、何ゆえ、徳兵衛さんに知らせない？　徳兵衛さんのお袋さんはとっくに亡くなっちまってるんだ。今や、邪魔《じゃま》だてする者などいないというのによ」

夢之丞も手酌で酒を干した。

「無論、あたしもお甲が戻ったのではないかと考えました。それであの日、すぐに奥川町を訪ねてみたのですが、長唄のお師さんも既に引っ越していて、隣家の者に尋ねてみましたら、ここ三月《みつき》ほどは空家のままだというではないですか……」

「するてェと、おぶんちゃんが連れて行かれたのは、奥川町ではないということ……」

「そうとも考えられます。けれども、なんだか奥歯《おくば》に物が挟《はさ》まったような、すっきりとしない気分でして、それで、ここ数日、口入屋《くちいれや》を当たっていたのです」

「口入屋？」

「ええ。おふくというお端女の情報が摑めないかと思いましてね」

「あっ、成程……。で、何か判ったのですか？」

徳兵衛は大仰《おおぎょう》な身振りで、頷《うなず》いた。

「それが、あなた、何故《なぜ》にもっと早く気がつかなかったのかと後悔《こうかい》しました。おふくは八《や》名川町《ながわちょう》の紺屋《こうや》で女中をしていました。あたしが訪ねますと、何故もっと早く訪ねて下さらなかったのかと、はらはらと涙を零《こぼ》しましてね」

徳兵衛は熱いものが込み上げてきたのか、袂《たもと》から手拭《てぬぐい》を取り出し、ウッと鼻を塞《ふさ》いだ。

おふくが言うには、お甲の気鬱の病はとっくに治《なお》っていたのだという。

だが、病が癒《い》えたとなると、元々、気性の勝ったお甲のことである。自分の置かれた立場を理解するや、徳兵衛のためにも、身を退《ひ》かなければならないと言い出した。

「奥さまは旦那さまのことを心底《しんそこ》愛《いと》しく思っておいででした。姑がいる限り、再び冬木町に戻ったとしても、甘《うま》くいくわけがない。またもや、自分と姑がぶつかり合うのは、目に見えている。そうなれば、間に入って心気《しんき》を凝《こ》らすのは、旦那さまだ。これ以上、旦那さまを苦しめてはならない。何も、添い遂《と》げるだけが、夫婦《めおと》の愛じゃない。相手を想えばこそ、身を退かなければならないこともあるんだよって、そう、あたしに言われましてね。あたし、奥さまの気持が手に取るように理解できました。それで、奥さまの行きなさる所なら、どこにでもついて行きますと誓《ちか》ったのです。けれども、あれは相生町《あいおいちょう》に移って一年後のことでしたかね。奥さまは料理茶屋の仲居《なかい》をやっていらっしたのですが、四ッ（午後十時）頃、見世から帰って来なすって、急に、頭が痛い、割れるようだと床に就《つ》かれたのですけど、それっきり……。医者の話だと、頭の中の血管が破裂したんだとか……。まあ、まだお若いのに、そんなことがあってもよいものでしょうか。神も仏もあったもんじゃない！　恐らく、奥川町を出てからの無理や心労が祟《たた》ったのだと思いますよ。あたしね、今になって思うんですけど、奥さまはご自分の宿命《さだめ》が解っていらっしたのではないかと……。というのも、奥さまは日頃から今後自分に何があろうと、冬木町に知らせることだけはしないでおくれ、とあたしに諄《くど》いほど言われていたのです。それで、当時住んでいた裏店《うらだな》の大家に相談して、あたしと裏店の住人だけでひっそりと野辺《のべ》送りをしたのです」

おふくは涙ながらにそう言うと、

「でもね、奥さまは口癖《くちぐせ》のように、おぶんは元気だろうか、奥川町を出たときが五歳だったから、今頃は六歳になっているかしら、と言ってみたり、世間では六歳の六月から稽古事を始めるというけど、あの娘、何か習い事をしてるのだろうか……、とそれはもう、愛しそうに目を細めていらっしゃいました。旦那さまのことは心の中で整理がついておいでのようでしたが、恐らく、お嬢さまのことはいつまでも心残りだったのではないでしょうか」

とワッと前垂《まえだ》れで顔を覆った。

「あたしはおふくの話にと胸を衝《つ》かれ、頭の中が真っ白になってしまいました。お甲があたしのために身を退いたと知り、衝撃《しょうげき》を受けたのです。あの女がそこまであたしを想っていてくれたとは……。それに引き換え、あたしはそこまでお甲のことを想ってやっただろうか……。いや、違う。世間体《せけんてい》を考え、綺麗事《きれいごと》を言っていただけなのです。その実、あたしはお甲が姿を消してくれて、どこかしら救われたように思っていた。だからこそ、あのとき、お甲の行方を真剣《しんけん》に捜さなかった……。そう思うと、なんと手前勝手《てまえがって》で卑怯者《ひきょうもの》なのだろうかと、あたしは自分が許せなくなりました。だってそうでしょう？　あのとき、この度のように口入屋を当たるとか、伊勢崎町の親分に相談するとか、もっと真摯《しんし》に捜していたら、結果、別れることになったとしても、じっくりと話し合い、お甲の先行《さきゆ》きのことまで考えてやれたのです。あたしは……、あたしはなんて卑劣《ひれつ》な男なのでしょう。あたしがお甲を死なせたようなものなのです」

徳兵衛は肩を顫わせ、クックと男泣きに泣いた。

すると、衝立《ついたて》の向こうから、もう一つ、クックと嗚咽《おえつ》が洩《も》れた。

夢之丞はあっと衝立を横に引いた。

おりゅうである。

おりゅうが前垂れを鼻に当て、懸命《けんめい》に、涙を堪えようと肩を顫わせている。

「ご免なさい……。聞いてしまいました。でも、あたし……、あたし……。ご免なさい」

おりゅうはぺこりと頭を下げると、板場へと駆けて行った。

夢之丞はふうと溜息を吐き、徳兵衛を見た。

「申し訳ありません。いつもはあんなんじゃないのですが、やはり、何か気になったのでしょう」

「いいえ、聞いていただいて構わないのですよ。あたしもこうして先生に聞いていただき、少しばかり楽になりました。他人《ひと》に話したからといって、あたしの罪《つみ》が許されるわけではないのですが、独《ひと》り、胸の内にもやもやしたものを抱えていますと、なんだか、あたしまで心気病《しんきやまい》に冒《おか》されそうに思いましてね……」

「いや、話して下さって良かった。それにね、徳兵衛さんはお甲さんを死なせたのはご自分のように言われましたが、そうではない。宿命《さだめ》なのですよ。人の生き死には生まれる前から決まっていると言います。徳兵衛さんとお甲さんは逢《あ》うべくして、この世で出逢った。心底《しんてい》づくになることも、おぶんちゃんという掛け替えのない娘を持つことも、お甲さんの死も決まっていた。我々は目に見えない何かに生かされているのですよ。お甲さんはね、自分の持って生まれた生命《いのち》を精一杯《せいいっぱい》に生き、そして、徳兵衛さんにおぶんちゃんを託《たく》された。あなたは立派にその務めを果たしておられるではないですか」

「そうでしょうか。だが、つい先日も、一歩間違えば大変なことになりかねない事態に、おぶんを追いやるところだった……」

「だが、既《すんで》の所で助かったじゃありませんか。あっ、そうか……。徳兵衛さん、おぶんちゃんを助けたのは、やはり、お甲さんかもしれませんよ！」

「……」

「わたしは信心深いほうではないし、迷信がかったことは一切《いっさい》信じない質ですが、なんだかそんな気がしてきました」

「実は、あたしもそんなふうに思っていましてね。おぶんの窮地を見るに見かね、お甲があの世からおぶんを救いに現われた……。けれども、死んだお甲が、まさかねえ……。それで、先生の意見を訊きたいと思ったのです」

「確かめる方法が、一つあります」

徳兵衛があっと夢之丞を見る。

「おぶんを奥川町の仕舞た屋に連れて行くのですね？」

夢之丞は片目を瞑《つぶ》って見せた。

「やはりね……。いえ、あたしもそれしか手がないと思っていました。おぶんの連れて行かれた家と、奥川町の家がぴったりと合っていれば、これはもう、間違いなく、お甲……。何しろ、奥川町の家はこの三月《みつき》空家だったというのですからね。夏の夜の夢としか言いようがありません」

「仮に、違っていたとしても、どこの誰だか判らない女なのだから、やはり、夏の夜の夢……」

「そう、そうですよね！　では、早速《さっそく》、明日にでも、おぶんを奥川町に連れて参りましょう。先生も立ち会って下さいますよね？」

「参りましょう」

「だが、おぶんにお甲のことをどこまで話してよいか……」

「全て、洗いざらいお話しなさい。おぶんちゃんはもう子供ではない。親のことや自分がどのような経緯《いきさつ》から生まれてきたのか、何もかもを知らなければならない。また、知れば、今後どう生きていくべきか、自《おの》ずと見えてもくるはずです」

徳兵衛の顔が憑物《つきもの》でも落ちたかのように、冴《さ》え冴《ざ》えと輝いた。

カタカタと下駄音を立て、おりゅうが盆に熱燗《あつかん》を載《の》せてやって来る。

「先ほどは失礼いたしました。熱いのをお持ちしましたが、そろそろ、お食事をお運びして宜《よろ》しいかしら？」

おりゅうは涙の跡《あと》も乾《かわ》き、ふわりとした笑《え》みを見せた。

「ああ、そうしてもらおうか」

夢之丞がそう言うと、今日は戻り鰹《かつお》の活《い》きの良いのが入っていますのよ、とそっと耳許《みみもと》でおりゅうが囁《ささや》く。

「成程ね。先生がこの見世を贔屓《ひいき》にされる理由《わけ》が解りましたよ。無論、雰囲気《ふんいき》も良いし、静かで、酒も旨い。が、何より良いのは、あの女将でしょうな。これじゃ、おぶんがどう逆立《さかだ》ちしたところで敵《かな》いっこない。となれば、あの娘《こ》にも、そろそろ引導《いんどう》を渡してやらなきゃなりませんな。ねっ、先生!」

徳兵衛はおりゅうの後ろ姿を伸び上がるようにして見ると、仕こなし顔に目まじした。

「大家さん、何を莫迦なことを!」

夢之丞は挙措《きょそ》を失い、銚子《ちょうし》へと手を伸ばす。

「熱《あち》ィ! おいおい、これじゃ熱燗じゃなくて、煮燗《にえかん》でェ……」

「では、七夕の晩、おぶんちゃんが連れて行かれたというのは、やはり、奥川町の家だったのですね?」

おりゅうが酌をしながら、夢之丞をちらりと窺う。

「ああ、間違《まちげ》ェなかった。表門にも潜戸《くぐりど》にも鍵《かぎ》がかかっていてよ、中には入《へえ》れなかったが、板塀《いたべい》から頭を出した植木の形や、潜戸の取っ手に括《くく》りつけてあった鈴で、おぶんがここだとはっきり断言した」

「鈴？」

おりゅうがえっと目を瞬《しばたた》く。

「それがよ、根付とも言えねえ小さな瓢箪型《ひょうたんがた》の鈴なんだがよ。紅《あか》い紐《ひも》でしっかと潜戸の取っ手に括りつけてあってよ。それを見て、徳兵衛さんが色を失い、わなわな顫え出しちまってよ。なんでも、その鈴はお甲さんが財布《さいふ》に括りつけていたものなんだってさ。おぶんがお腹にいる頃、縁日《えんにち》で買い求めたものだというが、瓢箪の形が余程珍しかったのか、財布に括りつけて、どこに行くにも持ち歩いてたのだとよ。大切に使い、おぶんが分別《ふんべつ》のつく年頃になったら、譲《ゆず》ってやるとも言っていたらしい。その鈴がわざわざ潜戸に括りつけてあったんだからよ。おぶんは女の家を出て駕籠に乗ろうとしたとき、確かに、鈴の音を耳にしたというしよ。おやっと思ったそうだよ。それはそうだろう？　潜戸の取っ手に鈴が括りつけてあるんだからよ……。ところがよ、徳兵衛さんがおぶんから女の風体《ふうてい》や家の様子を聞き、翌日、まさかと思いながらも訪ねたときには、鈴なんてありはしなかった。それがよ、再び、おぶんが訪ねてみると、徳兵衛さんが一人のときにはなかった鈴が、ちゃんと括りつけてある……。なっ、どう考えても、お甲さんが目印《めじるし》に残したとしか考えられねえだろ？」

「……」

「それでなくても、徳兵衛さんもこの俺も、もしやあのときの女はおぶんの母親ではなかろうか、と思い始めていたところだ。浮世離《うきよばな》れした話だと重々承知だがよ。だが、そう思うのが、誰の胸にも一番すっきりと来るんじゃねえか？」

「では、その鈴は現在《いま》……」

「ああ、おぶんが持っている。おっかさんの遺《のこ》してくれた唯一《ゆいいつ》の形見《かたみ》と思いな、と言ってやるとよ、徳兵衛さんも同じ想いだったのか、お甲さんのことを洗いざらい話し始めてよ。俺《おり》ャ、驚いたね。こまっしゃくれた、じゃじゃ馬とばかり思っていたあのおぶんがよ、やけに大人びた顔をしてさ。鹿爪《しかつめ》らしく、徳兵衛さんの話に耳を傾けてよ。恨《うら》み言のひとつも言わなかった。そればかりか、なんとなく感じていたけど、やはり、おっかさんがあたしを助けてくれたのね、と言ってさ。生きていてくれたらもっと嬉《うれ》しいけど、逢いに来てくれたんだもの、おっかさんの顔は決して忘れない、ううん、これからもずっとあたしの傍《そば》にいてくれるのよ……。なんと、あいつ、そんなことまで言ったんだぜ。おっ、どうしてェ……。俺、なんか妙なことを言ったっけ？　どうして、おりゅうさんが泣かなきゃならねえ……」

瞬《また》く間に、おりゅうの目に涙が溢《あふ》れた。

「嬉しいの……。とっても良い話だと思って……。七夕の夜、あたしの前にも、おとっつァんが姿を見せてくれましたでしょう？　ああ、やはり、あの晩、おぶんちゃんのところにもおっかさんが逢いに来てくれたのだと思うと、嬉しくって……。そればかりか、おぶんちゃんのおっかさんは既《すんで》の所でおぶんちゃんを助けたのですものね。あたし、大家さんとお甲さんの夫婦《めおと》の情愛《じょうあい》にも泣かされましたけど、親子の情って、永遠《えいえん》なのですね。あの世に行っても切れない。そう思うと、なんだか泣けてきて……。ふふっ、あたし駄目なんですよ。この頃、どうかすると、すぐに泣けてきちゃって……」

おりゅうは前垂れで涙を拭《ぬぐ》うと、ご免なさい、と肩を顫わせた。

「そう言えばそうだよな。俺も涙もろくなっちまった。それどころか、こうして、到底《とうてい》あり得ない夢幻《ゆめまぼろし》であろうが、どことはなしに信じようとしているからよ。やれ、歳《とし》を取ったということか……」

「まっ、歳だなんて」

「だがよ、鈴の件だけはどうしても気になってよ。夢幻なら、消えていてよいはずの鈴が、現在《いま》も、おぶんの財布に紅い紐で括りつけてある」

「……」

「これはよ、お甲さんのお端女をしていたおふくの仕業《しわざ》じゃねえかと、俺は読んでるのよ。だってそうだろう？　おふくは徳兵衛さんからおぶんが行方不明になった仔細を聞いたのだろうしさ。恐らく、鈴はお甲さんの遺品の中にあったものだろう。おふくは徳兵衛さんがおぶんを連れて、もう一度、奥川町を訪ねるに違いないと思い、先回りして、鈴をつけた……」

「けれども、鈴は七夕の晩にもあったのでしょう? まさか、それまでおふくさんがつけたわけではないでしょうに……」

「だからよ、おぶんの見た幻《まぼろし》におふくが付き合ったか、若《も》しくは、おふくの作為《さくい》におぶんが付き合ったか……。まっ、どちらにしても、それはおふくを質せば判ることだ。だが、俺はそっとしておこうと思ってよ。真実を知ることよりも、ときには空々漠々《くうくうばくばく》とさせておくほうがよいこともある。それが、幻というものだ」

「そうですわね。本当に、そうですこと。鈴は収《おさ》まるべきところに収まったのですものね」

おりゅうはふっと目許を弛《ゆる》め、燗場《かんば》脇《わき》の柱に目をやった。

そこにはいつも、金唐革《きんからかわ》の袖煙草入《そでたばこいれ》と鶺鴒張《せきれいば》りの煙管《きせる》がぶら下がっている。

それはおりゅうの父親、山城屋《やましろや》幸《こう》右衛《え》門《もん》の遺品《いひん》であり、そこに形見を置くことで、おりゅうは常に父親に見守られていると思っているのだろう。

「おっ、やっぱ、ここだよ!」

油障子《あぶらしょうじ》がけたたましい音を立てて開いたかと思うと、聞き慣れた甲高《かんだか》い声が飛び込んできた。

鉄平である。

「夢さん、つれねえじゃねえか! おいら、てっきり、夢さんはお役目でこの糞暑《くそあち》ィ市中を駆けずり回ってるんだろうと思ってよ、声をかけるのも遠慮《えんりょ》してたんだぜ! それをなんでェ、こんなところで、おりゅうさんを相手に脂下《やにさ》がっちまってよォ。だったら、おらちにも声をかけてくれよな。なんせ、こう出入師の仕事がねえときたんじゃ、こちとら、干上がっちまうわァ。ああ、やべェ……。喉《のど》がからついて、おまけにひだるいときちゃ、ぶっ倒《たお》れちまわァ……」

威勢《いせい》良く競口《きおいぐち》を気取《きど》った鉄平であるが、どうやら、本当に空腹《からはら》とみえる。

鉄平はよたよたと寄って来ると、雪崩《なだれ》落ちるようにして、小上がりに這《は》い上がって来た。

「まあ、大変。すぐに何か見繕《みつくろ》って参りましょうね」

おりゅうが慌てて板場に入って行くと、鉄平はくすりと肩を揺《ゆ》らした。

「へへっ、てなわけで、ご馳《ち》になりやす」

「この大万八《おおまんぱち》が！」

夢之丞は鉄平の月代《さかやき》を、ちょいと指で小突《こづ》いた。

「万八《まんぱち》じゃねえ。ホンキ、腹が減《へ》って死にそうなんでェ。朝っぱらからあちこち夢さんを捜したがよ。誰も今日は見かけねえと言うじゃねえか。おいらもよ、まさか、昼日中《ひるひなか》からこんなところにしけ込《こ》んでるとは思ってもみなかったもんだからよ。ああ……、無駄足《むだあし》を踏んじまって、余計《よけい》、腹が減っちまった」

鉄平が鼻の頭に皺《しわ》を寄せ、べっかんこうを作ってみせる。

鉄平が不貞腐《ふてくさ》るのも無理はなかった。

町方の仕事やおぶんにかまけ、このところ、出入師のほうはとんとご無沙汰《ぶさた》なのである。

「おお、腹一杯《はらいっぺえ》食え。ここの鳥目《ちょうもく》は心配《しんぺえ》しなくていいからよ。取り敢《あ》えず、駆けつけ三杯《さんべえ》だ。飲め、飲め」

「おっ、忝茄子《かたじけなすび》！　そうこなくっちゃ」

鉄平の膨《ふく》れっ面が、途端《とたん》に、恵比寿顔《えびすがお》となる。

「取り敢えず先付と思いましたが、こちらのほうがお腹に溜《た》まるかと、雪花菜《きらず》（おから）をお持ちしました。すぐに、何か真面《まとも》なものをお作りしましょうね」

おりゅうが雪花菜を小鉢《こばち》に入れて持って来る。

「おっ、旨そうじゃねえか」

夢之丞がそう言うと、おりゅうがあらっと目を瞠《みは》る。

「お上がりになります？　あたしのお菜《さい》にと思って、作ったものなのですよ」

「お上がる、お上がる。おからは大好物だ」

「そうでェ。おりゅうさんよ、先付だの刺身《さしみ》だの、品《ひん》をした食い物はいいからよ。丼飯《どんぶりめし》に魚の焼いたのとか、味噌汁《みそしる》をくれねえか」

鉄平は余程腹が空《す》いていたとみえ、もう、雪花菜を口一杯に頬張《ほおば》っている。

「初物《はつもの》の秋刀魚《さんま》がありますけど、焼きますか？」

「秋刀魚！　それよ。上等《じょうとう》じゃねえか！」

「おう、そいつァいいな。俺も貰おうか」

「なんでェ、夢さんもかよ。もうさんざっぱら食ったのじゃねえのかよ」

「いや、おめえが初物の秋刀魚を食うと聞いちゃ、黙って指を銜《くわ》えているわけにもいかないのでな」

「へっ、いいの言って、この食いしん坊が！」

「てめえ、黙って喋れってんでェ！　誰が鳥目を払うと思う」

「夢さんでやァんす！」

鉄平は無我夢中《むがむちゅう》で丼飯を三杯、味噌汁を三杯と掻《か》き込むと、余すところなく秋刀魚を平《たい》らげた。

全く、鉄平にかかっては猫またぎ……。骨までしゃぶり、皿には尻尾《しっぽ》しか残っていない。

「大切《てぇせつ》なことを忘れてたがよ……」

腹のくちくなった鉄平は、豆狸《まめだぬき》どころか河豚《ふぐ》のように頬《ほお》を膨らませ、しいしいと楊枝《ようじ》を使っていたが、何やら突如《とつじょ》思い出したようである。

「妙ちくりんな娘がいてよ。俺が腹を空かせてとぼとぼ大横川沿《おおよこかわぞ》いを歩いていたらよ。おっさん、出入師だろ？　出入師というのは、頼まれ事ならなんでもするんだよね、と声をかけてきやがった。まだ十歳ほどの餓鬼《がき》でよ。俺ャ、腹も減ってたし、そんな餓鬼を相手にしている場合じゃねえと思ってよ。なんでもするが、ただじゃねえ、と言ってやったのよ。そしたらさ、幾《いく》ら払えばいいのかと訊くじゃねえか。俺ャ、小づりは仕事の内容によるからよ、と木で鼻を括ったような言い方をしたんだけどさ。だってそうだろ？　餓鬼が銭を持っていたとしても、せいぜい二、三十文がいいところ。へん、幾ら仕事がねえといってもよ、冗談《じょうだん》じゃねえ。そしたらよ、女の人が幽閉《ゆうへい》されている。助けてやってくれないかと言うじゃねえか。馬鹿馬鹿《ばかばか》しい！　それなら、自身番にでもお役人にでも訴《うった》え出ればいいだろう？　出入師のする仕事かってェのよ。だからよ、はっきり、そう言ってやったさ。ところがよ、その餓鬼、自身番に行けないから、おっさんに頼んでるんじゃないか、とえらい剣幕《けんまく》でよ。幾ら払えば手を貸してくれる、と開き直ってよ。それで、まあ最低でも一両だなと言ってやったんだ。そしたら、途端に潮垂《しおた》れて、引き下がっちまった。俺もよ、幾ら暇だと言っても、餓鬼の相手はしちゃいられねえからよ。厄介払《やっかいばら》いが出来て、せいせいしてたんでェ。ところがよ……」

鉄平はそこで言葉を切ると、湯呑《ゆのみ》に並々《なみなみ》と茶を注《そそ》ぎ、ぐびぐびと喉を鳴らした。

「持って来やがってよ、一両を」

「なんだって！」

「なっ、どう考えても妙だろ？　大人がついてるってェのなら話は解るが、十歳ほどの餓鬼だぜ？　俺ャ、この話を信じていいものかどうか……。それで、今朝から夢さんを捜してたんだ」

うむっと、夢之丞も腕を組む。

だが、十歳ほどの娘が一両の金を用意してまで相談に乗ってくれとは、何か事情があるからに違いない。

「とにかく、逢って、話だけでも聞いてみよう」

「でやしょ？　やっぱ、夢さんなら、そう来ると思ったぜ！」

鉄平がぽんと膝を叩く。

「じゃ、おいら、餓鬼に知らせにひとっ走りしてくらァ！　ごっつァんでやした！」

言うが早いか、鉄平はもう草履《ぞうり》を引っかけている。

なんと現金な男であろうか……。


娘はおけいという名であった。

十歳ほどと鉄平は言ったが、それにしては、やけに陳《ひ》ねこびている。

古手拭《ふるてぬぐい》で草束《くさたば》ねした、櫛目《くしめ》の通っていない髪は竹箒《たけぼうき》を想わせ、おまけに顔も手足も垢《あか》まみれときては、どこから見ても、御薦《おこも》である。

夢之丞の脳裡《のうり》にちらと過ったそんな想いを、おけいは見逃《みのが》さなかった。

「言っとくけど、物乞《ものごい》じゃないからね！　この一両だって、貰ったんじゃない。あたしが稼いだ金なんだ！」

おけいはぎらぎらと脂《あぶら》ぎった目をして、夢之丞を睨《ね》めつけた。

「ほう。稼いだか……。だがよ、おめえのような頑是《がんぜ》ねえ子に、一両もの金が稼げるとは思えねえが、おめえ、親は？」

おけいの目に、さっと恐怖の色が走った。

「いねえのか？　ほう、親がいねえのなら、ますます、その一両の出所《でどころ》を訊かなくちゃならねえな。どうしてェ、正直に言ってみな」

夢之丞は語尾を荒らげることなく、ゆっくりと諭《さと》すように話しかけた。

おけいが持って来た金は、一両といっても、穴明《あなあ》き銭や二朱銀、小粒《こつぶ》といった細金《こまがね》で、どう見ても掻き集めたものであり、子供にこれほどの銭が稼げるとも思えなかった。

「なんだよ！　一両持って来たんだ。文句はないだろ？　それとも、親のない子の頼みは聞けないとでも言うのかい！」

「そうじゃねえ。だが、まず、おめえの話を聞いてみなくちゃな。事と次第によっては、銭など一文も貰わなくても、俺ャ、おめえの頼みを聞いてやるかもしれねえんだぜ？　だがよ、出所の判らねえ金を見せられ、大の大人が知らぬ半兵衛《はんべえ》じゃ済まねえからよ」

「そうでェ、言ってみな。こう見えて、半井の旦那は懐の深《ふけ》ェお方だ。怒りャしねえからよ」

鉄平も尻馬《しりうま》に乗ってきて、仕こなし顔に頷いた。

「おめえ、自分が稼いだ金と言ったな？　小父《おじ》さんの勘違《かんちげ》ェだったら謝《あやま》るが、まさか、おめえ、この金を……」

夢之丞は人差し指を折って見せた。

おけいは潮垂れると、上目遣いに夢之丞を見た。

やれ、と夢之丞は太息を吐いた。

案の定、おけいは主に門前仲町《もんぜんなかちょう》から永代橋《えいたいばし》までを縄張《なわば》りとする窃盗一味《せっとういちみ》の走《ぱし》りであった。

銀狐《ぎんぎつね》のお蝶《ちょう》という六十絡《ろくじゅうがら》みの老婆《ろうば》を頭《かしら》とするこの一味は、十五歳未満の子供を巧《たく》みに操《あやつ》り、熊伍親分も手に余していると、夢之丞も聞いたことがある。

お蝶がお先狐《さきぎつね》として遣《つか》うのは、火事で身寄りを失った子や、捨子《すてご》ばかりであった。

置き引き、万引き、掻っ払い、掏摸《すり》と、お蝶は至妙《しみょう》ともいえる早業《はやわざ》を、幼い子供たちに徹底して教え込むという。

そのため、あっと気づいたときは既に手遅れで、おまけに、その逃げ足の速《はや》いこと……。

熊伍がこの数年お先狐を一人として挙《あ》げることが出来ないのは、そのためであった。

「けどさ、この一両はお頭とは関係ないんだ。今まで、あたしが少しずつ溜めた金なんだから！」

おけいは不服そうに唇を窄《すぼ》めた。

「では、おまえは他人《ひと》の懐から掠《かす》め取った金なら、お頭から猫ばばしても構わねえと言うんだな？　おいおい、了見違《りょうけんちが》いも甚《はなは》だしいとはこのことでェ！　それじゃ、おめえは二重《にじゅう》に盗みを働いたことになるではないか！」

そう言うと、おけいはきっと唇を嚙み締めた。

「だがよ、まず、おめえの頼みとやらを聞こうじゃねえか。話に乗るかどうかはそれからでェ」

夢之丞はおりゅうの作ってくれた握《にぎ》り飯を、食いな、とおけいの前に差し出した。

陳ねこびたといっても、そこはまだ十歳やそこらの小娘である。

おけいは握り飯に目を輝かせて、食らいついた。

おけいの話はこうであった。

銀狐のお蝶一味は吉永町《よしながちょう》に隣接《りんせつ》した木置場《きおきば》の一角《いっかく》を塒《ねぐら》としていたが、おけいは掏《す》った財布をお蝶に渡す前に、その中からほんの一部、ときには穴明き銭一枚であったり、またときには一分と、細金を掠めては、隠し場所に隠していたという。

仙台堀《せんだいぼり》の北、要橋《かなめばし》を渡ると、掘割《ほりわり》に沿《そ》って、木置場が並んでいる。

おけいは子供心に隠し場所が塒から余り遠すぎても近すぎてもと考えたのか、堀を一つ北に渡り、三好町《みよしちょう》に隣接する木置場を選んだという。

その日も、おけいは細金をしっかと握り締め、木置場へと急いだ。

その日、おけいが掏った財布には、小判が三枚、一分金、二分金と、締めて五両近くの金が入っていた。

お蝶はほくほく顔で、上出来だと褒《ほ》めてくれ、もう少し外で遊んでいたいという、おけいを咎《とが》めようとはしなかった。

おけいは胸を弾《はず》ませ、堀を渡った。

もう、どのくらい、溜まっただろうか……。

歩きながらも、おけいの頬が知らず知らずに弛んできた。

金を溜めて、何に遣うという当てなどなかったが、取り敢えず、何かのときのために溜めておきたい。

「銭ほど、強い味方《みかた》はないからさァ……」

それは、おけいが五歳の時、男と行方を晦《くら》ませた母親の口癖だった。

まさか、その母がおけいを捨て、金が目当てと解っていて、男と手に手を取って駆け落ちするとは思ってもみなかった。

おけいはたった独り巷《ちまた》に放り出され、お蝶に拾われるまで、芥溜《ごみため》めを漁《あさ》って、飢《う》えを凌《しの》いでいたのである。

その自分が、銭ほど強い味方はないと、母と同じようにせっせと金を溜めようとしているのだから、おけいは時々不思議に思う。

でも、おっかさんは間違っちゃいなかった。

だって、あれほどしこたま溜め込んだお頭でさえ、銭があるというのに、爪《つめ》に灯を点《とも》すように始末して、滅多に、あたしら子供に白いお飯《まんま》を食わしちゃくれない。

だから、あたしも金を溜めるんだ……。

おけいはそんなふうに思っていた。

が、材木の下に隠した、はち切れんばかりに膨らんだずだ袋が、つっと眼窩《がんか》を過ったそのときである。

おけいは誰かに盗《と》られるのではないかと、堪らなく不安になった。

滅多に人が来ないといっても、木置場には、時折、問屋の手代や川並《かわなみ》たちが顔を出す。

駄目だ……。

隠し場所を変えなくっちゃ！

けれども、万に一つも人目につかない隠し場所なんて、一体どこにあるんだろう……。

おけいの脚は無意識のうちに、横道から脇道へと逸れていった。

気づくと、大店の寮《りょう》らしき築地塀《ついじべい》の前に佇んでいた。

塀の内側は竹藪《たけやぶ》となっている。

七ツ（午後四時）過ぎだというのに、屋敷林《やしきりん》に陽《ひ》を塞《ふさ》がれた四囲《しい》は既に仄暗《ほのぐら》く、ざわざわと風に戦《そよ》ぐ葉音《はおと》だけが、やけに不気味だった。

やっぱり、引き返そうか……。

が、そう思ったときである。

おけいは、おやっと目を凝《こ》らした。

恐らく、寮の裏手に当たるのだろうが、塀の一部、地面すれすれのところに穴が掘られているではないか……。

屈《かが》み込めば、なんとか人一人通り抜けられそうな穴である。

おけいは腰を屈め、穴を覗き込んだ。

どうやら、穴は塀の内部へと繋《つな》がっているようである。

おけいは辺りを窺うと、さっと穴へと潜《もぐ》り込んだ。

案の定、竹林の中に出た。

竹林の先に土蔵《どぞう》が見える。その先には庭が広がり、母屋《おもや》へと繋がっているのだろう。

だが、人の気配《けはい》が全くない。それればかりか、竹の葉音を除《のぞ》いては、物音ひとつしない。

寮だとすれば、誰も住んでいないのかもしれない……。

だったら、これほど恰好な隠し場所があるだろうか……。

おけいは金の隠し場所をと、目を皿のようにして、土蔵廻りを物色《ぶっしょく》した。

万が一を考えて、庭や母屋には近づかないほうがいいだろう。

となれば、やはり、ここしかない……。

隠し場所を先に決めて、それから、木置場までずだ袋を取りに戻ろう……。

が、そう腹を決めた、そのときである。

土蔵の中から、掠れた声が聞こえてきた。

「誰か……。誰かいるのね？　お願い、助けて……」

若い女の声のようだった。

おけいはぎくりと立ち竦《すく》んだ。

脚が硬直《こうちょく》したように動かなければ、声も出ない。

「囚《とら》われているの。どなたか知りませんが、伊勢崎町の親分に……。ああ、駄目だわ。もう七ツだ。早く逃げて！　人が来るから」

女の声はそこで跡切《とぎ》れた。

誰か来る……。

ハッとおけいは我に返ると、竹林に向かって駆け出した。

再び穴を潜り外に出たおけいは、心の臓《ぞう》が猛《たけ》り狂《くる》ったように、高鳴《たかな》るのを感じた。

結句《けっく》、新しい金の隠し場所のことは、それきり諦めてしまったのだが、おけいの耳底《みみぞこ》には掠れた女の声がしっかと居座《いすわ》った。

あれから三日が経つが、隙《すき》あらばと鴨《かも》のあとを跟《つ》けている最中にも、時折、お願い、助けて、と木霊《こだま》のような声が聞こえてくる。

伊勢崎町の親分に……。

確か、そんなことを言ったように思うが、あれは、伊勢崎町の親分に知らせてくれということなのだろうか。

まさか、そんなことが自分に出来ようもない。

伊勢崎町の熊伍親分は、自分にとっては天敵《てんてき》である。

下手《へた》に義侠心《ぎきょうしん》を出したばかりに、藪蛇《やぶへび》にでもなったら……。

けれども、囚われた女のことを想うと、放ってもおけない。

親に捨てられ、ひだるい腹を抱えて、たった独り、寒空《さむぞら》の下を彷徨《さまよ》った、あのうら寂《さみ》しさ……。

それを思うと、現在《いま》は三度のお飯《まんま》にもありつけ、仲間の子供たちと疑似家族《ぎじかぞく》のように暮らしているのである。

助けてあげたい……。

おけいの心は千々《ちぢ》に乱《みだ》れた。

出入師の鉄平を見かけたのは、そんなときだった。

いつだったか、掏摸仲間の一人が鉄平を指差し、あいつ、出入師だってよ、と言っていたのを憶えている。

「出入師ってなんのこと?」

そう尋ねたおけいに、その子は、他人の揉《も》め事の分《わか》ちに入って銭を貰うんだってよ、と何故か憎体《にくてい》な口調で、そう言っていた。

あの男、小柄《こがら》で豆狸のような顔をしていたので、一度見たら忘れられない。

ああ、やっぱりあの男だ……。

おけいは意を決して、鉄平に声をかけた。

が、鉄平から返ってきた、なんでもするが、ただじゃねえの言葉に、おけいは強《したた》かに頬を打たれたように思った。

そうだった……。出入師というのは、ただでは動いてくれないのだ。

そして、更におけいを驚愕させたのは、最低でも一両という言葉だった。

おけいは煩悶《はんもん》した。

ずだ袋の中味を掻き集めれば、一両を作れないことはない。

だが、その金を溜めるのに、一体、どのくらいの歳月がかかったであろう。

誰だか知らない女のために、自分がそこまでする必要があるだろうか……。

けれども、耳底で木霊する女の声は、一向《いっこう》に止みそうにもない。

いいさ。どうせ、掻っ払った金じゃないか。また、明日からしこしこと溜めればいいんだもん！

おけいはようやくその想いに辿《たど》り着き、潔《いさぎよ》く、ずだ袋に別れを告げた。

「よく解った。おめえ、その女が囚われている、寮のある場所を憶えているだろうな」

おけいの話を聞き、夢之丞は胸がカッと熱くなるのを感じた。

「えっ、じゃ、やってくれるんだね！」

おけいが目を輝かせる。

「ああ、だが、金は要らねえ。持って帰《けえ》んな」

「えっ、じゃ、ただでやってくれるんだね？　おっさん、なんて善《よ》い男《ひと》なんだろう！」

「えっ、夢さん、まさか……。なんでだよォ。せっかく銭を用意してきてるんだぜ！」

鉄平が狸目《たぬきめ》を点にして、狼狽《うろた》えたように言う。

「真っ当な金じゃねえと判っていて、おめえ、それを平気で貰えるか？」

「だがよ、この餓鬼、どこまで本当のことを言ってるのか、判りゃしねえんだぜ。こんな餓鬼に振り回されて、ただ働きなんて、俺ャ、真っ平ご免だぜ！」

「だったら、鉄、おめえは何もすることはねえ」

「へっ、よく言うもんだ。大店の寮だかなんだか知らねえが、真面にゃ当たれねえだろ？

となれば、そんな場所にあっさり忍《しの》び込めるのは、一体誰《いってえ》でェ？　へっ、俺しかねえだろてェのよ！」

鉄平が得意満面に、弥蔵《やぞう》を決め込んで見せる。

「それもそうよの……。まっ、いずれにしても、今日はもう日も暮れた。おけい、明日はどうだ？」

「あたし、昼間は仕事があるから……。昼間、抜け出すと、お頭に叱《しか》られるんだ。七ツ過ぎならいいよ」

「よし、解った。では、明日、七ッ。要橋で落ち合うことにしよう」

おけいは嬉しそうに肩を竦め、ずだ袋を重そうに抱えて帰って行った。

その後ろ姿に、おりゅうがふっと溜息を洩らす。

「あんなに小さな身体をして、健気《けなげ》にも胸を張って……。可哀相《かわいそう》に、辛いなんてこと、ひと言も言わなかったわ……」

「何が辛かろうよ。他人《ひと》のものを盗んでおいて、平気な顔をしてるんだぜ。あの餓鬼、仕事があるなんてほざきやがって！　芯から腐《くさ》りきってるんでェ！」

鉄平が蛇蝎《だかつ》の如くに吐《は》き捨てる。

「あの娘《こ》だって、好きで他人《ひと》のものを盗んでいるのじゃありませんわ。そうしなければ、生きていけないのですもの。それに、芯から腐りきった者が、どうして、せっかく溜めたお金を出してまで他人を助けようと思うかしら？　夢之丞さん、有難うございます。あの娘のために、いえ、囚われた女のために、よくぞ、動くと言って下さいました。あたし、嬉しくって……」

「いや、おけいのためというより、ちょいと引っかかることがあってよ」

「えっ、では、夢之丞さんもそのように?」

「ああ。囚われた女の放った、伊勢崎町の親分という言葉で、ぴんときてよ」

「な、なんでェ、二人して……。なんのことだか、おいらにゃ皆目《かいもく》解らねえ。解るように説明してくれよな!」

鉄平が狸目を一杯に見開き、夢之丞とおりゅうを交互《こうご》に見比《みくら》べる。

「まっ、話せば永《なげ》ェことになるんだがよ……」

「その前に、熱いところを一本燗《つ》けましょうね」

おりゅうがふわりとした笑顔を見せ、立ち上がる。

すると、計《はか》ったように、障子の外から夕蜩《ゆうひぐらし》が切《せつ》なげな声を投げかけてきた。

どこかうら寂しい、夏の果て……。

だが、長くて入り組んだ迷路《めいろ》の先に、現在《いま》、微《かす》かな光を捉えたように感じる。

夢之丞はカッと胃の腑に気合《きあい》を入れるようにして、油障子の外へと目をやった。

第五話　名こそ惜しけり

翌日、おけいは約束した要橋《かなめばし》に現われなかった。

夢之丞《ゆめのじょう》、鉄平《てっぺい》、伊之吉《いのきち》の三人は、四半刻《しはんとき》（三十分）ほど人待ち顔に橋の欄干《らんかん》に凭《もた》れ、鉄平などは十歳ほどの子を見かけるや、遠目《とおめ》にそれが男児と判《わか》っていても追いかけて行き、わざわざ顔を確かめたほどである。

が、終《つい》しか、おけいは姿を現わさなかった。

「あの糞餓鬼《くそがき》が！　大人《おとな》をおちょくるのも大概《てえげえ》にしてくれよな。夢さん、おてちんでェ……。やっぱ、おけいの大万八《おおまんぱち》だったんでェ！」

鉄平が地団駄《じだんだ》を踏《ふ》んで悔《くや》しがり、ちっと舌を打つ。

「いや、まんざら万八とも言えないだろう。現《げん》に、昨日、おけいは一両もの細金《こまがね》を抱《かか》えてやって来たんだ。嘘《うそ》でそんなことが出来るはずがねえ」

夢之丞がそう言うと、鉄平から事情を聞き、自分も一役《ひとやく》買おうとばかりについて来た伊之吉が、仕こなし顔に頷《うなず》いた。

「夢さんの言う通りでェ。こりゃよ、おけいの身に何か起きたに違《ちげ》ェねえ。だってよ、一両もの細金と言ャ大《てえ》した量だぜ。そんな銭をよ、小娘がえっちらおっちら抱えて、隠《かく》し場所に戻そうとしてみな？　誰が見たって、不審《ふしん》に思わァ」

「……」

鉄平が怪訝《けげん》そうに狸目《たぬきめ》を瞬《しばたた》く。

「だからよ、他人《ひと》に見っかっちまったってことよ」

「他人って？」

「鉄、てめえ、この大うつけが！　俺だって見てきたわけじゃねえから、誰に捕《つか》まっちまったか知るわけねえだろうが！　だが、誰にしたところで、大人なら、小娘から銭をかっ攫《さら》うなんざァ、わけもねえことだ。だがよ、他人に盗《と》られたなら盗られたで、おけいが泣きながらでも来たっていいだろ？　それが来ねえってことは……」

「来ねえってことは？」

「最悪の場合、岡っ引きにしょっ引かれたと考えられる。が、そうじゃねえとしたら、銀《ぎん》狐《ぎつね》のお蝶《ちょう》に銭を猫ばばしたことが露見《ばれ》ちまった……。まっ、その場合は、今頃は目も当てられねえほど折檻《せっかん》されて、どこかに閉じ込められているとも考えられるからよ」

「えっ、まさか……。夢さん、そうなのかえ？　おけいの奴、銀狐のお蝶に……」

夢之丞は懐手《ふところで》にした腕を、徐《おもむろ》に抜いた。

「案外、伊之《いの》の推測《すいそく》が当たってるかもしれねえな。だが、どっちにしたって、迂闊《うかつ》だったぜ。おけいを一人で帰《けえ》らせるのじゃなかった。昨日、おけいがほおずきを出たのが六ツ(午後六時)過ぎだ。隠し場所に銭を戻すにしたって、人気《ひとけ》のねえ木置場《きおきば》じゃ物騒《ぶっそう》でェ。それで、一夜《いちや》明けてから塒《ねぐら》まで持ち帰《けえ》ったとすると、伊之が言うように、お蝶に見つか置《お》き場所に困《こま》って一旦隠《かく》したものを後から手下に取りに行かせてたってことも考えられる。だがよ、そうだとすれば、銭はお蝶の手に入ったのだ。おっちまったとも考えられる。だがよ、そうだとすれば、銭はお蝶の手に入《へえ》ったのだ。お仕《し》置《おき》はされるだろうが、おけいはお蝶の大切《てえせつ》なお先狐《さきぎつね》だ。そのうち許してもくれようが、仮に、伊之の言った最悪の場合だとすれば……」

「えっ、最悪の場合って、おけいが岡っ引きに捕まっちまった場合かい？」

「おう、充分考えられる。その場合は、おけいの口から仲間の名前や塒を吐《は》かそうと、親分たちが躍起《やっき》になるだろうからよ、おいそれとは放免《ほうめん》にはならねえだろう」

夢之丞は暗澹《あんたん》とした想《おも》いに、再び、腕を組んだ。

「だが、おけいが捕まったという確証もねえ……。よし、伊之よ、済《す》まねえが、伊勢崎町《いせざきちょう》の親分や各自身番を探ってくれないか？　だが、決して、おけいの名を出すんじゃねえぞ。いいな、さり気なく探るんだ」

「ほい来た。呑込山《のみこみやま》の寒烏《かんがらす》ってこととよ！」

「鉄と俺はおけいから聞いた三好町界隈《みよしちょうかいわい》の裏筋《うらすじ》を探ってみよう。竹林で覆《おお》われた商家の寮となれば、似たような建物がそこかしこにあるだろう。が、唯一《ゆいいつ》の手掛《てが》かりは築地塀《ついじべえ》の穴だ。そいつを捜《さが》すよりしょうがねえ。伊之、鉄、取り敢《あ》えず、五ッ（午後八時）に三桝《みます》で落ち合おうぜ。収穫があるなしに関《かか》わらずだ。いいな！」

そうして伊之吉は伊勢崎町へ、夢之丞と鉄平は三好町へと分かれたのだった。

夢之丞と鉄平は、おけいが金の隠し場所に選んだという木置場を振り出しに、横道《よこみち》から脇道《わきみち》へと入って行った。

目印《めじるし》は大店《おおだな》の寮らしき築地塀と、屋敷内の竹林である。

極力、十歳の小娘になったつもりで、路地から路地へと移り、それらしき塀が見つからなければ、もう一度脇道に引き返し、別の路地へと入って行った。

そんなことが二度ばかり繰《く》り返された頃だろうか、先に立った鉄平が、あっと立ち竦《すく》み、慌《あわ》てたように夢之丞を呼び寄せた。

成程《なるほど》、築地塀の一部が抉《えぐ》られ、小柄《こがら》な者なら難なく潜《くぐ》れそうな穴が、地面に向けて掘られていた。

塀の中には竹林も見える。

鉄平が小声で囁《ささや》く。

「夢さん、ここだ。違《ちげ》ェねえ」

どうやら、ここは寮の裏手に当たるようである。

「なら、俺《おり》ゃ、ちょっくら中を探ってくらァ」

鉄平はひょいと穴の中に身体《からだ》を潜らせた。

「おい、待てよ！　俺も入ろう」

「何言ってるんでェ。穴が小さくてよ、俺やおけいには潜れても、夢さんにゃ、到底《とうてい》無理だ」

「そうか……。だが、おめえ一人で無茶《むちゃ》をするんじゃねえぜ。おけいが言ったように土蔵《どぞう》があるかどうか、あれば、中に女《おな》ごが囚《とら》われているか探るだけだ。助け出すとしたら、また別の方策を考えなきゃならねえからよ」

「猿江町《さるえちょう》の霊媒師《れいばいし》から美世路《みよじ》を助け出したときのようにやりゃいいんだろ？　解《わか》ってるって！」

「だがよ、中を探るにしても、一刻《いっとき》（二時間）が限度だ。一刻経《た》ったら、必ず、引き上げて来るんだぜ。俺ャ、表門に廻り、ここがどこの寮なのか周囲の聞き込みをしてみるからよ」

「合点《がってん》だ！」

夢之丞は表門へと廻った。

敷地は四百坪ほどあるだろうか、四方に築地塀を張り巡《めぐ》らせ、どこか排他的《はいたてき》で無表情な佇《たたず》まいである。

が、夢之丞は表門に立ったとき、何やらもう一つしっくりとこない、違和感のようなものを感じた。

やがて、その理由《わけ》が解った。

無機的な全体の雰囲気《ふんいき》に比べ、表門だけがいかにも大店の寮といった葛屋門《くずやもん》となっているのである。

恐らく、元は竹垣《たけがき》か大和塀《やまとべい》であった塀を後から築地塀に直したか、あるいは、長屋門《ながやもん》か冠木門《かぶきもん》だった門のほうを、せめて門だけでも寮らしくと直したか、そのどちらかであろう。

いずれにしても、余り趣味《しゅみ》がよいとは言えない。

四囲《しい》は不気味なほどに、静寂《せいじゃく》に包まれていた。

夢之丞は脇道に引き返し、町屋《まちや》に出ると、青物屋の女房に寮の持ち主を訊《たず》ねてみた。

女はさあと首を傾《かし》げたが、奥に入ると、亭主らしき男を連れて戻って来た。

「あっしは担《にな》い売りに出やすがね、あの屋敷だけは人が住んでいるのかいねえのか……。いえね、十五年ほど前《めえ》までは、日本橋呉服町《ごふくちょう》の鳴海屋《なるみや》という小間物問屋の寮だったんでやすがね。お内儀《かみ》さんが亡くなっちまってからは、滅多に使うこともねえようですぜ。先《せん》には、下男や婢《はしため》がちょくちょく青物を買いに来やしたし、あっしもたまに御用聞きに顔を出すことがありやした。それが、もう何年も……」

青物屋の亭主は月代《さかやき》をぽりぽりと掻《か》き、へっ、穀立《ごくた》たずで申し訳ありやせんね、と首を竦めた。

「呉服町の鳴海屋とな？　では、現在《いま》は空家《あきや》だというのか」

夢之丞がそう言うと、女房のほうが亭主の袖《そで》をぐいと引っ張った。

「何言ってんのさ！　空家なんかじゃないよ。あたしゃ、たまに大旦那を見かけるよ。たぶん、あれが大旦那だと思うよ。六十絡《がら》みの老人だけどね。身につけている物が上物《じょうもの》だし、全体に品《ひん》をしたお年寄だから、あれは鳴海屋の大旦那に違いないと思うんだけどさ。大概一人だったね。けどさ、いつだったけな、大きな荷物を抱えてさ……」

「大きな荷物？」

「年寄ったって、大柄《おおがら》な男ですからね。そりゃ、軽々と抱えてましたよ。米俵《こめだわら》みたいな、こんなの……」

女は両手を広げて見せた。

「それはいつのことだ」

「さあて……。七ツ半（午前五時）頃かしら？　うちは亭主がやっちゃ場に出かけるのが七ツ半前ですからね。亭主を送り出して、何気なく島崎町《しまざきちょう》の方を見たんですよ。すると、早朝で、まだ人のいない堀沿《ほりぞ》いの道を、お年寄が何やら大きな薦包《こもづつ》みを抱えて大横川《おおよこかわ》のほうへと歩いて行くではないですか。後ろ姿で、鳴海屋のご隠居《いんきょ》とすぐに判りましたけどね」

「だから、それはいつ頃のことだ」

「あっ、時間じゃなくて、日付のこと？　さあ、確かなことは憶《おぼ》えちゃないけど、七ツ半にはもう夜が明けていたから、そうだ、確か、七夕《たなばた》の頃だったと思うよ。あら、嫌《いや》だ。違うかしら？　もう少し前だったかな？　けど、どっちにしたってその頃ですよ」

七夕近く……。

夢之丞の胸がざわめいた。

だが、竪川《たてかわ》ではなく、大横川とは……。

「済まねえ。もう一つ訊《き》きてェんだが、大横川の流れはどちらに向かって流れる？」

「旦那、てんごう言っちゃいけやせんや。川の流れは上流から下流へと相場《そうば》が決まってやす」

亭主がたまげたといった顔をする。

「すると、洲崎弁天《すさきべんてん》に向かって流れるってことか……」

「旦那、何が訊きてェんでやす？　そんなふうに、奥歯に物が挟《はさ》まったような言い方をされたんじゃ……」

「いや、済まねえ。では、まかり間違っても、ここからだと竪川に向かって物が流れることはねえってことだな？」

「そう言うこった。だが、舟を使えば、どこにだって行けるからよ」

「舟？　鳴海屋は舟を持ってるのか！」

「大店だもの、そりゃ持っていねえと思うほうが可笑《おか》しいぜ」

「有難《ありがと》うよ！　済まねえな。では、そこの茄子《なす》を貰《もら》おうか」

「ほい、来た！　秋茄子は嫁に食わすなって言うからよ。今の茄子は旨《うめ》ェぜ！」

青物屋の亭主は途端《とたん》に相好《そうごう》を崩《くず》し、女房は取ってつけたように愛想笑《あいそわら》いをした。

夢之丞は秋茄子の入った笊《ざる》を大事そうに抱え、三桝の縄暖簾《なわのれん》を潜った。

先に来ていた伊之吉がその姿を見て、ぷっと噴《ふ》き出す。

「ど、どうしてェ、夢さん、その恰好《かっこう》は！」

「どうしてもこうしてもねえのよ。青物屋から寮の情報を聞き出したのはいいが、手ぶらじゃ帰《けえ》れなくなっちまってよ」

「あっ、成程ね。銭を握《にぎ》らせるより、売れ残りの茄子を買ってやるほうがいいってことか……。だがよ、それにしても、なんて量だ？　ええっ、それじゃ、売れ残りを総ざらえしたってことかえ？」

「ああそういうことになるのかな？　青物屋のとっつァんが少しばかり残すのもすっきりしねえ。いっそのやけ、安くしとくから、皆にしてくれと言うもんだからよ」

「へっ、それで青物屋は山留《やまどめ》ってことかえ？　で、幾《いく》ら取られた？」

「さあてね……。小白《こじろ》（一朱銀）一枚《いちめえ》でも置いてきたかな」

「茄子に小白一枚だって？　呆《あき》れ返るひっくり返る！　言いなり三宝《さんぼう》たァ、このことでェ。俺に言わせりゃ、まっ、せいぜい三十文がいいとこよ。今頃、青物屋の夫婦、言う目が出たと赤飯《せきはん》を炊《た》いて祝杯挙《しゅくはいあ》げてるかもしれねえぜ。夢さん、人の善《よ》いにもほどがあらァ！」

「置きゃあがれ！　笊もおまけにつけてくれたんでェ。それによ、茄子は成行《なりゆ》きだ。小白一枚くれてやってもいいほどの収穫があったんだからよ」

伊之吉の顔に、おっと、と緊張が走る。

「その前に、伊之のほうだ。で、自身番のほうはどうだった？」

「鉄は？」

「おっつけ来るだろう。それより、おけいのことは？」

伊之吉は安心しなと、ぽんと胸を叩《たた》いた。

「伊勢崎町だけでなく、熊伍《くまご》親分の縄張《なわば》りを幾つか当たってみたんだがよ、大丈夫《でえじょうぶ》だ。俺ャ、おけいは捕まっちゃいねえと読んだぜ。銀狐のお蝶の手下《てか》が捕まったとなれば、ああいった情報は放っておいても各町内へと伝わるもんだろ？　それが、どこの自身番も長閑《のどか》なもんでェ。おお、そうよ、冬木町《ふゆきちょう》の自身番には熊伍親分が坐《すわ》ってたっけな。ところが、これまた、ゆるかしい顔をしてよ、大家と衣被《きぬかつぎ》を食らってた。なっ、おけいがしょっ引かれたのなら、親分が冬木町でのんびりと油を売ってる場合じゃねえだろ？」

「すると、やはり、お蝶にお仕置されたって線か……」

「だろうな……。で、夢さんのほうはどうなのさ」

「そう、それよ。おけいの話は万八じゃなかったぜ。確かに、三好町にそれらしき寮があった。それで、鉄が屋敷内を探り、俺が周囲を当たることにしたんだがよ……」

夢之丞がそう切り出したときである。

全《まった》く、鉄平は間《ま》のよい男である。

額の汗を拭《ぬぐ》いながら、ひょっこひょっこと三桝の縄暖簾を潜って来るではないか……。

「なんでェ、夢さん、先に来てたのかよ。おいら、穴から出ても夢さんの姿が見えねえもんだからよ、どうしたものかと暫《しばら》く待ってたんだけど、突然、そうだったそうだった、三桝で落ち合うことになってたんだっけ、と思い出してよ。な、なんでェ、この茄子は！」

鉄平が飯台《はんだい》の上にでんと鎮座《ちんざ》した茄子に目を剝《む》く。

「だろ？　夢さんのうゝんつゝくゝがよォ！」

伊之吉が鬼《おに》の首でも取ったかのように、夢之丞を顎《あご》で指《さ》す。

「煩《うる》せェ！　おめえらに秋茄子を食わせてやろうと思ったんじゃねえか。鉄、いいから、上がれ。さっ、三人揃《そろ》ったところで、まずは喉《のど》を潤《うるお》し、腹ごしらえといこうじゃねえか。話はそれからでェ」

三人がからついた喉に酒を流し込み、取り敢《あ》えず、ひと息ついたときである。

夢之丞は枝豆《えだまめ》を口に運ぼうとして、鉄平の言葉にぎょっと手を止めた。

「おけいの言う通りだったぜ。土蔵に女ごが囚われていてよ。それが、なんと、伊勢崎町の親分が捜していた今川町の水茶屋、益井屋《ますいや》のおいとだというじゃねえか。だがよ、何しろ一尺四方《いっしゃくしほう》の明かり取りから声が聞こえるだけで、姿形《すがたかたち》も見えやしねえ。おまけに、窓は連子格子《れんじごうし》の内側に網《あみ》が張ってあってさ、とてもじゃねえが、猫《ねこ》の子一匹潜り抜けられやしねえ。俺ャよ、明かり取りに貼《は》りつくようにして、誰に閉じ込められたのかと訊いたんだがよ、おいとは男の名前なんて知らない、一人は二十四、五の小柄な男で、もう一人は、六十絡みの大柄な男、と答えるだけで、要領《ようりょう》を得《え》なくてよ。しかも、おけいに言ったと同じように、もうすぐ男が来る、早く逃げてくれの一点張《いってんばり》でよ。それで、俺ャ、もう少し様子を探ろうと、土蔵の扉《とびら》が見える位置に身を潜《ひそ》め、男が現われるのを待った」

「それで、来たのか？」

鉄平は夢之丞を見据《みす》え、にっと笑った。

「来やがった、来やがった。大柄な爺《じじい》がよ、盆《ぼん》を手に食い物を運んで来やがった。雀色時《すずめいろどき》で、顔ははっきり見えなかったが、目の配《くば》り方や身の熟《こな》し方を見て、俺ャ、背筋が凍《こお》るような気がしたぜ。背中に目があるとは、ああいうのを言うんだろうな。髷《まげ》や身形《みなり》は町人だが、ありゃ、どう見たって侍《さむれえ》だ。俺ャ、まるで歳《とし》食った夢さんを覗《のぞ》き見してるようでよ、気色《きしよく》悪いのなんのって……。こりゃ、下手《へた》においらが手を出すと、とんでもねえことにと思った、そのときだ。男が出て来て、匕首《あいくち》でも放《はな》つように四囲に鋭い視線を配ると、扉にしっかと南京錠《なんきんじよう》をかけて、母屋《おもや》のほうに去って行きやがった」

「大柄な老人……。するてェと、鳴海屋の大旦那……。だが、そうだとすれば、何ゆえ、背中に目があるような身の熟しを……。鉄、その寮には他に誰が住んでいる。用心棒《ようじんぼう》はいなかったか？」

「いや、いねえと思うがよ。いれば、俺が忍《しの》び込んでいた一刻半《いっときはん》（三時間）ほどの間に、一度も姿を見かけないってことはねえだろ？　母屋のほうもしんと静まり返っていてよ。爺《じい》さんが住んでいることさえ信じられねえくれェだが、おいとの話じゃ、もう一人、若《わけ》ェ男がいるんだよな？」

「となると、鳴海屋の大旦那、ただ者じゃねえな……」

夢之丞は青物屋の女房から聞いた話を、二人に話して聞かせた。

「早朝、薦包みを抱えて！」

「しかも、七夕の頃……」

鉄平と伊之吉がさっと顔を見合わせる。

「だろう？　どうしたって、上総屋《かずさや》の真琴《まこと》と結びつけたくなるよな？　だがよ、小間物問屋の大旦那が、何故《なぜ》そんなことをしなくちゃならない？　果《は》たして、一介《いっかい》の商人《あきんど》にそんなことが出来るだろうか……。伊之、明日にでも、呉服町界隈を当たってくれないか。鳴海屋に関することなら、なんでもいい。どんなに些細《ささい》なことでも聞き逃《のが》さねえようにな」

「そんなゆるかしけえことを！　おいとが囚われてるのは間違《まちげ》ェねえんだ。伊勢崎町の親分に言ってよ、一気《いっき》に踏《ふ》み込むほうが早《はえ》ェんじゃねえか？」

鉄平が唇《くちびる》を尖《とが》らせる。

「確かに、おいとは救い出せるかもしれない。だが、真琴の件では、鳴海屋がやったという証拠がねえんだぜ。白《しら》を切られたら、それでお仕舞《しめ》ェだ。仮に、真琴殺しの犯人《ほし》が鳴海屋だとしても、それでは拐《かど》かしの罪だけに終わってしまう」

「じゃ、夢さんはどうしようってんのさ！」

「そう言われると、俺も辛《つれ》ェんだがな。が、時がかかったとしても、まず証拠を固めることだ。それを突きつけて、自白させるより他に手がないだろうて……」

夢之丞がそう言うと、鉄平は苛《いら》ついたように、飯台をぽんと叩いた。

「なんでェ、そいじゃ、おいとが囚われてると判っていて、闇々《やみやみ》と鳴海屋を見過ごさなきゃなんねえのかよ！　それじゃ、おいとが可哀相《かえいそう》じゃねえか」

「まあまあ、そう向腹《むかばら》を立てるもんじゃねえ。とにかく、一刻《いっこく》も早く、俺たち三人で鳴海屋の情報を集めることだ」

「三人で？　じゃ、伊勢崎町の親分には……」

伊之吉が合点《がてん》がいかないといった顔をする。

「情報を集めるにしても、親分に知らせたほうが早いのは解っている。だが、おいとは親分の身内《みうち》みてェなもんだからよ。鉄が言うように、すぐにでも踏み込むに違ェねえ。しかもだぜ、鳴海屋の寮においとが囚われていると、俺たちゃ、どうして判った？　なっ、そうなりゃ、おけいのことを話さなきゃならなくなるだろう？　おけいの身の有《あ》りつきは追々《おいおい》に考えてやらなきゃならないが、現在《いま》はまだその時ではないのでな」

「解ったよ。夢さんの言う通りでェ。じゃ、俺ャ、日本橋界隈の友達《だち》に助《す》けてもらおう。なに、詳《くわ》しいことまで話す必要はねえんだ。ただ、人手《ひとで》は多いのに越したことがねえからよ」

「済まねえな。一文の銭にもならねえというのによ。だが、いつか、この礼はさせてもらうからよ」

「水臭《みずくせ》ェことを言うんじゃねえや。いっその腐《くさ》れってことよ！」

伊之吉が競口《きおいぐち》に、さあ、明日に備《そな》えて乾杯《かんぺえ》といこうぜ、と盃《さかずき》を翳《かざ》す。

鉄平も渋々《しぶしぶ》と盃を掲《あ》げた。

ところが、ぼた餅《もち》で頬《ほお》を叩かれるとはまさにこのことで、事件は意想外《いそうがい》な展開を見せたのだった。

翌朝のことである。

夢之丞は呉服町界隈の聞き込みを伊之吉や鉄平に委《まか》せ、もう一度村雨《むらさめ》道場を訪ねること
にした。

竜道《りゅうどう》に卜部《うらべ》勘助《かんすけ》の風体《ふうてい》や特徴を訊ね、どんな些細な情報でも集められるだけ集めようと
思ったのである。

それには一刻も早いほうがよい。

夢之丞は朝餉《あさげ》もそこそこに、本所番場町《ばんばちょう》へと出かけることにした。

が、真沙女《まさじょ》に声をかけ、腰高障子《こしだかしょうじ》に手をかけようとした、そのときである。

計《はか》ったように、通路側から声がかかった。

「半井《なからい》さま」

その掠《かす》れた渋声《しぶこえ》には、聞き覚《おぼ》えがあった。

「久作爺《きゅうさくじい》か。どうした?」

障子を開くと、案の定、村雨道場の下男久作が立っていた。

「朝早くから申し訳ありやせん。先生が半井さまをお呼びでやして……。急なことで、ご
都合《つごう》もおありかと思いやすが、四ッ(午前十時)まではなんとしてもお越し願えないか

と仰《おお》せにごぜえやす」

久作はすっかり背中が曲がってしまい、上目遣《うわめづか》いに夢之丞を見ると、目をしばしばと瞬いた。

「なんだ、今、俺は道場に行こうとしていたところだ。以心伝心《いしんでんしん》とはまさにこのことだな。四ッとは言わず、今この脚《あし》で行ったところで構《かま》わないのだろ？」

久作は答える代わりに、うんうんと大仰《おおぎょう》に首を振った。

すると背後から、お待ち、と声がかかった。

「夢之丞、そなた、村雨道場に行くのですか？　でしたら、この茄子をお持ちなされ」

真沙女が追いかけて来て、茄子を目一杯《めいっぱい》詰め込んだ御宰籠《ごさいかご》をぬっと突きだした。

昨夜、青物屋に体《てい》よく押しつけられた茄子であり、三桝からの帰り道、鉄平や伊之吉にお裾《すそ》分けしようとして、膠《にべ》もなく断られた茄子でもあった。

「俺たちゃ独《ひと》り身でェ。そんなものを貰ったところで、煮《に》炊きなんざァ、出来っこねえ」

「ならば、生《なま》で食えばよいだろうが。見ろ、実に瑞々《みずみず》しい茄子ではないか」

「また、そんなてんごうを言って！　第一《でえいち》、大の男が茄子なんて柔《やわ》なもん抱えて歩くなんて、みっともねえったらありゃしねえ！　嫌だね」

哀《あわ》れにも、茄子は総すかんを食らったのだった。

それで仕方なく荷《に》を軽くするのは諦《あきら》めたのだが、仙台堀沿《せんだいぼりぞ》いを歩きながら、それでも、と蛤町《はまぐりちょう》の角でひょいと路地の奥を窺《うかが》った。

だが、些《いささ》か時刻が遅かったようで、既《すで》に、ほおずきの軒行灯《のきあんどん》は消えていた。

こうなれば、そのまま笊を抱えて治平店《じへいだな》に戻るより方法がない。

ところが、手放《てばな》しとまでいかなくとも、多少は悦《よろこ》んでくれると思っていた真沙女の実に素《そ》っ気《け》ないこと……。

「おや、まっ、このように沢山《たくさん》の茄子をどうなさるおつもりか？　糠漬《ぬかづけ》にするといっても、一時《いちどき》に漬《つ》けたのでは、仕舞《しま》いには酸《す》っぱくなって、食べられたものではありません。母子《おやこ》二人所帯で、しかも、そなたが家で夕餉《ゆうげ》を摂《と》ることなど滅多にないというに、そなたには常識というものがないとみえますのっ」

真沙女は木で鼻を括《くく》ったような言い方をした。

こうまで言われたのでは、夢之丞も茄子が恨《うら》めしくなってくる。

「宜《よろ》しゅうございます。明朝、裏店《うらだな》の連中に配ってやります。さぞや、皆、悦ぶことにございましょう」

夢之丞は憮然《ぶぜん》として答えたのであるが、一夜《いちや》明けると、茄子のことなどけろりと失念《しつねん》してしまっていた。

「おお、さようにございますな。村雨道場は人の出入りが多く、この程度の茄子なら、瞬《また》く間になくなるでしょう。そういうことだ。久作爺、遠慮《えんりょ》しないで持って行ってくれよ」

夢之丞は真沙女から御宰籠を受け取ると、久作の前に突きだした。

「へえ、頂《いただ》いて宜しいんで？　これは見事な茄子にございますなあ……。茄子は先生の大好物でやして、殊《こと》に、秋茄子は焼いたり煮たり、味噌汁《みそしる》の具《ぐ》にしても悦ばれます」

久作は頬が落ちるのではないかと思えるほど、相好を崩した。

これほど悦ばれるとは、茄子も本望《ほんもう》で、茄子冥利《みょうり》に尽《つ》きるというものである。

夢之丞はほっと胸を撫《な》で下ろした。

「では、参《まい》ろうか！」

夢之丞は声作《こわづくり》して久作を促《うなが》すと、歩き始めた。

五ツ（午前八時）を過ぎたばかりである。

日中はそれでもまだ時折じわりと汗をかくが、頬や項《うなじ》を撫でていく風は、すっかり秋のものだった。

「ところで、急なお呼び立てとは、何事であろうか」

別に、久作に尋《たず》ねたつもりではなく、ふと、独り言《ご》ちた言葉であった。

ところが、久作から思いがけない言葉が返ってきた。

「へえ、なんでも半井さまに引き合わせたい方がいるそうで……」

「引き合わせたい方？」

「へっ、定斎《じょさい》売りの長介《ちょうすけ》さんでやす。昨夜遅くに見えたのですが、何やら先生と一刻余りも話し込んでおられやしたが、今朝になって、長介が四ツまでに来るだろうから、それまでに半井をどうあっても呼んで来るのだ、と仰せになりやした」

「定斎売りの長介だって！」

夢之丞の胸がわっと逸《はや》った。

するといと、卜部勘助のことで何か判ったのであろうか……。

「久作爺、少し急ぐぞ！」

安閑《あんかん》としていられないような想いに、夢之丞は久作を鳴り立てると、小走りに海辺橋《うみべばし》を渡って行った。

長介は四ツにはまだ随分《ずいぶん》と間があるというのに、竜道が書院としている離れで、茶を飲んでいた。

「おう、半井か。随分と早かったな。実は、ほれ、先《せん》に話した定斎売りの長介だがな、昨夜、久方《ひさかた》ぶりに現われたものでな。これはなんでもそなたに引き合わせておこうと思い、呼び立てたのよ」

夢之丞は辞儀《じぎ》をした頭を上げかけ、おやっと思った。

この男なら、以前、夢之丞が村雨道場に通っていた頃、何度か目にしたことがある。

ただ、会話を交《か》わしたことはない。

長介もその想いは同じのようで、おやっと目を瞠《みは》った。

「なに、知っておるのか。ならば、話は早い。そなたから聞いた竪川の斬首《ざんしゅ》遺体《たい》の件、昨夜、長介に話して聞かせ、卜部勘助の消息などを聞いてみたのよ。すると、なかなか興味深い話が聞けてのっ。だが、わたしからそなたに伝えるより、直接聞くほうがよいのではなかろうかと思うてな。本日こうして機会を作った」

「助かります。実は、わたしからも先生に報告すべきことや、もう一度、訊ねたきことがありまして、丁度《ちょうど》お伺《うかが》いしようとしていたところなのです」

夢之丞は鳴海屋の寮のことや、土蔵におぃとが囚われていることを話し、これはまだ推《すい》測《そく》にすぎないが、上総屋の真琴の件と繋《つな》がっているように思えてならない、と言った。

すると、それまで黙《だま》って夢之丞の話に耳を傾けていた長介が、きっと夢之丞に目を据《す》えると、はっきりと言い切った。

「鳴海屋の大旦那、つまり、鳴海屋勘助は、まさに、卜部勘助にございます」

夢之丞があっと竜道を見ると、竜道は目で頷いた。

長介の話はこうだった。

高梨《たかなし》道場の後継者争いで中山与《よ》五《ご》郎《ろう》に敗《やぶ》れた卜部勘助は、麴町平河町《こうじまちひらかわちょう》の山田浅右衛門《あさえもん》に入門し、ここで瞬く間に頭角《とうかく》を現わしたという。

ところが、勘助が腕を上げれば上げるほど、古くからいる高弟に妬視《とし》されるようになり、何かと掣肘《せいちゅう》を加えられるばかりか、勘助が次期浅右衛門の座を狙《ねら》い、師匠《ししょう》の歓心《かんしん》を買おうと躍起になっていると、あらぬ中傷《ちゅうしょう》がまことしやかに流されるようになったのである。

と言うのも、浅右衛門には男子がないため、いずれ娘二人のうち一人に婿《むこ》を取る立場にあり、近い将来、跡継《あとつぎ》を巡り、熾烈《しれつ》な争いが繰り広げられるのは目に見えていた。

つまり、高弟には、勘助が目の上の瘤《こぶ》だったのである。

が、そんな状態に辟易《へきえき》したのであろう。

ある日、勘助はひと言の挨拶《あいさつ》もなく、ふいと姿を消した。

定斎売りの長介が勘助の消息を知ったのは、数年後のことである。

仕事柄、長介は江戸市中どこにでも出向く。

ある日、いつものように菅笠《すげがさ》に担い風呂敷《ぶろしき》といった出立《いでたち》で日本橋呉服町を歩いていると、小間物問屋鳴海屋のお端女《はした》に呼び止められた。

お端女は暑気《しょき》払《ばら》いの薬を求めたが、お代を払う段になり、勝手口まで来てくれないかと言うのでついて行くと、たまたま見世《みせ》のほうから中庭へと入って来た、主人《あるじ》らしき男に出《で》会《くわ》した。

「薬売りか。おっ、持越《もちこし》（二日酔い）の薬はないかな？　どうも、夕べ、飲み過ぎたようだ」

男にそう言われ、長介は、へい、そりゃもう、暑気払いばかりか、頭痛《ずつう》、持越、大概《てえげえ》の薬は揃えておりやす、と顔を上げかけ、おやっと男に目を据えた。

「確か、市谷弁天町《いちがやべんてんちょう》高梨道場の……。ああ、やっぴし、卜部さまだ。卜部さま、あっしですよ。ほれ、定斎売りの長介でやす」

長介は懐《なつ》かしさの余り、大声を出した。

男も、おお、と目を細めた。

やはり、卜部勘助であった。

「長介か……。久し振りだな。高梨を出て、かれこれ十年近く……。だが、わたしはもう卜部勘助ではない。武家は捨てた。現在《いま》は鳴海屋勘助といって、ここの主人だ」

勘助も余程《よほど》懐かしかったのであろう、終始ご機嫌《きげん》で、長介は茶の間に上がれと勧められ、茶を馳走《ちそう》になった。

「あの方はしみじみとしたように、武家にも剣術にも未練《みれん》はない、とお話しになりました。事実、穏《おだ》やかな面立《おもだ》ちをしておられ、大店の主人として本当に幸せそうでした。それからというもの、あっしも度々鳴海屋に出入りさせてもらうようになり、鳴海屋の身上《しんしょう》が良いのを肌で感じました。しかも、お内儀《ないぎ》というのが滅法界美印《めっぽうかいびじるし》でやしてね。卜部さまはお内儀に懸想《けそう》されて武家を捨てられたそうで、これほど幸せなことはありやせん。けれども、質《しち》の流れと人の行《ゆ》く末は知れぬと言いますが、絵に描いたように幸せなあの家族に、まさか、次々と不幸が訪れようとは……」

長介は眉《まゆ》を曇《くも》らせ、深々と息を吐《つ》いた。

「鳴海屋のお内儀はお路《みち》さんという方でやす。なんでも、ごろん坊に絡《から》まれていたところを、通りすがいの卜部さまに助けられ、それが縁《えん》で、お路《みち》さんは一目惚《ひとめぼ》れをなさったとか……。丁度、平河町のほうでもごたごたが続いていたときでしたからね。卜部さまにしてみれば、高梨道場の前轍《ぜんてつ》を踏むようなことはしてはならないと思われたのでしょう。卜部さまはお路さんの婿にという鳴海屋の申し出を受け入れられたそうです。その話を聞いたとき、よくも剣術をあっさりと捨てられるものよと、あっしは今ひとつ一部さまが理解できやせんでした。けど、お路さんにお逢《あ》いして、ああ、成程と合点がいきやした。お路さんという女性は、姿形ばかりか心まで美印で、仏性《ほとけしょう》のお方でやしてね。この女ごのためなら武家も剣術も捨て、生涯を捧《ささ》げても構わない……。そう卜部さまに思わせたとしても無理はない、そんなお方だったのです。お二人の間には所帯を持った翌年女の子が生まれ、初めてあっしが鳴海屋に顔を出したとき、夏希《なつき》という娘ごは六歳でやしたかね。お路さんは、うちは代々男子に恵まれなくって、どうやら夏希にも婿養子を取ることになりそうだわ、と笑っていらっしゃいましたが、それはそれは幸せそうでやした。ところが、それから二年ほどして、男の子が生まれたのですがね……」

はて、どこかで聞いたような……。

夢之丞は長介の話を聞きながら、なんとなくお路と吉富《よしとみ》の静乃《しずの》を重《かさ》ね合わせ、複雑な想いでいたのだが、おやっと耳を疑った。

鳴海屋に念願《ねんがん》の男子が生まれたというのに、長介のこの辛《つら》そうな表情はどうだろう……。

夢之丞は慌てて、頭の中から静乃を追い払った。

赤児は雄助《ゆうすけ》と名付けられた。

永年《ながねん》男子に恵まれなかった鳴海屋は雄助の誕生に、これも武家から婿を貰ったお陰かもしれないと、親戚一同《しんせきいちどう》悦んだという。

それが、雄助の百日《ももか》、食初《くいぞめ》の宴席《えんせき》でのことである。鳴海屋の遠縁《とおえん》に当たる老人が、家系図《かけいず》を手に勘助の席まで寄って来た。

「祝事《いわいごと》に水を差《さ》すようだが……」

老人はそう言うと、家系図を紐解《ひもと》いた。

「ご覧《らん》なされ。鳴海屋は代々女系《じょけい》と言われているが、確かに、お路の曾祖母《そうそぼ》の代まで男子は生まれていない。が、高祖母《こうそぼ》の代を見なされ。跡取《あとと》りはお綱《つな》という女ごだが、お綱には弟照次《てるじ》がいる。それに、ほれ、お綱から二代前のお奈美《なみ》。このお奈美にも兄の覚太郎《かくたろう》がいた。では、何ゆえ、男子が跡を取らず、女子が鳴海屋を継《つ》いだ？　早逝《そうせい》したからか……。いや、違う。あたしが親から聞いた話では、六代将軍さまの頃のことだが、鳴海屋に呪詛《じゅそ》がかけられたそうな。なんでもその頃の主人と婢《はしため》の間に男子が生まれての。ところが、それを悋気《りんき》したお内儀が、婢から赤児を取り上げると井戸に捨てた……。婢は悲嘆《ひたん》に暮《く》れ、それが原因《もと》で乱気《らんき》してしまい、末代《まつだい》まで鳴海屋を呪《のろ》ってやると言い残し、自害したそうな……。以来、鳴海屋では男子が生まれると次々に禍事《わざわいごと》が起き、身代限《しんだいかぎ》り寸前のところまで追い込まれるようになりましての。恐《おそ》らく、それを怖れたのだろうて、照次は生後間もなく養子に出されたか、捨てられた。覚太郎については定かでないが、どのみち、同じようなことがあったのでしょうな。ところが、それ以来、鳴海屋はもう何代も男子に恵まれなかったので、周囲《まわり》はすっかり呪詛のことを失念してしまっていた……。が、先日、あたしの夢枕《ゆめまくら》に男児を抱いた女ごが立ちましてな。哀しそうな目で、あたしを見ましてね。それで、あたしも親から聞いた呪詛のことを思い出したというわけです。それで、改めて家系図を紐解いてみると、ほれ、この通り……。鳴海屋には男子がいてけならないのです。なっ、悪いことは言いません。あの子をすぐにでも養子に出しなされ！」

老人は仕こなし顔に囁《ささや》いた。

そんな莫迦《ばか》なことを……。

勘助は一笑《いっしょう》に付し、その場は収《おさ》まったのであるが、その夜のことである。

「あの老人は元々親戚の誰からも相手にされない変人なのですよ。あたしは嫌です。男子であれ、女子であれ、お腹を痛めた我が子を手放すなど、あたしは自分の生命《いのち》に替《か》えても致《いた》しません！」

お路は珍しく甲張《かんば》った声を上げ、勘助に雄助を護《まも》ると約束させた。

ところが、雄助が三歳になった頃のことである。

別に老人の言った呪詛が原因というわけでもないのだろうが、雄助は発育が悪く、その頃になっても伝い歩きもままならない有様《ありさま》で、それを気に病《や》んでか、お路が屢々《しばしば》高熱を発し、床に就《つ》くようになった。

お路は労咳《ろうがい》を病《や》んでいた。

雄助の成長を願掛《がんか》け、度重《たびかさ》なるお百度参《ひゃくどまい》りや水垢離《みずごり》が祟《たた》ったとしか思えない。

一年後、お路は不帰《ふき》の客となった。

お路は今際《いまわ》の際《きわ》まで脆弱《ぜいじゃく》な子を産んだことを詫《わ》び、自分の亡き後も、どうか雄助を庇護《ひご》してくれるよう勘助に哀願《あいがん》し、息絶《いきた》えたという。

すると、お路の念が通じたのか、それから間もなく雄助が歩けるようになり、相変わらず他の子に比べると体軀《たいく》は劣《おと》っていたが、日々、腕白《わんぱく》ぶりを発揮《はっき》するようになったのである。

だが、その腕白が些《いささ》か過ぎた。

勘助や乳母《うば》の過保護《かほご》の下《もと》で気随気儘《きずいきまま》に育った雄助は、欲望を満《み》たすためには他人《ひと》の物でも平気で持ち去ろうとしてみたり、十歳を超《こ》した頃には、犬や猫、小鳥などの小動物を残虐《ざんぎゃく》きわまる方法で弄《いたぶ》り、子供ながら背筋が凍るほどの獣心《じゅうしん》をあからさまにするようになったのである。

雄助の傍若無人《ぼうじゃくぶじん》な無道《むどう》は日を追うごとに酷《ひど》くなり、性に目覚める十四、五歳にもなると、性欲のなすがままにお端女の湯文字《ゆもじ》を捲《めく》ってみたり、抱きついてみたり、それだけならまだしも、遂には、見世の客の前で濫《みだり》がわしい態度を取るようになったという。

こうなると、もう放ってはおけない。

勘助は思い屈《くっ》した。

このままでは鳴海屋は世間の笑いものである。

勘助の脳裡《のうり》に、呪詛という言葉が甦《よみがえ》った。

これまでも、気にしなかったわけではない。

だが、最愛のお路を失ったとはいえ、なんとか今日まで、屋台骨《やたいぼね》が傾くこともなく、鳴海屋は身代《しんだい》を護ってきたのである。

雄助を護ると誓《ちか》った、お路との約束も果たしてきたつもりである。

しかも、見下げ果てた不肖《ふしょう》の息子とはいえ、勘助には、目の中に入れても痛くないほど、愛《いと》しい子であった。

だが、もうこれまでだ……。

雄助を改心《かいしん》させ、真っ当な男に鍛《きた》え直し、鳴海屋の身代を継がせる夢は捨ててしまおう。

勘助は娘の夏希夫婦に鳴海屋の身代を譲《ゆず》ると、数日後、雄助を連れ、本所三好町の寮に隠居した。

「あっしが知っているのは、ここまでです。以来、大旦那には逢っておりやせんが、昨夜、こちらの先生から話を聞き、胸が痛くなるような想いでした。首の皮一枚残した斬首遺体といい、たった今、半井さまからお聞きした土蔵に囚われた娘といい、何もかもが鳴海屋に繋がることばかりです。あの大旦那が、いえ、卜部さまが何故このようなことをされたのか……」

長介の目は、涙で潤《うる》んでいた。

竜道も夢之丞も考え込んだまま、口を開くことが出来なかった。

暫く沈黙が続いた後、ようやく、竜道がぽつりと呟《つぶや》いた。

「親の愛と言ってしまえばそれまでだが、それでは理道《りみち》に合わぬ。常軌《じょうき》を逸《いっ》した愛は、真《まこと》の愛とは言えぬからの。いかなる理由があれど、卜部は人の道に外《はず》れ、許されざる罪を犯《おか》してしまった。罰《ばつ》を受けて当然であろう」

「わたしもそう思います。鳴海屋勘助は息子の異常《いじょう》なまでの性欲を満たそうと、罪もない娘を拐かし、いや、もしかすると、拐かしたのは息子の雄助のほうかもしれません。と申しますのは、築地塀に掘られた穴……。わたしはあの穴が気にかかっています。恐らく、勘助は息子の行状《ぎょうじょう》に目を光らせていたはずです。となれば、父親の目を盗んで寮の外に出るには、あの穴を潜るより他に方法がありません。先日、わたしは寮の周辺を探ってみましたが、塀の高さが通常より高く、表門にはしっかと錠《じょう》がかけられ、どこか世間と遮断《しゃだん》した感がありました。それに、今聞いた話では、雄助という男、随分と小柄だとか……。わたしには穴を潜ることは無理でしたが、鉄平という小柄な男は、難なく潜ることが出来ましたのでね」

「すると、半井さまは雄助が女ごを拐かし、土蔵に幽閉《ゆうへい》した。それを、卜部さまが見て見ぬ振りをなさった……、そう、お言いで？」

「手を貸したとも言えます。娘の食事の世話などは、親父《おやじ》のほうがやっているそうですからね。いずれにしても、息子の異常なまでの性欲を満たすためには、どうしても、女ごが必要となる。勘助は息子に玩具《おもちゃ》でも与えたつもりでいたのでしょう。だが、上総屋の真琴……。これは、真琴が逃げようとしたので斬《き》られたのか、あるいは、真琴の身体に飽《あ》きた雄助が、再び、新《あら》たなる娘を拐かしてしまったので、不要となった真琴を、口封《くちふう》じのために斬ったのか判りませんが、いずれにしても、斬ったのは勘助でしょう。剣術に縁のない雄助には、とても出来る芸当《げいとう》ではないですからね」

夢之丞がそう言うと、竜道もうむっと腕を組み、目を閉じた。

「ですが、娘を斬るにしても、まさか、山田流の斬首術《ざんしゅじゅつ》を使われるとは……。これでは、いかにも、斬ったのは自分だと公言《こうげん》したようなものではありませんか」

長介が首を傾げる。

「それが、剣士《けんし》の性《さが》というものよ。思うに、卜部は武家を捨て、久しく刀を持つこともなかったのであろう。それが、図《はか》らずも、突如《とつじょ》、刀を持たざるを得なくなり、無念無想《むねんむそう》のうちに、山田流斬首術へと手が動いた……。恐らく、卜部にも意表外《いひょうがい》のことだったに違いない」

竜道は目を閉じたまま、何かを思い起こすような言い方をした。

「ですが、先生。問題なのはここからです。三好町の土蔵に茶汲女《ちゃくみおんな》のおいとが囚われているのは紛《まぎ》れなき事実。恐らく、真琴を斬った犯人が勘助であることも、万に一つの違いはないでしょう。だが、おいとは別としても、真琴の場合、勘助が自白しない限り、斬ったという証拠がありません。それで、いっそのこと、わたしが正面から堂々と当たってみようかと思うのですが、どうでしょう」

夢之丞は竜道をきっと見据えた。

竜道は徐《おもむろ》に目を開いた。

「だが、そなたが訪ねたところで、果たして逢ってくれるだろうか。門前払《もんぜんばら》いをされるやもしれぬが、その場合、いかが致す？」

「……」

「よし、解った。わたしが文を書こう。竪川で発見された斬首遺体の件、半井や町方が捜している娘が現在《いま》も土蔵に囚われていることなど、状況証拠や長介から聞いた話まで、洗いざらいを書こう。そのうえで、嘗《かつ》て、高梨道場で剣を競《きそ》い合った朋友《ほうゆう》として、真実を語り、罪を罪として認めるよう、わたしから勘助に懇願《こんがん》いたそう。わたしの名前を出せば、門前払いなどせず、必ずや、奴はそなたに逢うであろう。このように回りくどいことなどせず、わたしが前面に出ればよいのだろうが、それでは筋が立たぬからのっ。奴も嘗ての朋友の前で醜態《しゅうたい》は晒《さら》したくはなかろうし、何より、わたしが辛いのだ」

「忝《かたじけ》のうございます」

気のせいか、竜道の目がきらと光ったように思えた。

「恐らく、勘助は自裁《じさい》するだろう。が、その前に、そなたに刃向《はむ》こうてくるやもしれぬ。だが、そうだとしても、それはそなたに刃向こうているのではない。最期《さいご》に、このわたしと対峙《たいじ》し、果てていくつもりなのだ。奴の身体の中には、未《いま》だ、武家の血が脈々《みゃくみゃく》と流れている。だからこそ、上総屋の娘をあのような斬り方をしてしまった……。そんな男だ。恐らく、最期は武士として果てていくことを選ぶであろう」

「では、先生はわたしにあの男を討《う》てと……。ですが、嘗て、先生と互角《ごかく》に戦い、山田流一門で瞬く間に頭角を現わしたほどの男が、わたしに討てるでしょうか」

「討てる。必ずや、討てる。奴の技《わざ》は静止《せいし》したものを対象としてこそ冴《さ》えるが、動く標的《ひょうてき》にはそうはいかぬ。しかも、もう若くない。打たせて打たせて、躱《かわ》して打て。そうすれば、必ずや、隙間《すきま》が生じる」

竜道の鷲《わし》のように抉《えぐ》れた目が、つっと涙に覆われた。

「名こそ惜《お》しけり。武士として、死なせてやれ……」

竜道は喉を振り絞《しぼ》るようにして、くぐもった声で呟いた。


卜部勘助は矢場《やにわ》に青眼《せいがん》から右上段《みぎじょうだん》へと構えを直し、カッと奇声《きせい》を発すと、前に走り込んで来た。

あっと夢之丞はそれを下からはね上げるべく、身体を捩《よじ》った。

が、勘助の刀は驚くほどの速《はや》さで、振り下ろされた。

耳許《みみもと》でピュッと太刀風《たちかぜ》が唸《うな》り、間髪《かんはつ》を容《い》れず夢之丞が鍔元《つばもと》で受け止めたからいいようなものの、寸尺《すんしやく》違えば、肩を真二《まっぷた》つに割られていたに違いない。

夢之丞は渾身《こんしん》の力を込めて、勘助の刀を下からはね返した。

勘助は跳《と》びすざると、透《す》かさず八双《はっそう》に構え、間合《まあい》に踏み込むと同時に、打ってきた。

夢之丞はそれをも寸前に躱すと、勘助の背後に廻り込むように走った。

勘助が身体を返し、今度は反対側から刀を振り下ろしてくる。

夢之丞は下から勘助の刀をはね上げると、横に跳んだ。

跳びながら、勘助の表情を窺った。

驚くことに、勘助は息も上がっていなければ、毛筋《けすじ》ほどの隙《すき》も見せていない。

「打たせて打たせて、躱して打て。奴の技は静止したものを対象としてこそ冴えるが、動く標的にはそうはいかぬ……」

ふと、竜道の言葉が頭を過《よぎ》った。

だが、卜部勘助というこの男。恐らく、竜道と同年配《どうねんぱい》なのであろうが、なんという気力に、しかも、この神速《しんそく》の技……。

そう思った刹那《せつな》、再び、勘助が八双に構え、走り込んできた。

夢之丞もするりと前に出る。

二人の刀が激しく打ち合い、ぴしゃりと閃光《せんこう》を放った。

が、夢之丞は咄嗟《とっさ》に身体をすいと後ろに退《ひ》くと、時を移さず二の太刀《たち》を放った。

相手の肩を切り裂《さ》いた、確かな手応《てごた》えが夢之丞の腕に伝わってくる。

だが、勘助は動じることなく、再び斬りかかってきた。

夢之丞は廻り込むようにして躱すと、背後に跳びすさった。

勘助も身体を返す。

そのとき初めて、夢之丞は勘助の肩が上下しているのを認めた。

息が上がり、まるで手負《てお》いの獅子《しし》のように目が血走《ちばし》り、口を開けて喘《あえ》いでいる。

どうやら左肩の傷が存外《ぞんがい》に深手《ふかで》だったようで、肩口で裂けた袖がだらりと手首まで垂《た》れ下がり、片手が血で紅《あか》く染まっている。

が、勘助は血走った目から脂《あぶら》ぎった妖《あや》しい光を放つと、つつっと問合いを詰めてきた。

一見《いっけん》、足取りはまだしっかりしているように思えるが、心なしか、身体が横に泳いだように見え、夢之丞はその一瞬の隙を見逃さなかった。

勘助の振り下ろした刀を身体を捩るようにしてすり抜けると、下から勘助の胴を切り裂いた。

勘助は膝下《ひざした》の力が一気に抜けたかのように、地べたにへたり込んだ。

「斬れ！　どうした、斬らぬか……」

喘ぎながらも、勘助がきっと夢之丞を睨《ね》めつける。

夢之丞の胸に迷いが生じた。

この男、自分が手を下す必要があるだろうか……。

いや、違う。

二年もの間幽閉され、手込《てご》めにされたうえに、あのように無惨《むざん》な殺され方をした真琴を想うと、やはり、奉行所に引き渡すべきだろう。

「俺の出番はここまでだ。後は奉行所に引き渡すのみ……」

夢之丞はくるりと背を向けると、懐《ふところ》から懐紙《かいし》を出し、刀の血糊《ちのり》を拭《ぬぐ》った。

その背に、勘助の喘ぎ声が縋《すが》りついてくる。

「武士の情《なさ》け……。止《とど》めを……、頼む」

「夢さんよォ、ああ言ってるんでェ。止めを刺してやんなよ！」

固唾《かたず》を呑《の》んで成行《なりゆ》きを瞠《みつ》めていた鉄平が、堪《たま》りかねたのか、竹林のほうから疾呼《しっこ》する。

が、夢之丞が振り返ったときには、もう遅かった。

勘助が最期の力を振り絞り、見事《みごと》に果てた後だった。

「ヒャア！」

竹藪《たけやぶ》から、雄叫《おたけ》びにも似た悲鳴《ひめい》が響《ひび》いてくる。

「おとっつァんが！　ああ……、おとっつァんが！」

勘助の息子の雄助が、伊之吉に羽交《はがい》い締《じ》めにされ、泣き叫んでいる。

その少し後ろで、おいとが顫《ふる》えながら立ち竦んでいた。

「てめえ、いい歳こいて、餓鬼みてェにギャアギャア騒ぐんじゃねえ！　こうなったのは、てめえのせいだろうが、この人畜生《にんちくしょう》が！」

伊之吉に頭を思い切り叩《はた》かれ、雄助が悪餓鬼のように潮垂《しおた》れた。

「夢さんよ、こいつはどうしやす？」

「悪いが、鉄、おめえ、伊勢崎町までひとっ走りしてくれねえか。熊伍親分に事情を説明し、ご足労《そくろう》願うしかねえからよ。ここから先は、俺たちの領分《りようぶん》じゃねえ。俺と伊之は親分が来るまで、ここでこの男を見張っているからよ」

「合点、承知之介《しょうちのすけ》！」

鉄平が尻っ端折《ぱしょ》りして、韋駄天《いだてん》走《ばし》りに駆《か》け出して行く。

凪《なぎ》が終わったのか、竹林がざわざわと騒ぎ始めた。

生温《なまぬる》い風を頬に受け、夢之丞は地面に倒れた勘助を瞠《みつ》めた。

嘗て、一刀流高梨道場で村雨竜道と腕を競い合ったという剣士……。

それにしては、余りにも無様《ぶざま》な果て方がそうさせるのか、夢之丞にはなんら感慨《かんがい》が湧《わ》いてこなかった。

勘助は一体いつ人としての道を捨てたのであろうか……。

村雨竜道の文を手に、夢之丞は鉄平と伊之吉を連れ、三好町へと急いだ。

果たして中に入れてくれるのだろうか……。

誰もがそう案じていた。

が、意外なことに、夢之丞が門前で竜道の名を告げ訪《おとな》いを入れると、鳴海屋の葛屋門はすんなりと開かれた。

勘助は竜道の文を読むと、口許《くちもと》に皮肉な嗤《わら》いを浮かべた。

「ほう、自《みずか》ら脚を運ばず、弟子のおまえさんを使者に立てるとは、いかにも村雨らしいのっ」

「いえ、先生がわたしを使者に立てられたのではありません。これはわたしの仕事でして、先生はお力を貸して下さったのです」

夢之丞の胸に、憤怒《ふんぬ》が衝《つ》き上げてきた。

「見たところ、おまえさんも扶持離《ふちばな》れのようだが、そうして、いつまでも武家にしがみつくような男に、わたしの何が解ろう」

勘助は鼻で嗤った。

勘助は飽《あ》くまでも挑発的《ちょうはつてき》だった。

「では、文に書かれていることは根も葉もないことだと？　罪を認めないとお言いか！　現に、土蔵にはおいとという女ごが囚われている。これはどう説明なさる！」

夢之丞は声を荒らげた。

が、勘助はまたふっと嗤った。

「誰が認めないと申しましたかな？　認めましょう。だが、わたしにはこうするより方法がなかったのでな。我が子を護ってやれないようで、どうして人の親と言えようか。不肖の息子とはいえ、わたしには目の中に入れても痛くないほど、愛しい息子……。人の親とも言えないおまえさんに、この切《せつ》ない心がどうして解ろうか！」

勘助は乾《かわ》いた目をして、そう言った。

夢之丞は即座に首を振った。

「いや、違う！」

「人の親なればこそ、我が子の過《あやま》ちを正さなければならない。それが、真《しん》の親子のあり方であるし、真実《まこと》の愛というものではないか！　何があなたをそうさせたのかわたしには解らないが、仮に、筆舌《ひつぜつ》に尽くせない来《こ》し方があったとしても、人の道に外れたことをしてはならないし、ましてや、子の尻拭《しりぬぐ》いのために人を殺《あや》めることがあってはならないのだ！」

「それで、わたしにどうしろと？　大人《おとな》しく、お縄《なわ》にかかれとでも？　だが、そうはいかぬ。村雨がおまえさんを使者に立てた意味が、わたしには理解できる。折角《せっかく》の配慮《はいりょ》だ。受けないわけにはいかないだろう」

勘助はそう言うと、さっと刀架《とうか》の長太刀《ながだち》に手をかけた。

あっと夢之丞は勘助を見た。

やはり、先生の腹は……。

竜道は勘助の死に場所を作ろうとしたのである。

夢之丞はそこに竜道と勘助の、いや、剣士と剣士の友情を見たように思った。

夢之丞は血海《ちうみ》の中に息絶《いきた》えた勘助に、再び目をやった。

先生、本当にこれで良かったのでしょうか……。

また、竹林が激しく騒いだ。

腰を折り、前のめりに屈した勘助……。

竹林のざわめきが、勘助の啜《すす》り泣く声のように思え、初めて、夢之丞の胸に熱いものが込み上げてきた。

死を覚悟《かくご》して、捨て身で対峙してきた勘助……。

武士の情けだ、止めを……。

そう余喘《よぜん》の中に口走り、最期、自裁し果てたのも、名こそ惜しけり……、根っこの部分に、武士の血が脈々と流れていたからに違いない。

哀れな男よ……。

そう呟いたとき、ひと筋の熱い涙が、つっと夢之丞の頰を伝っていった。


「夢さんよォ、この度ャ、世話になったな」

熊伍親分がじゃみ面《づら》をにっと綻《ほころ》ばせ、まあひとつ、と盃を突き出す。

盃を受けながら、夢之丞はおやっと思った。

熊伍が夢之丞のことを、夢さん、と呼ぶとは、珍しいこともあるものである。

これまでは、冬木町の住人ばかりか鶴平《かくへい》親分までが、半井さん、若《も》しくは、夢之丞さん、と呼んでも、熊伍だけは意地《いじ》張ったように、先生、と呼び続けていたのだった。

夢之丞には、それが決して尊敬から出た言葉でないと、解りすぎるほど解っていた。

鴨下《かもした》道場で師範代《しはんだい》を務めながら、裏で出入師《でいりし》という岡っ引きから見れば目の上の瘤のような仕事をする夢之丞を、熊伍は揶揄《やゆ》しているのである。

熊伍が臍《へそ》を曲げたくなるのも、無理はなかった。

十手持ちというお役目柄《やくめがら》、肩で風を切り町中を闊歩《かっぽ》できるとはいうものの、その実、年中《ねん》三界懐《じゅうさんがいふところ》不如意《ふにょい》で、寒空《さむぞら》の下、夜を徹《てっ》して張り込みをしようが、掻っ払《かっぱら》いを捕まえようが、八丁堀《はっちょうぼり》からはお褒《ほ》めの言葉が出るだけで、他には何もない。

つい、名誉じゃ食っちゃいけねえよな、と繰言《くりごと》のひとつも言ってみたくなる。

その点、決して、鼻っ柱《ぱしら》に帆《ほ》を引っかけて公言できる仕事ではないとはいえ、出入師は間に入った争い事や渡引《わたりひき》に分《わか》ちがつけば、その都度《つど》、見合った小づりが貰える。

てやんでェ！

岡っ引きの俺が渡《わたり》をつけたところで、一文の銭にもならねえってのに、なんで、奴らだけが甘《うめ》ェ汁を吸《す》わなきゃなんねえ！

熊伍にしてみれば、業《ごう》が煮えて仕方がないのであろう。

しかも、何が一等悔《くや》しいかと言って、滅法界、夢之丞が女ごに持てることほど悔しいものはない。

大家の娘おぶんはまだ臀《けつ》の青《あえ》ェ餓鬼とおっつかっつだからいいようなものの、あの男の行く先々、夢さん、ふるいつきたくなるほど好《よ》い男、と女ごという女ごが汐《しお》の目を送ってくるが、あの野郎《やろう》、脂下《やにさ》がるようならまだ可愛《かわい》いものを、しらっとした顔をして、柳に風と受け流しやがる……。

へん、色男ぶるのも大概《てえげえ》にしてくれよな！

天は二物《にぶつ》を与えずと言うが、熊伍にしてみれば、二物どころか三物《さんぶつ》も四物《よんぶつ》も、自分にはない物全てを兼《か》ね揃えている夢之丞が、歯嚙《はが》みするほど口惜《くちお》しいのであろう。

その熊伍が、鉄平や伊之吉のように、夢さん、と親しみを込めて呼んだのだから、夢之丞がおやっと思ったとしても不思議はなかろう。

「いや、俺からも礼を言わせてもらおう。済まなかったな」

鶴平親分も頭を下げた。

「止《よ》して下さいよ、二人とも。いや、本来《ほんらい》ならば鳴海屋を生かしたまま引き渡したかったのだが、ああいう結果となってしまった。申し訳ない」

伊勢崎町の居酒屋三枡である。

いつもは七ッ半（午後五時）にならないと満席とならない見世だが、今宵は中秋《ちゅうしゅう》とあってか、まだ八つ半（午後三時）というのに、小上がりばかりか、樽席《たるせき》まで満席である。

「ねえさん、どぶ酒をくれよ！」

「おう、秋刀魚《さんま》はまだかよ。月見だからって、芋を出しときゃいいって法はねえだろ！」

「こっちもでェ。喉がからついてしょうがねえや！」

樽席のほうでは、あっちからもこっちからも声がかかり、その中を、喧噪《けんそう》を縫《ぬ》うようにして小女《こおんな》が土間を駆け回っている。

「なに、倅《せがれ》のほうはとっ捕まえたんだ。極上上吉《ごくじょうじょうきち》！　だがよ、親父のほうは夢さんがいなかったら、俺たちだけじゃ、手も脚も出なかったぜ。首の皮一枚残して斬首するほどの男だ。一筋縄《ひとすじなわ》じゃいかねえとは思ってたがよ。まさか、夢さんの師匠と互角の腕を持つ男とはよ。夢さんはその男と真面《まとも》に対峙したんだ。俺ャ、ぶっちゃけた話、謝《あやま》らなきゃなんねえ。そりゃよ、程々《ほどほど》にやっとうを遣《つか》えるとは思ってたがよ、まあ、言ってみれば、いつもは大工《だいく》の倅やら商人相手に茶を濁《にご》しているようなもんでェ。それで、おひゃらかしのつもりで、今までは、やっとうの先生なんて呼んでたんだが、さてもさても面目《めんぼく》ねえとはこのことよ。不極《ふきわまり》なことしちまって、どうか許してくんな」

熊伍が気を兼ねたようにひょいと顎をしゃくり、ささっ、平《ひら》に一つさ、と再び酒を勧める。

成程、それで先生から夢さんに格上げされたというわけか……。

夢之丞は苦笑《くしよう》した。

元々、先生と呼ばれるのはなんとなく尻こそばゆくて好きではなかったが、熊伍のように当てこすりで、毒を孕《はら》んだ言い方をされたのでは、もっと敵《かな》わない。

それが、この変わりよう……。

だが、半井さんを飛び越して、いきなり、夢さんと来るとは、何がなんでも鶴平と差をつけておきたいと思う、熊伍らしきところであろうか。

が、熊伍という男、いかにも単純で、解りやすい男である。

今までは、夢之丞に対して滑稽《こっけい》なほどに肩肘《かたひじ》を張っていたのが、一日《いったん》、夢さんと呼んでしまうと、すっかり裃《かみしも》を脱《ぬ》いでしまい、まるで刎頸《ふんけい》の友かのような顔をしている。

「だがよ、鳴海屋の隠居がまさか卜部勘助という侍《さむれえ》だったとは……。しかも、半井さんの師匠と嘗《かっ》て一刀流道場で腕を競い合った仲だったとはよ。なんて、世間は狭《せめ》ェんだ……。そいつを考えると、やっぱ、半井さんに助《す》けてもらったのは、当たりってことになるわな？　どうでェ、伊勢崎町の。当初、おめえは半井さんに助けてもらうことを渋《しぶ》っていたが、俺の考えに外れはなかっただろ？」

鶴平が鬼の首でも取ったような言い方をする。

「置きゃあがれ！　俺ャ、渋ってたわけじゃねえ。渋ってたわけじゃねえが……」

「ええっ、渋ってなくて、どうだってェのよ」

「はれ、やくたいもない。よいてや！　三間町《さんげんちょう》のねずり言を聞いてやろうじゃねえか！」

「まあま、二人とも、そう火面《ひづら》を張ったところでしょうがあるまい。それより、祝杯《しゅくはい》といこうではないか。おいとを無事取り戻せたんだ」

夢之丞が割って入り、熊伍もほっと肩の息を抜く。

「なんでェ、銚子《ちょうし》が空《から》じゃねえか。おっ、ねえさん、酒をくれ！　こちとら、白馬《しろうま》なんてみみっちいもんじゃねえぜ。諸白《もろはく》の上物《じょうもの》、そう、七つ梅といこうじゃねえか。今日は俺の奢《おご》りだ。女将《おかみ》によ、前もって、深川物《ふかがわもの》や古背《ふるせ》（下《くだ》り鰹《がつお》）を頼んどいたからよ。遠慮しねえでじゃんじゃん食っとくれ」

「おや、豪気《ごうき》だね」

鶴平がひょうらかす。

「嚊《かかあ》によ、今日は何がなんでも夢さんに馳走しなきゃって、たんまり貰って来てるのよ。

任しときなってことよ！」

「あいよ、お待たせ！」

カタカタと下駄音《げたおと》を立て、三桝の女将が小女を従え、大皿に盛った刺身《さしみ》や銚子を運んで来る。

「ではでは、改《あらた》めて。まずは目出度《めでた》し、乾杯といこうじゃねえか！」

鶴平が皆の盃に酒を注《つ》ぐと、高々と盃を翳《かざ》す。

「あっ、お待ちを！」

夢之丞はひと呼吸置くと、盃を翳した二人を見据えた。

「お二人とも、人差し指を出して下さい。そう、そうです」

夢之丞は頷くと、二人の立てた指に自らの人差し指をちょんちょんと打った。

「な、なんでェ、一体《いってえ》、これは……」

熊伍が尻毛《しりげ》を抜かれたように、口をあんぐりと開く。

「渡引がつくと、毎度、鉄や伊之とこうしているんでね。いつもは、機を逃《のが》さず、手つかずの話。これ、すなわち、重畳《ちょうじょう》、重畳と口上《こうじょう》を言い合うが、此度《こたび》は、手つかずといかなかった。だが、取り敢えず、事件が解決したので……」

そう言った途端、鉄平の豆狸面《まめだぬきづら》と伊之吉の狐目《きつねめ》がつっと眼窩《がんか》を過《よぎ》った。

この場に二人を呼んでやれないのがなんとしても心残りである。

「へっ、いい気なもんでェ。出入師ってのは、ちゃっかり客から小づりを貰って、そのうえ、餓鬼の遊びみてェに、首尾上々《しゅびじょうじょう》を祝うってか！」

あら笑止《しょうし》や、風が変わって候《そうろう》……。

夢之丞はやれと太息《ふといき》を吐いた。

せっかく験直《げんなお》ししたばかりというのに、つい余計なことを口走ったため、またもや旋毛《つむじ》を曲げられたのでは堪らない。

だが、熊伍は小鼻を膨《ふく》らませてみただけで、手つかずと言ってもよォ、と続けた。

「あの場合、鳴海屋を斬らずに事を収めるなんてことが出来たかよ？　相手が先にやっと、うを振り回したんだ。しょうがねえだろうよ。それによ、俺ャ思うんだが、あの男、死を覚悟してたんだ。だから、最期は自らの手で腹を掻き切った……」

「そう、そらそうでェ。いずれにしても、あの男は獄門《ごくもん》は免《まぬが》れなかっただろうからよ。何しろ、あの男は女ご一人を残虐《ざんぎゃく》に斬首し、息子の拉致監禁《らちかんきん》にまで手を貸したんだからよ。そればかりか、息子が女ごを強姦《ごうかん》するのを見て見ぬ振り、いいんや、加担《かたん》したも同然だからよ。下手すりゃ、おいとまで上総屋の真琴同様、首の皮一枚残した斬首遺体となって、竪川に浮いてたかもしれねえんだ。それを、おいとだけでも助け出すことが出来たのだから、これを首尾上々と言わねえで、どうするかってのよ。なあ？」

「三間町の言う通りでェ。けどよ、二年もの間、真琴を幽閉してよ、さんざっぱらいたぶり弄《もてあそ》んだ挙句《あげく》、女ごに水気《みずけ》がなくなったからといって、ただ放り出すんじゃ物足《ものた》りなく、あんな無惨な斬り方をするとはよ。息子が犬畜生《いぬちくしょう》にも劣る淫奔男《いんぽんおとこ》と解っていてよ、普通、親がそれに手を貸すか？　どう考えても、鳴海屋自身が乱気しているとしか思えねえ……。だからよ、夢さんよ、おめえさんが斬って当然なのさ」

「そうでェ。ささっ、では、仕切直《しきりなお》しといこうぜ！　なんだっけな？　おお、そうよ。機を逃さず、手つかずの話。いや、たまにゃ手のつくことがあったとしても、これ、すなわち、重畳、重畳！」

鶴平が場を盛り上げるかのように、音頭《おんど》を取る。

夢之丞も人差し指を差し出した。

が、その刹那、

「斬れ！　どうした、斬らぬか……」

と、地べたにへたり込み、喘ぎながら睨めつけた鳴海屋勘助、いや、卜部勘助の血走った目が甦《よみがえ》った。

夢之丞はハッとその想いを払うようにして、盃を空けた。

酒がじわじわと喉を伝っていく。

初めて、夢之丞は酒を苦《にが》いと感じた。


親分二人に別れを告げ三桝を出ると、東南の空に望《もち》の月が昇っていた。

夢之丞は月を見上げながら、追いかけるようにして、海辺橋へと堀沿いの道を歩いて行った。

だが、どんなに足早《あしばや》に歩いても、月との距離は縮《ちぢ》まらない。

ふと、人の世もこうなのではなかろうか、と思った。

剣で身を立てようと研鑽《けんさん》を積《つ》み、心が逸《はや》れば逸るほど、ますます遠のいていく道……。

そして、愛する妻との約束を果たすため、息子を護ろうと懸命《けんめい》になったがばかりに、人の道を踏み外してしまった、鳴海屋勘助、いや、卜部勘助……。

そしてこの自分は、一体、何を目指《めざ》して歩き続けているのだろう。

何を戯言《たわごと》を！

仕官《しかん》に決まっておるではないか！

真沙女なら、そう言うに違いない。

だが、果たして、そうであろうか。

いつ叶《かな》うか判らない仕官への想いを鬱々《うつうつ》と胸に抱き、そのためには、ときとして人をも斬り、そして、武士は相身互《あいみたが》いとばかりに、罪を犯《おか》した者にまで、死に場所を作ってやろうとする……。

「人間、一度《ひとたび》、武家の水に染まれば、悪事《あくじ》にも似て、そうそう洗い落とせるものではないようですな」

勘助のことをそんなふうに評した長介の言葉が、ぐさりと夢之丞の胸を抉《えぐ》り、未だ、耳底から離れようとしてくれない。

そうかもしれない。

だからこそ、武士を捨て、刀を捨て、そうさせた武家を憎《にく》みさえした勘助が、それでも尚、最期は、武家として果てることを選んだのである。

我知らず、夢之丞の手が腰へと伸び、二本差しにそっと触れてみる。

腕には、勘助の胴を斬ったときのあの感触が、まだしっかりと残っていた。

初めて、人を斬った、この感触……。

夢之丞は決して忘れないであろうし、また、忘れてはならないのだと思った。

やはり、このまま冬木町に帰れそうにない……。

夢之丞は海辺橋を渡ると、蛤町の路地へと入って行った。

月明かりの中、ほおずきの軒行灯が仄《ほの》かな光を放っていた。

夢之丞はふと泣き出したいような想いに駆られ、慌てて、深く息を吸った。

油障子《あぶらしょうじ》を開けると、むっと人いきれが鼻を衝いた。

珍しいことに、日頃は常連客だけで落着いた雰囲気のほおずきが、今宵は、月見酒《つきみざけ》を一杯といった一見客《いちげんきゃく》で、満席である。

おりゅうが夢之丞に気づき、あらっと困ったように奥を伸び上がって見る。

「満席のようだね。いいさ、また来るから」

そう言うと、おりゅうがカタカタと下駄音を立て、寄って来た。

「ご免《めん》なさいね。いらっしゃると分かっていましたなら、席を空けておきましたのに……」

「いいさ。実は、三桝で一杯やって、腹中満杯《ふくちゅうまんぱい》なんだが、ちょいと、おりゅうさんの顔をと思ってね。たまに早く帰ってやれば、母も悦ぶだろうよ」

「まあ、お母さまがお待ちなのね。では、明日、いらっして下さいまし。美味《おい》しい物を作って、お待ちしていますわ」

「ああ、そうしよう」

「きっとですよ！　あっ、そうだわ、一刻ほど前、紀藤《きとう》さまがお見えになりましたのよ」

「紀藤が？　それで何か……」

「半井は来ておらぬかと……。今日は夕刻からずっと見世が立て込んでいましたでしょう？　今日はお見えになっていないと言いますと、ならばよい、と言われただけで、帰って行かれました」

紀藤直哉《なおや》が自分を捜しているとは、一体、何事であろうか……。

「では、他には何も言わなかったと？」

「治平店にもいなかったが、とおっしゃっていましたので、お母さまには何か言っておられるかもしれませんわね」

「そうか……。済まん。また来る！」

夢之丞は裏店へと急いだ。

紀藤直哉には先つ頃薩摩藩《さつまはん》の用心棒にならないかと誘《さそ》われ、断った経緯《けいい》がある。

島津家の家督《かとく》を巡っての御家騒動《おいえそうどう》で、紀藤は斉彬《なりあきら》を擁立《ようりつ》する一派から警護《けいご》のために雇《やと》われたのであるが、あと数名、腕に覚えのある剣士が必要となり、夢之丞が推挙《すいきょ》された。

だが、夢之丞には父左右兵衛《そうべえ》が上士《じょうし》の権力争いに巻き込まれ、冤罪《えんざい》を被《こうむ》り藩を追われた苦い経験があった。

そして、垂水百輔《たるみももすけ》……。

垂水もまた、御家騒動の渦《うず》に呑み込まれ、利用されただけで、無念にも生命《いのち》を散らしていった。

犠牲《ぎせい》になるのは、常に力弱き者……。

「武士として生まれたからには、無為無策《むいむさく》に時を過ごすより、自分の力がなんらかの形で、藩に、いや、国の力になる生き方を選ぶべきではあるまいか」

あのとき、紀藤はそう言った。

が、夢之丞は首を振った。

「俺は無為無策に時を過ごしているとは思わぬ。一見凡々《ぼんぼん》と生きているように見えても、人それぞれ意味のある生き方をしているものだ。哀しいかな、俺にはまだ自分の生き方が見つけられないが、決して、時勢《じせい》や他人《ひと》の考え方に惑《まど》わされたくない。自分の目で見て、己《おのれ》の判断で物事の善《よ》し悪《あ》しや、進むべき道を選びたいと思う」

その気持に今も変わりはなかった。

だが、一つ気にかかることは、池田謹也《きんや》……。

村雨道場の師範代を務めた池田もまた、期を同じくして、薩摩藩に仕官が叶ったのだが、万が一、池田も紀藤のように仕官とは名ばかりで、斉彬方に敵対《てきたい》する久光《ひさみつ》方の用心棒として雇われたのであれば……。

夢之丞は池田の剣の腕を熟知していた。

それだけに、紀藤と池田が敵対することを考えるだけで、空恐《そらおそ》ろしい。

池田謹也に紀藤直哉……。

何ゆえ、誰のために、彼らは戦わなければならない……。

夢之丞はそんなふうに思っていたのである。

裏店に戻ると、真沙女が半畳《はんじょう》ほどの厨《くりや》で洗い物をしていた。

「おや、今宵は早いお帰りですこと。明月《めいげつ》だというに、雨でも降らなければよいが……」

真沙女はどこか上機嫌《じょうきげん》で、珍しく、軽口《かるぐち》を叩いた。

「ただ今戻りました。母上、わたしの留守《るす》に誰か来ませんでしたか?」

真沙女は狐に摘《つま》まれたような顔をした。

「誰かとは……」

「紀藤直哉です。ほら、薩摩藩の……」

「ああ、永く浪々《ろうろう》の身だったが、ようやく薩摩に復籍《ふくせき》したというお方。いえ、お見えになりませんよ。尤《もっと》も、母も先ほど戻ったばかりでしてね。では、母の留守中にお見えになったのかもしれませんわね」

真沙女が今日家を空けるとは聞いていなかった。

「お出かけになったのですか？　確か、今日は出稽古《でげいこ》の日ではなかったように思いますが……」

真沙女はふふっと含み笑いをした。

「鼓《つづみ》の稽古ではありませんよ。今日はね、吉富の月見の宴《えん》に招《まね》かれましたの。流石《さすが》は両替商《りょうがえしょう》ですこと！　梅本《うめもと》の仕出《しだ》し膳《ぜん》でね、客も旗本《はたもと》から大店まで錚々《そうそう》たる顔ぶれでしたことよ。そうそう、そなたに送り膳が届いています。まあ、静乃さまはなんて気扱《きあつかい》のあるお方であろうか。そなたも招きたいが、来ては下さらないだろうからと、お女中にここまで運ばせなすった。そなた、お腹は？　食べますか？」

真沙女が提重《さげじゅう》を運ぼうとする。

「いえ、食べて参りました。それより、何ゆえ、母上がそのような席に……」

「ほれ、先《せん》にも話したであろう？　吉富が離れを茶室に改築して、静乃さまだけでなく、知己《ちき》の娘ごにも声をかけてみるという話……。よい折なので、紹介すると申されてな」

「その話、母上は承知なされたのですか！」

「しましたよ。夢之丞、なんですか、その顔は。承知はしましたが、何も、一切合切《いっさいがっさい》、吉富の厚意《こうい》に甘えるわけではありません。吉富はそこまですることはないと固辞《こじ》したが、離れを使わせてもらう場所代として、母に入る月並銭《つきなみせん》のうち、三割を吉富に払うことにしました。お道具などは吉富が揃えてくれるわけですからね、これは決して高直《こうじき》とは思いません。これならば、母も悔《く》いを千載《せんざい》に残すことなく、胸を張って出稽古が出来ましょうぞ」

「……………」

夢之丞には返す言葉がなかった。

真沙女がくすりと笑う。

「そなた、何を気にしておる！　ふふっ、安心なされ。吉富には下心《したごころ》などありませんよ。そなた、母には何も申さなかったが、竜道どのから静乃さまとの縁談を勧められたそうだの？　見事に断られたと、吉富の主人《あるじ》が笑っておられたぞ。だが、母もその話を聞いて安堵《ど》いたしました。現在《いま》は浪々の身といえど、武士の矜持《きょうじ》は捨ててはならぬからの。名こそ惜しけり。常住死身《じょうじゅうしにみ》の精神を忘れてはなりません。吉富でもそれをよう解って下さり、人と人として、今後も半井とは末永《すえなが》く付き合っていきたいと申されてな。静乃さまも現在《いま》ではそなたのことはすっかり諦めておいでのご様子。縁組みなど抜きにして見れば、あれほど心根《こころね》の優しい、出来た娘ごはいませんからね。母も静乃さまに見合《みお》うた良き婿どのが来られるまで、心血《しんけつ》を注《そそ》いで、鼓や茶の湯、作法《さほう》などをお教えすることにしました」

真沙女は平然《へいぜん》とした顔で、では、送り膳は明日の朝餉に回しましょうね、と言った。

夢之丞は今ならまだ仕舞風呂《しまいぶろ》に間に合うと思い、手拭《てぬぐい》を肩に、裏店を出た。

先ほど空を見上げた折には東南にあった望月が、現在《いま》では、西南へと傾いている。

ふと、紀藤の用はなんだったのだろう、と思った。

禍事でも起きていなければよいが……。

ままよ、大事な用なら、改めて参るであろう。

夢之丞はつっと頭を擡《もた》げた杞憂《きゆう》を払うと、ゆっくりとした足取りで、路次口《ろじぐち》へと向かった。

それにしても、真沙女のあの強《したた》かさ……。

「五人ほど新しい弟子が増えましたぞ！　秋風が立ち、そろそろそなたの袷《あわせ》を誂《あつら》えなければと思うておりましたゆえ、助かりました。それに、ときには滋養《じよう》のある物も食べませんと……」

真沙女は夜具《やぐ》を調《ととの》えながら、けろりとした顔で、そう言ったのである。

名こそ惜しけり。常住死身の精神を忘れてはなりません……。

とても、同じ人の口から出た言葉とは思えない。

やれ、と夢之丞は太息を吐くと、また、空を見上げた。

風に押され、今まさに、叢雲《むらくも》が月をすっぽりと隠そうとしているところだった。

本書は時代小説文庫（ハルキ文庫）の書き下ろし作品です。

時代小説文庫
い6-9

星《ほし》の契《ちぎり》 出《で》入《い》り師《し》夢之丞《ゆめのじょう》覚書《おぼえがき》

著者　今《いま》井《い》絵《え》美《み》子《こ》

2008年10月18日第一刷発行

発行者　大杉明彦

発行所　株式会社 角川春樹事務所
〒101-0051 東京都千代田区神田神保町3-27 二葉第1ビル

電話　03(3263)5247[編集]　03(3263)5881[営業]

印刷・製本　中央精版印刷株式会社

フォーマット・デザイン&シンボルマーク　芦澤泰偉

ISBN978-4-7584-3371-6 C0193

http://www.kadokawaharuki.co.jp/[営業]
fanmail@kadokawaharuki.co.jp[編集] ご意見・ご感想をお寄せください。

時代小説文庫

今井絵美子
鷺の墓

書き下ろし

藩主の腹違いの弟・松之助警護の任についた保坂市之進は、周囲の見せる困惑と好奇の色に苛立っていた。保坂家にまつわる因縁めいた何かを感じた市之進だったが……(「鷺の墓」)。瀬戸内の一藩を舞台に繰り広げられる人間模様を描き上げる連作時代小説。「一編ずつ丹精を凝らした花のような作品は、香り高いリリシズムに溢れ、登場人物の日常の言動が、哲学的なリアリティとなって心の重要な要素のように読者の胸に嵌め込まれてくる」と森村誠一氏絶賛の書き下ろし時代小説、ここに誕生!

今井絵美子
雀のお宿

書き下ろし

山の侘び寺で穏やかな生活を送っている白雀尼にはかつて、真島隼人という慕い人がいた。が、隼人の二年余りの江戸遊学が二人の運命を狂わせる……。心に秘やかな思いを抱えて生きる女性の意地と優しさ、人生の深淵を描く表題作ほか、武家社会に生きる人間のやるせなさ、愛しさが静かに強く胸を打つ全五篇。前作『鷺の墓』で「時代小説の超新星の登場」であると森村誠一氏に絶賛された著者による傑作時代小説シリーズ、第二弾。

(解説・結城信孝)

時代小説文庫

今井絵美子
花あらし
書き下ろし

奥祐筆立花家で、病弱な義姉とその息子の世話を献身的にしている寿々は、義兄・倫仁への思慕を心に秘めていた。が、そんなある日、立花家に大事件が起こり、寿々は愛するものを守るために決意する……(「花あらし」)。心に修羅を抱えながら、人のために尽くす人生を自ら選ぶ女性を暖かい眼差しで描く表題作他、こころの琴線に静かに深く触れる全五篇。瀬戸内の武家社会に誇り高く生きる男と女の切なさ、愛しさを丹念に織り上げる、連作時代小説シリーズ、待望の第三弾。

今井絵美子
母子燕《おやこつばめ》
出入師夢之丞覚書
書き下ろし

半井夢之丞は、深川の裏店で、ひたすらお家再興を願う母親とふたり暮らしをしている。亡き父が賄を受けた咎で藩を追われたのだ。鴨下道場で師範代を務める夢之丞には〝出入師〟という裏稼業があった。喧嘩や争い事を仲裁し、報酬を得ているのだ。そんなある日、呉服商の内儀から、昔の恋文をとり戻して欲しいという依頼を受けるが……。男と女のすれ違う切ない恋情を描く「昔の男」他全五篇を収録した連作時代小説の傑作。待望の新シリーズ、第一弾。

時代小説文庫

今井絵美子

さくら舞う 立場茶屋おりき

書き下ろし

品川宿門前町にある立場茶屋おりきは、庶民的な茶屋と評判の料理を供する洒脱で乙粋な旅籠を兼ねている。二代目おりきは情に厚く鉄火肌の美人女将だ。理由ありの女性客が事件に巻き込まれる「さくら舞う」、武家を捨てて二代目女将になったおりきの過去が語られる「侘助」など、品川宿の四季の移ろいの中で一途に生きる男と女の切なく熱い想いを、気品あるリリシズムで描く時代小説の傑作、遂に登場。

今井絵美子

行合橋 立場茶屋おりき

書き下ろし

行合橋は男と女が出逢い、そして別れる場所——品川宿にある立場茶屋おりきの茶立女・おまきは、近頃度々やってきては誰かを探している様子の男が気になっていた。かつて自分を騙し捨てた男の顔が重なったのだ。一方、おりきが面倒をみている武家の記憶は戻らないまま。そんな中、事件が起きる……(「行合橋」)。亀蔵親分、芸者の幾千代らに助けられ、美人女将・おりきが様々な事件に立ち向かう、気品溢れる連作時代小説シリーズ、待望の第二弾、書き下ろしで登場。

時代小説文庫

今井絵美子
秋の蝶《てふ》
立場茶屋おりき

書き下ろし

陰間専門の子供屋から助けだされた三吉は、双子の妹おきち、おりきを始めとする立場茶屋の人々の愛情に支えられ、心に深く刻みつけられた疵も次第に癒えつつあった。そんな折、品川宿で〝産女〟騒動が持ち上がった。太郎ヶ池に夜遅く、白布にくるまれた赤児を抱えた浴衣姿の女が、出現するという……(「秋の蝶」より)。四季の移り変わりの中で、品川宿で生きる人々の人情と心の機微を描き切る連作時代小説シリーズ第三弾、書き下ろしで登場。

今井絵美子
蘇鉄の女《ひと》

化政文化華やかりし頃、瀬戸内の湊町・尾道で、花鳥風月を生涯描き続けた平田玉《ぎょく》蘊《うん》。楚々とした美人で、一見儚げに見えながら、実は芯の強い蘇鉄のような女性。頼山陽と運命的に出会い、お互いに惹かれ合うが、添い遂げることは出来なかった……。激しい情熱を内に秘め、決して挫けることなく毅然と、自らの道を追い求めた玉蘊を、丹念にかつ鮮烈に描いた、気鋭の時代小説作家によるデビュー作、待望の文庫化。

時代小説文庫

山本一力
はぐれ牡丹

一乃は夫・鉄幹と四歳になる幹太郎と三人、深川冬木町の裏店に暮らしている。日本橋両替商の跡取り娘であった彼女は、かけ落ちして鉄幹と一緒になったが、貧しくとも幸福な日々を送っていた。そんなある日、一乃がにせ一分金を見つける。一方同じ裏店のおあきが人さらいにあってしまう。一乃たちは、おあきを助けるために立ち上がるが……。助け合い、明るくたくましく生きる市井の人々を情感こめて描く長篇時代小説の傑作。

（解説・清原康正）

千野隆司
伽羅千尋
南町同心早瀬惣十郎捕物控

書き下ろし

閑静な町並みの、とある隠居所で紙問屋「美濃屋」の遣り手の主人・富右衛門が、全裸死体で発見された。南町同心の惣十郎は現場で、少し甘いような上品なにおいに気づく。そしてそれが「伽羅千尋」という高価な香だということをつきとめる。犯人が残したものなのか!? 心が行き違ってしまっている妻を気にしながらも、惣十郎は探索に精を出すが……。市井に生きる男と女の愛と憎しみの果てを描く、書き下ろし時代ミステリー。大好評の南町同心早瀬惣十郎捕物控、待望の第二弾。